偽りのフィアンセは獲物を逃さない

結祈みのり

Minori Yuuki

EB

エタニティ文庫

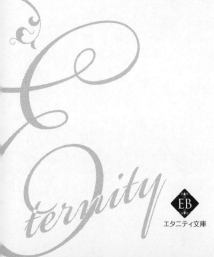

目次

偽りのフィアンセは獲物を逃さない

I

『誰かを愛するとね、とても幸せな気持ちになれるの』

結婚式前夜。そう言って微笑んだ姉は、小百合《さゆり》が見惚れるくらいに可憐《かれん》で美しかった。

そして今日、姉の美貴子《みきこ》は長年の交際を実らせた。

豪奢《ごうしゃ》なシャンデリアに眩《まばゆ》く照らされた披露宴会場。そんな中、純白のウェディングドレスを纏《まと》う美貴子は、誰よりも光り輝いている。

(姉さん、幸せそう)

親族席に座る宮里《みやさと》小百合は、友人代表のスピーチを聞いて涙ぐむ美貴子をそっと見守る。瞳を潤《うる》ませる美貴子にハンカチを差し出したのは、今日のもう一人の主役である新郎・恵介《けいすけ》だ。

六月初旬。

大手家具メーカーを展開する宮里《みやさと》グループの社長令嬢・宮里美貴子の披露宴は、盛大に執り行《おこな》われていた。会場であるここ逢坂《おうさか》ホテルは、都内でも老舗《しにせ》として名高い。招待客はゆうに三百人を超え、政財界の重鎮の姿もある。その他にも各界の華やかな面々が名を連《つら》ねていた。

「美貴子さんも恵介さんも、本当に良い笑顔ね」

隣から聞こえた小さな声は、小百合の母である宮里美冬《みふゆ》のものだ。

「結婚式ってやっぱり素敵ね。それが実の娘のものならなおさら。次は小百合さんね！あなたの花嫁姿、今から楽しみだわ」

小百合は、飲みかけのワインにむせそうになる。まさか、こちらに矛先《ほこさき》が来るとは思わなかった。

「わ、私の結婚式って……そんな予定、全然ないわよ？」

「分かっているわ。でもあなたったら、二十八歳になるのにこれまで浮いた話一つないんだもの」

「私のことはどうでも――」

「よくありません！　この際だから言わせてもらうけれど、あなた、婚活コンサルタントなのにそれでいいの？　人様の結婚をサポートする前に、もっと自分の心配をした方がいいんじゃないかしら」

小百合が身に覚えがあり過ぎて何も言い返せないでいると、美冬は「実はね」と笑みを深める。

「あなたに紹介したい方がいるの。とても素敵な方なのよ。お名前は――」

「か、母さん。その話は、また今度ゆっくり聞くわ。今日の主役は姉さんよ。だから今は……ね？」

小百合が無理やり話を終わらせると、美冬は少しだけ残念そうな顔をしたものの、「それもそうね」と美貴子たちに視線を戻した。

（……結婚、ね。母さんの気持ちも、分からなくはないけれど）

二十八歳。確かに、いずれ結婚するつもりなら、そろそろ真剣に考え始めていい年齢だ。しかし現実問題、小百合には恋人らしい恋人なんて何年もいない。

小百合は、決して独身至上主義ではない。むしろ仲睦《なかむつ》まじい両親を見て育ったからか、どちらかといえば推奨派だ。何より小百合の仕事は婚活コンサルタント。結婚をサポートする立場である。独身至上主義に務まるはずもない。仕事自体は、極めて順調だ。

――ただ、一つの問題を除いては。

小百合にとっての唯一の問題。

それは、結婚を斡旋《あっせん》する立場でありながら、「自分に結婚願望がまるでない」ということだ。

良い人がいれば現実的に考えられるのかもしれないけれど、残念ながら、今のところそんな人物が現れる気配は一向になかった。しかし、これぱかりはどうしようもない問題でもある。

なぜなら小百合は、誰と付き合っても結局は、「彼」と比べてしまうのだから。

（……恵介さん、本当に幸せそう）

小百合は、穏やかな笑みを湛《たた》える恵介を見る。彼の視線は、一心に美貴子に注がれていた。その眼差しに気づいた美貴子も恵介を見つめ返す。見ている方が照れてしまうほど仲睦《なかむつ》まじいその姿。

何度、あの視線を……二人の関係を羨《うらや》ましいと思っただろう。

矢島《やじま》恵介。姉・美貴子の恋人で、夫で、今日から義兄となる人。

そして、小百合の元家庭教師で——初恋の人だ。

披露宴よりも少し前、ホテル内のチャペルで執り行《おこな》われた挙式を思い出す。永遠の誓いを交わした二人は、幸福に包まれていた。そんな姿を小百合は、親族席から大きな拍手とともに祝福した。

（本当におめでとう、姉さん……恵介さん）

姉の結婚を喜ぶ気持ちは本当だ。ウェディングドレス姿の美貴子を見た時、素直に綺麗と思えたし、姉を誇らしくさえ感じた。そんな中、ちくりと感じた小さな痛み。

その痛みの正体を、小百合はもう十分過ぎるほど知っている。

なぜならその痛みは、小百合にとって日常の一部になりつつあったのだから。

◇—＊◆＊—◇

『初めまして、家庭教師の矢島恵介です』

初対面は、小百合が十七歳の時だった。小百合は、幼稚園から高校までエスカレーター式の私立女子校に通っていた。しかし高校三年生の春、転機を迎えた。

翌年に大学進学を控えていた小百合は、附属大学ではなく外部受験をすることを強く望んだのだ。

初めは驚いていた両親も、最終的には小百合の選択を応援してくれた。そして受験対策用の家庭教師として招かれたのが、当時大学四年生の恵介だったのだ。

『今日から一年間よろしくね、小百合ちゃん』

第一印象は、「ぱっとしない人」。あとは、「姉さんと同い年ね」程度だったと思う。

矢島恵介は、真面目を絵に描いたような青年だった。

早くに父を亡くし、母子家庭で育った彼は、家計に負担をかけないように奨学金で大学に通っていた。

対して小百合の父親は、誰もが名を知る一流企業の経営者。二人の育った環境は、まるで正反対だった。

女子校育ちの小百合は、そもそも異性と接する機会が少なかった。時折父の会社関係で同世代の男の子と会うことはあっても、そのほとんどは、根拠のない自信に溢れたいわゆる「お坊ちゃま」たちだったのだ。

でも、恵介は違った。

物腰の柔らかい話し方。授業はとても分かりやすく的確で、怒ったことは一度もない。笑う時は大口を開けるのではなく、はにかむように笑う。初めて出会う、少しだけ大人の男性。

『いいな』と素直に思った。しかしその気持ちがそれ以上育つことはなく、小百合の大学合格とともに恵介との関係は自然に終わりを告げた。

その後、大学に入学した小百合は、初めての共学に慣れないながらも刺激的な毎日を送った。

入学して半年後には、初めての彼氏もできた。

小百合に『一目惚れした』というその人は、小百合と同じ経済学部の二年年上の先輩。恵介とはまるで真逆の遊び慣れした人だった。ミスコンならぬミスターコンのファイナリストにも残った彼との付き合いは、小百合にたくさんの刺激を与えた。

——そして、一生忘れられない苦い経験を与えたのも、その人だった。

『俺たち、付き合って三ヵ月だぞ？　……そろそろ、いいだろ？』

小百合は、半ば押し切られる形で初体験を迎えることとなった。初めは、わけが分からなかった。ねっとりと舐め回すようなキスも、肌に触れる生温かな吐息も、体を這いずる手も、緊張しているせいか全てが怖くて、早く終わってほしくて。そんな、気持ち良さなど微塵《みじん》も感じない状態で上手くいくはずもなく……ただただ動揺する小百合に、彼は言ったのだ。

『なんで濡れねえの。もしかして、不感症？　……っていうか、処女とか聞いてないんだけど』

小百合を見下ろす彼は、酷く白けた顔をしていた。

結局、最後まですることはなく、その人とはそれきりだ。小百合にとっての初体験は、苦い記憶として残ったのだった。

それ以降も異性と付き合ったことはある。でもいざそういう雰囲気になると、初めての時の記憶が脳裏を過《よぎ》り、それ以上先に進むことがどうしてもできなかった。その度に自分に問題があるような気がしてしまい……大学三年生になる頃には、誰かと付き合うこと自体をやめていた。

恵介と思いがけない再会を果たしたのは、そんな時だった。

『久しぶりだね、小百合ちゃん』

彼と最後に会ったのは、約二年前。優しい家庭教師などすっかり記憶の底に沈みかけていた頃、恵介は再び小百合の前に現れた。四歳年上の姉・美貴子の恋人として。

小百合の高校時代、恵介と美貴子に面識はなかったはず。二人は、小百合の知らないところで出会い、恋に落ちたのだ。

(姉さんと恵介さんが付き合ってる……?)

懐かしさよりも驚きが先に立ち、同時に「どうして」と思ってしまった。

恵介は、姉の美貴子と並ぶとなんとも凡庸《ぼんよう》な人に見えてしまったのだ。

それもそのはず、美貴子は妹の小百合から見ても才色兼備の女性だったのだから。

大企業の社長令嬢にして跡取り娘。学生時代から学力は全国トップクラス。街を歩けばスカウトの声がかかるのは当たり前。大学時代はミスコンで優勝しているし、社会人になりたての当時は、既に大手家具メーカー社長である父の片腕として日々忙しく働いていた。

誰もが羨《うらや》む立場の女性。しかし美貴子は、それを鼻にかけることは決してなかった。

彼女は、いつだって笑顔を絶やさなかったし、妹の小百合をことのほか可愛がった。

小百合もそんな姉が大好きだった。だからこそ、『なぜ』と思ってしまったのだ。

(姉さんは、どうして恵介さんを選んだの?)

当時の小百合には、恵介が美貴子に相応《ふさわ》しいとはとても思えなかった。でもその考えは、彼との人となりを知るうちに変わっていった。

きっかけは、両親と恵介の関わり方を見たことだ。

父は初め、美貴子と恵介の関係を認めなかった。跡取り娘である美貴子には、会社のためにも自分の選んだ相手と結婚してほしかったのだ。

門前払いは当たり前。付き合い始めて数年経ち、ようやく初めて恵介と会った時も、父は目を合わせることさえしなかった。

それでも恵介は、美貴子のことを諦めなかった。

小百合や美貴子にとっては娘思いの父親でも、恵介にとっては、融通《ゆうずう》の利かない面倒な存在だったはず。でも、恵介が父を悪く言うことは一度もなかった。

『恵介さんは、どうしてそんなに「良い人」なの?』

弱音一つ吐かず真摯《しんし》に姉を想う恵介に、小百合は一度だけ聞いたことがある。

『僕は「良い人」なんかじゃないよ』

答えは、明快だった。

『ただ、美貴子さんのことが大好きで、大切なんだ。そして、彼女をそんな風に育てたのは君たちのご両親だ。感謝こそすれ、嫌うことなんてないよ。確かに、認めてもらえないのは残念だけど……それなら、認めてくれるまで僕はいつまでだって待つ。彼女と一緒にいるためにできることはなんだってする、それだけだよ』

その言葉に目が覚めるような気がした。今まで自分が「冴《さ》えない」と思っていたその人の見方が変わったと同時に、小百合は気づいた。

(こんな恵介さん、私は知らない)

恵介と出会ったのは、小百合の方がずっと先。でも小百合は、彼がこんなにも熱い気持ちを内に秘めているなんて知らなかったのだ。

それから数年。ついに父は折れ、二人の交際を認めた。

小百合は、惹かれ合う二人をずっと近くで見てきた。ひたすら姉を想い続ける恵介にいつしか興味を持ち、あんな風に一途《いちず》に誰かを愛する姿を素敵だと思うようになっていた。

自分にはそんな経験がなかったからこそ、二人の関係が眩《まぶ》しくて、羨《うらや》ましく感じてしまった。

(……そっか)

『いいな』

そう感じた高校生の自分。

(私、恵介さんのことが好きだったんだ)

それは、あまりにも遅過ぎる初恋を自覚した瞬間だった。

◇─＊◆＊─◇

披露宴が無事終了したその日の夜。小百合は一人、ホテルのラウンジにいた。

逢坂ホテルといえば、名の知れた老舗《しにせ》ホテルである。

姉夫婦の結婚式会場がここだと知った時、客室を一室押さえておいた。レストランやパーティー会場は、仕事やプライベートで何度か利用したことがあるけれど、宿泊する機会はなかなかなかった。ならば、この機会にのんびり一人で羽を伸ばそうと思ったのだ。

（一度、泊まってみたかったのよね）

逢坂ホテルは宮里グループの大手取引先。その繋がりもあり、両親や姉はよく利用するらしいが、小百合は今日が初めてだ。

というのも、小百合は、宮里グループに所属する人間ではないからだ。

大手企業の社長令嬢であることを隠して就職活動をし、結婚相談事業やイベント事業をメインとする会社に就職した。

そこで婚活事業のノウハウを学ぶこと三年。

人と人を繋げる喜びを知った小百合は、二十五歳の時に婚活コンサルタントとして独立した。

今では一応、社長として、自分を含めた従業員数三人の会社を経営する身である。

父は、小百合にグループに入社し、将来的には美貴子を支える存在になってほしいと望んでいた。しかしその道は、恵介への気持ちを自覚した時に選択肢から消えた。

父が恵介を認める。それは、恵介が婿入りするということ。つまりは、彼は宮里グループの一員となる。

初恋の人と職場で顔を合わせるのは、さすがに辛い。それに、幼い頃から家を継ぐのは姉の美貴子と決まっていた。ならば一度でいい、自分の力でどこまでできるか試してみたかったのだ。

大学を外部受験した理由の根底もそこにある。結果として一般企業に就職したが、後悔はしていない。大学時代、恋愛では確かに苦い経験をしてしまった。しかし自分をお嬢様扱いしない環境は、今まで知らなかった刺激を与えてくれた。

独立した今は、順風満帆とは言えないものの、食べるのに困らない程度の生活は送れている。

とはいえ贅沢《ぜいたく》ができるほどではなく、だからこそ今日は、自分へのご褒美《ほうび》として宿泊しようと思ったのだけれど。

（……少し、疲れた）

とても素敵な結婚式だった。笑顔の溢れる幸せな空間だった。そんな中感じた小さな痛み。

いつもは気づかないフリをしているけれど、今日だけは、それを抱えて自宅に帰る気にはなれなかった。こんな気持ちのまま、誰も待つ人のいないマンションに帰るのは、なかなかしんどい。

だからこそ部屋を取っておいて本当に良かったと思う。

心地良いBGM。窓の外は一面に広がる夜景。豪奢《ごうしゃ》な一方、どこか居心地の良い空間は非現実的で、日常や今日の出来事を少しだけ忘れさせてくれる。小百合はなんとはなしに周囲に視線を向ける。

数席離れた隣にカップルらしき男女と、ボックス席には男性客が数人。さっと見渡したところ、女性の一人客は小百合だけだ。しかしかえってそれが小百合の緊張をほぐした。

「ジントニックをいただけますか?」

カウンターに座り、好きなカクテルを注文する。

(……美味《おい》しい)

すっきりとした中に感じる爽《さわ》やかな香りに息をついた時だった。

「――しっかし、恵介のやつも上手くやったよな」

耳に飛び込んできた大声に小百合は視線を向ける。そこには、大分酔っているらしい二人組の男がいた。彼らには見覚えがある。確か恵介の元同僚で、今日の式に参加していたはずだ。

「彼女がいるのは聞いてたけど、相手がまさか社長令嬢とはなぁ」

「しかもめちゃくちゃ美人！　いいよなあ、俺もあんな綺麗な嫁さんが欲しいわ」

「ばーか。お前なんかが相手にされるかっての」

「恵介がいけたんだから俺でも大丈夫だろ。俺も仕事を辞めて婿入りしたいよ。ただのサラリーマンが一気に宮里グループ創業者一族に仲間入りだもんな、あれが本当の逆玉ってやつか」

よほど楽しいのか、声は段々と大きくなっていく。周囲の客が眉を寄せているのに彼らはまるで気づかないらしい。しかし今この場において、最も険しい顔をしているのは小百合だろう。

祝う人がいれば妬《ねた》む人もいる。それは仕方ないことなのかもしれない。しかし披露宴を終えたばかりの今日、会場と同じホテルのバーで大声で話すには、あまりに相応《ふさわ》しくない会話だ。

「でも、なんで恵介なんだろうな？　クソ真面目だし、長所といえば人当たりが良いことくらいなのに。顔面偏差値で言ったら、俺の方が全然高いと思うんだけど」

「お前、自分で言うか？　まあ確かに、誰が見たってお前の方がマシかもな」

「だろ？」

一体どこが、恵介よりマシだというのか。ぎしり、とグラスを持つ小百合の手に力が入る。

（そんなことを言ったら、あなたなんて『顔だけ』じゃない）

真面目で誠実で人当たりが良い。それこそが恵介の長所であり、小百合が彼に惹かれた最大の要因だ。ようやく昇華しかけた恵介への気持ちが踏みにじられたような気さえしてしまう。

「でも、妹もかなり美人だったよな。ほら、茶髪の青いドレスを着てた。新婦側の親族席にいただろ？　あれ、新婦の妹だって」

小百合はぎくりとする。まさか話題の矛先《ほこさき》が自分にまで向くとは思わなかった。

「あー、いたいた！　キツめの顔した美人だろ？　かなりいい体してたから覚えてるよ。姉妹なのに新婦と全然タイプが違うよな」

「姉はいかにもなお嬢様だけど、妹は……なんつーか派手？　姉がモデルなら妹はグラドルか、みたいな」

「確かに！」

彼らは愉快げに笑う。一方の小百合は、湧き上がる怒りと羞恥心《しゅうちしん》を必死に抑えていた。

――似ていない、と言われるのには慣れている。

百七十センチの姉と、百五十六センチの小百合。清楚な姉と派手な妹、と周囲に見られていることは知っていた。昔から、細身の美貴子に比べて、小百合は肉付きが良い方だったからだ。

——主に、胸回りが。

モデルとグラビアアイドル。

なるほど、言い得て妙だ。

華奢《きゃしゃ》な体と庇護欲《ひごよく》をそそる楚々《そそ》とした雰囲気を持つ姉は、小百合の憧れでもあり、コンプレックスでもあった。昔は、少しでも姉に近づこうと服装やメイクを真似したこともある。しかし自分でも笑ってしまうほど似合わなくて、結果的に行きついたのが、姉とは正反対の路線だったのだ。

ナチュラルメイクとは対照的な、大きな瞳とふっくらした唇を活かしたはっきりしたメイク。

もちろん厚塗りをするのではなく、派手に見えないようバランスを整えている。服装は緩《ゆる》やかな服はかえって太って見えることから、比較的体のラインを強調したものを。しかし、下品にはならないように。

親族として列席した今日のドレスは、ネイビーのドレスだ。デザイン自体はタイトなものだが、袖口までレースで覆《おお》われており、全体的な露出度は高くない。代わりに首筋部分は大きく開いているものの、かえってデコルテを綺麗に見せていた。

それは、今日の披露宴に相応《ふさわ》しいようにと選んだものだ。こんな風に酒の肴《さかな》になるために選んだのではない。

「妹は独身らしいし、なんとかそっちを狙えないかなー、なんてな」

(あなたたちなんて、こっちからお断りよ！)

気分が悪い。これ以上続くようなら軽く注意をしてみようか。しかしそんなことをして、姉夫婦に迷惑がかかってはいけない……そう、思っていたのだけれど。

「でもまあ、姉の方も変わってるよ。あれだけ美人で社長令嬢なら、男なんてよりどりみどりだろ？　それなのに凡人の恵介を選ぶなんて、よっぽど趣味が悪いか、物好きのどっちかだな」

この言葉をきっかけに小百合は席を立った。向かうのはもちろん、彼らのもとだ。

「こんばんは」

しゃんと背を伸ばした小百合は、突然声をかけられて固まる二人と向き合う。そして蠱惑的《こわくてき》に見えるよう、あえてゆったりと笑む。

「今日は、姉と義兄《あに》の披露宴にご列席いただきありがとうございます。皆さんのおかげでとても良い思い出になったと、姉夫婦も喜んでおりました」

「姉夫婦って……あっ！」

今まさに話題にしていた人物の登場に、男の顔がぎくりと強張《こわば》る。それはもう一人も同様だった。

対する小百合は笑みを深める。

「申し遅れました、宮里小百合と申します」

その後の二人と言ったら実に見物だった。

一人は一気に酔いがさめたように青白い顔になり、もう一人は小百合から顔を背《そむ》ける。

よほど気まずかったのか、二言三言小さく挨拶《あいさつ》をして足早に去っていったのだった。

(逃げるくらいなら、初めからあんなこと言わなければいいのよ)

ふん、と内心息まきながら、今度こそ静かにお酒を飲もうとカウンター席へ戻る。

「——すごいな」

その時、そんな呟きとともにくすりと笑ったような声が聞こえた。

声の方を向く。しかし数席空けた隣には、長身の男性とその連れだろう女性がいるだけだ。どことなく含みのあるような——小馬鹿にしたような笑い声に聞こえたのだが、空耳だろうか。

(気のせい?)

イライラして幻聴が聞こえるなんて、さすがに良くない。

(……とにかく今日は、酔えるだけ飲んで、早く寝よう)

明日は、朝食を楽しんでからのんびり帰宅すればいい。このホテルはサービスだけではなく、食事が美味《おい》しいことでも有名だ。朝食のビュッフェのことを考えると少しだけ気分も浮上する。

その後、カクテルを楽しむことしばらく、ほどよく酔いが回り始めた。

(気持ち良い)

心地よい音楽に耳を傾けながら、小百合は改めて今日一日を振り返る。

——正直なところ、今日この日をどんな気持ちで迎えるのか、ずっと想像できないでいた。

何せ主役は、憧れの姉と初恋の人。悲しくなるのか、それとも辛いのか……しかし当日を迎えた時、自分でも驚くくらい穏やかだった。確かに、小さな痛みは感じた。それでも永遠の誓いを交わす二人の姿に、何かが吹っ切れたのかもしれない。幸せになってほしいと、心から思うことができた。

(恵介さんを好きだったのは、本当)

でも振り返れば、彼と「付き合いたい」とか「キスしたい」と望んだことは一度もなかった。

もちろん、姉から奪ってやろうなんて考えたこともない。

(……それも、そっか)

小百合が魅力的だと思ったのは、たとえ誰に何を言われても一途《いちず》に姉を想う恵介だった。

そんな彼の姿にこそ、惹かれたのだから。

（私の初恋は、これで終わり）

酔いが回ってしまったのだろうか。涙腺が緩《ゆる》んで、目の奥が熱い。

長年の想いにさよならを告げるのは寂しいけれど、恵介を想うのは今日で終わりにしよう。明日からはまたいつものように仕事に励めばいい。そう、少しだけ前向きな気分になれた時だった。

「――それって一体、どういうことよ！」

女性の声が響いた。

（今度は、何？）

ぎょっとして隣を見る。小百合に背を向けた男性の隣には、椅子から立ち上がり怒気を露《あら》わにする女性がいた。彼女は、だん！　とカウンターを叩く。そのはずみでカウンターのグラスが倒れたが、女性は気にする素振りもなく、威嚇《いかく》するように隣の男性を見下ろしている。

「藤堂《とうどう》さん、あなた自分が何を言っているのか分かっているの？」

「もちろん、分かった上で言っているよ」

対する藤堂と呼ばれた男性は、後ろ姿からでも分かるくらい冷静だった。

「何度も言っている通り、俺はまだ誰とも結婚するつもりはない。もちろん、君ともね」

「……私は今日、お見合い相手としてここにいるのよ。それなのに結婚するつもりがないってどういうこと？　それだけじゃないわ！　『他の女性にも同じことを言っている』って、私以外にもお見合い相手がいたって言うの？」

「すごいね、全部正解。君の言う通りだ」

「なっ……馬鹿にしないで、私は真面目に言っているの！」

「俺も真面目に言っている。俺に結婚の予定はない。大体、君は俺のことを何も知らないだろう？　それは俺も同じだ。まあ、特に知りたいとも思わないけどね」

「――さいってい！　地獄に落ちろ！」

　パチン！　と耳に痛い音が響いた。手を振り下ろした女性は、怒りを収めることなく男性を睨《にら》みつけて去っていく。一方、平手打ちされた男性は、遠ざかるヒール音を全く気にする素振りもなく、ため息をついた。

「騒がせてすまなかったね、マスター。迷惑をかけたお詫びは後で必ずさせてもらうよ」

　こんな修羅場《しゅらば》には慣れているような男性の様子に小百合は呆れた。

「……ゆっくり飲みたいのに。痴話喧嘩《ちわげんか》ならよそでやってよ」

　たまらず零《こぼ》れたため息交じりの愚痴《ぐち》を、相手は聞き逃さなかったらしい。

「聞こえているけど？　随分と大きい独り言だね」

小百合のすぐ隣に男性が座る気配がする。

まさか隣に来るとは思わず一瞬体が強張《こわば》るけれど、視線は向けなかった。せっかく落ち着いた雰囲気を求めてここに来たのに、これ以上の厄介ごとはごめんだ。小百合は、隣を見ることなく手元のグラスの中身を呷《あお》る。

「ちなみにさっきのは、痴話喧嘩《ちわげんか》にはあたらない。彼女は恋人じゃないからな。もちろん、手を繋いだことすらない」

「私には関係ありません」

顔も見ずにきっぱりと言い放つ。一方男性は、そんな態度の小百合にくっくと笑った。その声にはなんとなく覚えがある。

「両親に呼び出されて来てみたら、知らない女の子が『婚約者です』って待ってるんだ。冗談じゃないよ。とはいえ、来て早々『さようなら』じゃさすがに失礼だからね。食事だけは付き合ったけど、それだけで恋人気取りだ」

やはりこの声は、先程空耳かと思った笑い声と同じもの。しかも、この男性は随分と自分に自信があるらしい。どこか人を小馬鹿にしているような、自信家の男。小百合の最も苦手とするタイプだ。

一体どんな人物なのか。つい、小百合はグラスを置いて隣に顔を向け……たまらず息を呑んだ。

最初に射貫かれたのは、その目。切れ長の二重《ふたえ》の目は、どこか愉快げに小百合を見据えている。

ただ見られているだけなのに、まるで獲物を狙っているかのような獰猛《どうもう》さを感じた。緩《ゆる》く後ろに撫でつけた黒髪。すっと通った鼻梁《びりょう》、その下で蠱惑的《こわくてき》な孤を描く形の良い唇。身に纏《まと》うスーツの上からでも分かるほど引き締まった体に、長い手足。

格好良い男性なら出会ったことがある。しかしこんな風に、そこにいるだけで色気を感じるような男性は、初めてだ。

「……君？」

男性の呼びかけに小百合ははっとする。

（やだ、私ったら）

不躾《ぶしつけ》に見過ぎてしまった。さすがに失礼だっただろうか、と男性の顔から視線を外した小百合は、あることに気づく。男性のシャツの袖がわずかに濡れていたのだ。

そういえば彼を叩いた女性が立ち去る際、グラスが倒れていた。

「……これ、良かったらどうぞ」

気づいてしまった以上、見なかったフリをするのも寝覚めが悪い。

バッグからハンカチを取り出して男性に差し出す。しかし男性にとっては予想外の行動だったのか、彼は小百合とハンカチを交互に見るものの、一向に受け取ろうとしない。

「あの？」

「それが必要なのは、君の方だと思うけど」

「え……？」

「目が赤いよ」

「こ、これは！」

慌てて顔を背《そむ》けようとする。しかしその寸前、男性の指先が小百合の顎《あご》に触れた。

「それに……今にも泣きそうな顔をしてる」

予期せぬ行動に逃れる隙もなかった。男性は、目を見開く小百合の顎《あご》を親指でくいっと持ち上げたのだ。

「綺麗なドレスを着た女性がホテルのバーで一人飲んでいる。その上、涙目ときた。どうしたの？　もしかして失恋でもした？」

「なっ……あなたには、関係ありません！」

パシン！　と男性の手を払った。

（なんて失礼な人なの）

図星をさされてかっとなる。赤い目をして睨《にら》む小百合を、男性は余裕たっぷりの様子で見返した。

「その様子だと、正解か」

本当に、どこまでもデリカシーのない男だ。こういう輩《やから》に遠慮はいらない。

「酔っぱらいに絡まれるのは好きじゃないの。それにもう一度言うけれど、私が泣いていようと……それがどんな理由であろうと、あなたには関係ないわ」

「ああ、ないね。でも、気にするなって言う方が無理な話だ」

「……どうして？」

偶然、隣に居合わせただけの自分を、なぜそんなに気にかけるのか。

「だって、酷い顔だ」

返ってきた声はやはり、からかうような響きがあった。その声に小百合は無言で立ち上がる。

「さっきの彼女があなたを叩いた理由がよく分かったわ。あなた、失礼過ぎるのよ。……最低ね」

「待って、君――」

背中を向ける小百合を呼び止める声がしたけれど、振り返ることはない。

（最悪）

触れられた場所が熱く感じるのも、心臓がドキドキしているのもきっと気のせいだ。

Ⅱ

姉夫婦の結婚式から三ヵ月。九月のとある日曜日、小百合は炎天下に晒《さら》されていた。

「暑い……」

黒の日傘を片手にため息をつく。近年稀《まれ》に見る猛暑に加え、連日最高気温が各地で更新されていて、九月はまだまだ夏の気配が色濃く残っている。

（ああ、ビールが飲みたい……）

昔から暑いのは、大の苦手だ。アスファルトに反射した熱がなんとも憎らしい。日傘に加えて全身には日焼け止め、両手にはしっかりとアームカバー。日焼け対策は万全だが、全身をガードしているのが暑苦しくて、一歩歩くごとにうんざりする。

こんな炎天下に向かう先は実家である。

小百合のマンションから実家までは電車と徒歩で三十分。仕事ならばタクシーを使用するけれど、プライベートでは節約できる部分は極力するようにしている。経営者とはいえ、会社はまだまだ軌道に乗り始めたばかり。贅沢《ぜいたく》は敵だ。

今日、実家に帰る理由は他でもない、母に呼び出しをされたからだ。

母の美冬は、三ヵ月前の結婚式にいたく感動したらしい。それはいいのだが、厄介なのは、その熱が今度は小百合に向かってしまったことだ。

「……母さんったら、お見合いは考えてないって何度も言ったのに」

姉の結婚式以来、小百合は、母から頻繁《ひんぱん》にお見合いの話を持ち掛けられていた。

確かに披露宴の時「紹介したい人がいる」と言っていたが、そんなことすっかり忘れていた。

(まさか、あれが本気だったとはね)

あまりにも勧めてくるものだから、おかげでここ最近は、すっかり実家から足が遠のいている。

しかし母は、諦めなかった。

(母さんも、私のことは放っておいてくれればいいのに)

連日の電話の帰省要求。結局、折れたのは小百合だった。電話でいくら断っても、母は諦めない。ならば直接、自分の口からはっきりと断ろうと決めた。

「……やっと着いた」

額《ひたい》に滲《にじ》んだ汗をハンカチで拭《ぬぐ》うと自然とため息が漏れる。

最寄りの駅から約十五分。閑静な住宅街の中で一際《ひときわ》存在感を放つ建物が小百合の実家だ。

美冬の趣味で建てられた洋風の家は、まさにお屋敷。小百合は門の前に立つと呼吸を整え、インターホンを押した。すると何秒も経たないうちに、『小百合ちゃん！』と嬉しそうな声が返ってくる。

『わざわざ押さなくてもいいのに。すぐに開けるわね』

小百合が玄関のドアに手をかけるより前に、内側から開かれた。

「おかえりなさい！　結婚式以来ね、会いたかったわ」

中から現れたのは、スーツ姿の美貴子だ。彼女は軽く小百合にハグをしたのち、にこりと笑う。

「全然顔を見せないから心配してたのよ。お仕事が忙しいって母さんから聞いているけれど、ちゃんと食べてるの？」

過保護な姉に小百合は苦笑した。

「大丈夫よ。それより姉さんこそ、その格好。日曜日なのに、今から会社にでも行くの？」

「そうなの。ほら、結婚して恵介さんもうちに入社したでしょう？　これを機に私も父さんから少しずつ業務を引き継いでいるの。その関係で少しバタバタしていてね」

「その……恵介さんも、今日は出社してるの？」

「ええ。夫婦揃って休日出勤ね」

美貴子は肩をすくめた。一方、小百合は内心ほっとする。吹っ切ったとはいえ、結婚式以来の恵介との再会に密かに緊張していたのだ。

「でも、出かける前に会えて良かった。近いうちにまた顔を出してね」

「分かった、約束するわ」

美貴子は「絶対よ？」と念を押した後、小百合の横を通り過ぎようとする。その時、気づけば小百合は「姉さん！」と呼び止めていた。

「姉さんは今、幸せ？」

不意打ちの質問に、美貴子は驚いたように大きく見開いた後、

「幸せよ。とっても」

と、ふわり、と花が綻《ほころ》ぶように微笑んだのだった。


「小百合さん、おかえりなさい！」

両親は——特に美冬は、娘の三ヵ月ぶりの帰省を歓迎した。

姉と揃って大袈裟だなあと内心苦笑しつつも、帰りを喜んでくれるのは嬉しい。

「ただいま、母さん。父さんは？」

「リビングにいるわ。さあ、早く上がって。お茶の準備はできてるわよ！」

若干テンションの高い母と静かに微笑む父親。この雰囲気ならば、「お見合いは今のところ考えていない」と切り出しやすい。

しかし、甘かった。母親がご機嫌な理由は、他にあったのだ。

それは、リビングルームのソファに座り、両親と談笑して少し経った頃だった。

「それでね、小百合さん。電話で話していたお見合いのことだけれど……」

――来た。

ソファに座った小百合は身構える。

(ここではっきりと断っておかないと)

今日は、そのためにわざわざ帰ってきたのだから。

「母さん。私、やっぱりまだ結婚するつもりは――」

「来週の水曜日、二十時。場所は逢坂ホテルに決まったから、よろしくね」

一瞬、時間が止まった。

「……今、なんて?」

空耳だ。空耳に決まっている。

今の小百合は、グラスの中のアイスティーを零《こぼ》さないようにするのがやっとだった。

ほんの少しでも気を抜いたら、間違いなく絨毯《じゅうたん》はびしょ濡れになっていただろう。

「だから、来週の――」

「そうじゃなくて！　来週お見合いがあるなんて聞いてないわ！」

「あら、今言ったわ」

美冬は、あっさりと答える。

「先方が、お仕事の関係でどうしても休日は時間が取れないから、平日を希望されているの。小百合さんも、その日は落ち着いているって言っていたでしょう?」

「それは、言ったけど……そうじゃなくてっ!」

来週の仕事はそれほど立て込んでいない。近々の予定を聞かれた時にそう答えたのは確かだが、その時は母がこんな強硬手段に出るなんて思わなかったのだ。

「時間まで約束してあるなんて、嘘でしょう……?」

その上まさか、本人の知らないうちに日程まで決定しているなんて。お願いだから、自分の聞き間違いであってほしい。しかし対面のソファに座った美冬は、「本当よ」とにこにこと微笑む。

まるで悪びれる様子もない母の態度に、小百合は怒るより前に毒気を抜かれてしまった。

「お相手のお名前は、逢坂瑞樹《おうさかみずき》さんとおっしゃるの」

「ちょっと待って、逢坂ってまさか……」

「その『まさか』よ。逢坂ホテルの跡取りでいらっしゃるわ。年齢は、小百合さんの二歳年上で三十歳。ちょうどいいと思わない?」

一体、何が「ちょうどいい」というのか。

断るつもりのお見合いが既に決定していて、しかも相手はあの逢坂ホテルの御曹司……

（頭、痛い）

あまりの展開に理解が追いつかない。その間も「本当に良い方なのよ！」と揚々《ようよう》と続ける美冬に、小百合はたまらず母の隣で苦笑する父・宮里正史《まさし》をじろりと見た。

「……父さんは、どう思ってるの。こんなの急過ぎるわ」

娘の低い声に、正史は肩をすくめる。

「確かに急なのは間違いないね。でもまあ、小百合も初めからはね付けないで、話だけでも聞きなさい。母さんだって、良かれと思ってしたことなんだから」

「だからって、いくらなんでも展開が早過ぎるのよ……」

父は、昔から母にとても甘い。何年経っても妻を大事にする父は素敵だと思う。でも、それとこれとは話が別だ。小百合がいよいよ凹《へこ》んでいると、父は苦笑しつつ続ける。

「今回の話は、逢坂さんから『是非に』と持ち掛けてきたんだ」

「どうして？　姉さんならともかく、私は宮里グループの人間じゃないわ。逢坂瑞樹さん……？　その人に会ったこともないのに」

不思議なのはそこだ。逢坂ホテルの御曹司なら結婚相手は引く手数多《あまた》のはず。仮に宮里グループとの関係を強固にしたいのであれば、社外の人間である小百合は対象外のはずだ。

「『一目惚れ』だそうだ。美貴子の結婚式で小百合を見て以来、ずっと気になっているんだって」

「……待って。私、逢坂さんとお話しした記憶なんてないわ。大体、挙式に招待したのは逢坂社長──逢坂瑞樹さんのお父様で、息子さんの名前はなかったはずよ」

「彼は、逢坂ホテルの跡継ぎなんだ。あの日、ホテルにいても何もおかしいことはないだろう?」

「それは、そうだけど……」

「もう！　そんなこと気にしなくていいじゃない。一目惚れなんて、素敵だと思わない？」

父の隣で美冬がうっとりと片手を頬にあてる。だが、冗談じゃないと小百合は思った。

この時小百合の脳裏に過《よぎ》ったのは、記憶の奥底に押し込んでいた存在だった。

(同じことを、あの人も言っていたわ)

初めて付き合った人も、「一目惚れ」したと小百合に告白した。当時、世間知らずの小百合はそんな一言に舞い上がって、浮かれて……その結果が、今だ。

一目惚れなんて、小百合が最も信用できない言葉のうちの一つだ。

(結局は、見た目が好みだった、ってだけじゃない)

無意識に拳《こぶし》に力が入る。顔を強張《こわば》らせる娘に父は穏やかに続けた。

「逢坂ホテルと宮里グループの付き合いが長いのは、小百合も知っているね？」

小百合は小さく頷く。新卒で一般企業に就職した小百合は、家業にはほとんど関わっていないけれど、逢坂ホテルと懇意《こんい》にしているのは知っていた。

「正直、逢坂ホテルは大口の取引先でもあるし、一度承諾したことをこちらの都合で『やっぱりなしに』とは言いにくい部分もある」

「それは……確かに、そうだろうけど」

小百合も会社を経営する身。会社にとって信頼がいかに大切かは、多少なりとも分かっているつもりだ。だからこそ、「そんなの私に関係ないわ」とは、言えなかった。

「小百合が絶対に嫌だというのなら無理強いはしないよ。でも、私も彼を知っているが本当に気持ちの良い男性でね。どうだろう。一度だけでも会ってみないか？」

性急な母とは違う父の勧めに、わずかに良心が揺れる。

「もちろん、実際にお会いして小百合が『違う』と感じるようであれば、仕方ない。その時は、父さんから先方にお断りする」

「でも……」

やはり、急なお見合いなんて気乗りがしなくて、小百合は渋る。そんな娘に、正史はすっと目を細めて言った。

「それとも、どうしてもお見合いできない理由があるのかな？」

「例えば、私や母さんが知らないだけで、実はお付き合いしている人がいるとか。まさか、親に言えないような相手じゃないだろうね？」

何を言うかと思えば、見当違いもいいところだ。

「そんな人、いません」

小百合が否定すると、正史は「なら良かった」と笑みを深める。

（……何？）

この時、小百合は違和感を覚えた。小百合に語りかける父の声は穏やかだけれど、目の奥は笑っていないように見えたのだ。そしてそれは、気のせいではなかった。

「もしかしたら、小百合は恵介君のことが好きなんじゃないかと思ってね」

「……え？」

――父は今、なんと言った？

固まる小百合と、笑みを湛《たた》える正史。

「やだわ、あなたったら！」

沈黙を破ったのは、美冬だった。彼女は呆れたと言わんばかりに肩をすくめる。

「そんなことあるわけないじゃない。ねえ、小百合さん？」

「え……あ……」

同意を求められて、答えに詰まる。

――父は、私の恵介さんへの気持ちに気づいていた？

一気に心臓が早鐘を打ち始める。小百合は、頬が強張《こわば》りそうになるのをくっと堪《こら》えた。

（落ち着いて）

深呼吸をしてなんとか気持ちを整える。正史がなぜ突然こんなことを言ったのかは分からない。でも、ここで動揺した姿を見せてはいけないことだけは、間違いなかった。

「恵介さんのことは好きよ。もちろん、『家族』としてね」

目の奥を光らせる正史を、小百合は見返す。そんな娘を正史はじっと見据えた後、にこりと笑んだ。

「それもそうか。いやなに、母さんじゃないが、小百合があまりに男性と縁遠いように見えたから、まさかと思ってね。それに昔から随分と恵介君を慕っているようだから」

「私が高校生の時からお世話になってるんだもの、当然だわ」

「確かに、それもそうか」

その答えにほっとする。この流れでお見合い話もなかったことにならないか――そう思ったのも、つかの間だった。

「それなら、お見合いできない理由はないということだ」

「……あ」

（ど、どうしよう）

これ以上頑《かたく》なにお見合いを断れば、今度こそ父に不審がられる。この状況で小百合が返せる答えは、一つだけだ。

「……母さんには何度も言ったけど、今は仕事を一番に頑張りたいし、まだ結婚するつもりはないの。そんな状態でお会いしても先方に失礼だと思うけど、それでもいいのね？」

「もちろん、それで構わないよ」

「……分かったわ。一度だけでいいなら、お会いします」

かくして、小百合の初めてのお見合いが決まったのである。

◇―＊◆＊―◇

そして、約束の水曜日。小百合の会社、株式会社マリエ・リリーズの入るオフィスからお見合い会場の逢坂ホテルは、電車を乗り継いで三十分の距離だ。

（待ち合わせは、二十時。十九時に出れば余裕ね）

父の手前、遅刻なんてもっての外《ほか》。会うだけ会って、早めに終わらせようと心に決める。

終業時刻の十八時、業務用のパソコンに視線を落としていた小百合は、顔を上げる。

「三村《みむら》さん、相川《あいかわ》君。お疲れ様、時間よ。今日はもう上がれそう？」

小百合の声かけに、向かって右側のデスクにいる三村が「んー！」と大きく両手を上げて伸びをする。

「急ぎの案件もないですし、私はこれで上がらせてもらいます。あー疲れた、肩がばっきばき！」

それを見て苦笑するのは、向かって左側のデスクにいる相川だ。

「三村さん、年よりくさいですよ。まだ二十代でしょ」

「……相川君。それ、私だから許すけど、他の会社で言ったらセクハラ案件だから」

「はいはい、気を付けます」

大袈裟に怒った表情を見せる三村と、そんな彼女を適当に宥《なだ》める相川。見慣れたいつものやりとりに小百合は苦笑する。

株式会社マリエ・リリーズの社員は、全部で三名。社長の小百合と事務担当の三村、そして営業担当の相川である。三村と相川とは、小百合が新卒で入社した会社で知り合った。

三村は小百合の一年、相川は二年後輩。いずれも小百合が独立すると決めた時、自《みずか》らついてくると言ってくれた、いわば小百合の同志のようなものである。立場的には経営者と従業員ではあるものの、二人は親しみを込めて未だに「社長」ではなく「小百合さん」と呼んでいる。

「小百合さん、俺も今日はこれで上がれます。もし何か手伝うことがあれば、残りますけど」

「ありがとう、でも大丈夫よ。私もこの後予定があるし、十九時には帰るつもりだから」

「そうですか？　じゃあ、失礼しますね。お疲れ様でしたー」

相川が帰ると、待ってましたとばかりに三村が「小百合さん！」と身を乗り出してくる。

「三村さん、どうかした？」

「ズバリ聞きます。小百合さん、もしかして……彼氏、できました？」

「ど、どうしたの、急に」

不意打ちの問いに小百合は固まる。それを三村は肯定と捉《とら》えたらしい。

「やっぱり！　そうだと思ったんです、いつもはパンツスーツなのに今日に限ってスカートなんですもん。お化粧もいつもよりバッチリだし、ネイルも変えましたよね」

確かに今日の小百合の格好は、普段よりも気合の入ったものだ。

普段は動きやすさを重視したパンツスーツが多いが、今日は夜の予定を意識してワンピースを着ている。普段は簡単にハーフアップにしている髪の毛は、編み込んでアップにした。昨夜、仕事終わりにネイルサロンに行ったのも合っている。

「今日はやけに目が合うなあと思ったけど……よく気づいたわね？」

「そりゃそうですよ！　小百合さん、仕事の時はシンプル系が多いでしょう？　でも、今日はそんなに可愛いから」

さすがにお見合いにいつもの格好で行くのは憚《はばか》られる。先方も小百合が仕事終わりで行くのは承知しているので、あまり華美にならない程度にお洒落《しゃれ》してみたのだけれど。

「……変かしら？」

「全然！　すごく可愛いです！」

やけに力説する三村に小百合は「ありがとう」と苦笑した。

以前の会社からの知り合いということもあり、三村との付き合いは深い。昼休みにランチに行くのはしょっちゅうだし、休日に買い物に出かけたこともある。そんな気安さもあり、小百合は素直に言った。

「実は今日、この後お見合いがあるの。だから最低限、失礼にあたらない格好をしてきただけよ」

残念ながら彼氏ができたわけではないのだ、と伝えると、三村はぽかん……と小百合を見つめる。

「お見合いって。小百合さん、結婚するんですか……？」

「両親の仕事関係で仕方なくね。でも、お断りするつもり」

今回のお見合いは、あくまで両親の顔を立てるためのものだ。それだって、父に恵介への気持ちを疑われてさえいなければ、断っていたかもしれない。

「適当に食事を楽しんで、すぐに終わると思うわ」

「なーんだ、やっぱりそういうことかあ」

「『やっぱり』って？」

「あっ、ごめんなさい！　深い意味はないんです。ただ小百合さん、結婚には興味なさそうだったから、『お見合い』なんて意外で少し驚いて。でもご両親の関係なら納得です」

一流企業のご令嬢だとそういうお付き合いもあるんですね、と三村はうんうんと頷く。

「でもせっかくの機会ですし、初めからお断り前提ってもったいなくないですか？　小百合さんずーっと彼氏いないですし、もしかしたらこれが運命の出会いになるかも！」

「運命の出会いって……そんな、漫画や小説じゃないのよ？」

苦笑すると、三村は「何を言ってるんですか！」とビシッと指を小百合に突きつける。

「出会いは一期一会《いちごいちえ》！　だからこそお客様同士の出会いも大切に！　……これ、前の会社に入った時、小百合さんが初めて私に教えてくれたことですよ？　なのに小百合さんったら、自分のことはてんで無頓着なんですもん。ダメですよ、お客さんだけじゃなくて、自分も大切にしなきゃ！」

「粗末に扱ってるつもりはないけど……」

「とにかく、もっと自分に興味を持たないと！　せっかくのお見合い、楽しまなきゃ損ですよ？」

余計なお世話、と思えないのはやはり気安さ故《ゆえ》だろう。小百合は「分かったわ」と曖《あい》昧《まい》な笑みを向けて、今日は友人と食事をする予定だという三村を見送った。

賑やかな三村が帰ると、途端にオフィスは静寂に包まれる。

「『やっぱり』かあ……」

三村の言葉に他意はないと分かっている。しかしそう言われてしまうのもどうなのだろう。

結婚を斡旋《あっせん》する立場の人間が、自身の結婚には無頓着。

実際、「社長が未婚」であることが仕事に影響を与えたことも、なくはなかった。

結婚相談所を利用しても、残念ながら成婚に至らない例は当然存在する。その中には、稀《まれ》に「マリエ・リリーズに原因がある」と主張する人もいた。そんな中、小百合が言われて最も困るのは、この一言。

社長が未婚だと知っていたら、登録なんてしなかった、というものだ。

とはいえ、婚活コンサルタントは既婚でなければならない、なんて決まりはない。それでも気にしてしまうのは、全て自分の問題。人の結婚は前向きに捉《とら》えられるのに、自分は結婚したいと――恋人が欲しいと思わない。

恋人ができれば肉体的な関係も発生する。それは、小百合にとってはトラウマ同然だ。キスまでなら、多分、大丈夫。でもそれ以上――異性と素肌を触れ合うのは、怖い。

あの時の経験は、小百合の中に深く根付いてしまった。

普段は、仕事と自分は切り離して考えている。でもふと冷静になった時、恋をしたいと思わない自分を、まるで欠陥品のように感じてしまうことがある。

小百合の好みのメイクや服装は、清楚系よりセクシー系。そんな見た目もあって、過去の恋人たちは、小百合に異性との肉体経験がないとは思わなかったらしい。しかし初体験の苦い記憶を理由に小百合は、彼らと深く付き合うことを拒んでしまった。

でも、それだけではない。

(心のどこかで、恵介さんと比べてしまっていた)

別れの原因は、誠実に向き合うことのなかった小百合にも十分にある。

(吹っ切ったつもりなんだけどなあ)

恵介への気持ちは、結婚式の夜を最後に思い出にした。でも、だからと言ってすぐに「さあ、彼氏を作ろう!」とも思えなくて。

——もしも、感情の全てを持っていかれるような恋ができたら。

——この人しかいらない、そんな人が現れたら。

恵介への気持ちは淡くて幼いものだった。だから小百合は、「この人だけが欲しい」なんて強い感情は知らない。でももしも、そんな人が目の前に現れたら……?

(……なんて、ね)

そんな人物がいたら、今回のお見合いを受けることも、そもそも父に恵介への気持ちを疑われることもなかっただろう。そんなことを考えているうちに、時間は予定の十九時。小百合はオフィスを出たのだった。

時間には余裕をもって出たが、ホテルの最寄り駅まであと一駅、というところでそれは起きた。

『お客様にお知らせいたします。ただいまこの列車は――』

車内にアナウンスが響く。どうやら次の駅でトラブルが起きたらしく、小百合を乗せた電車は、目的の一つ前の駅で停車してしまったのだ。

その後も電車が動き出す様子はなく、駅のホームには乗車を待つ人が溢れてきている。

小百合は腕時計に視線を落とした。十九時二十分。時間には少しだけ余裕はあるが、このまま待っていたら遅刻してしまうかもしれない。ならば、と小百合は一駅手前のここで降りて、タクシー乗り場へと向かった。

だが駅の改札から出た瞬間、足が止まる。タクシー乗り場には、既に乗車を待つ人の大行列ができていた。この時点で十九時三十分。順番が来る頃には待ち合わせ時刻を過ぎてしまうかもしれない。

スマホのアプリを立ち上げて、ホテルまでの道順を確認する。

（この時間なら、歩けばまだ間に合うわ）

列から離脱すると、足早に歩き出す。しかし今日に限って、ワンピースに合わせて高めのヒールを履いているため、なんとも歩きにくい。

ホテルに着いて、身だしなみを整える間もなくお見合い開始……なんてことは、絶対に避けたい。そのためにも、せめて五分前には到着したかった。

そんな願いが通じたのだろうか。進行方向からこちらに向かってくるタクシーが目に入る。「空車」と表示されているのを見て、ほっとした。

（良かった、なんとか間に合いそう！）

片手を挙げてタクシーを止めようとした、その時だった。不意にの目の前に、スーツ姿の男性が割り込んでくる。その人物は、呆気に取られる小百合をよそに大きく手を挙げた。

タクシーは、当然のように彼の前に停車する。小百合は慌てて男性を呼び止めた。

「ちょっと、それには私が……」

私が乗ろうと思っていたのよ――そう言いかけた言葉は、振り返った男性の顔を見た瞬間、どこかに行ってしまった。

小百合を見て固まったのは、その男性も一緒だった。

切れ長の二重《ふたえ》の目に、彫りの深い顔立ち。至近距離で見ると、その顔がいかに整っているかが分かる。芸能人やモデルでさえ、彼の前では霞《かす》んで見えるかも知れない。そう思わせるほどの美男子。

――三ヵ月前、ホテルのバーで出会った「失礼男」が、そこにいた。

「君は……」

男性もまた驚きを露《あら》わに小百合を見つめている。先に言葉を発したのは、男性の方だった。

「……ここで会うなんて驚いた。その様子だと、君もこれに乗るつもりだった？」

「そ、そうですけど……」

「だろうね。でも、すまないが今は譲ってほしい。急いでいるんだ」

「急いでいるのは私も同じです！　今すぐ逢坂ホテルに行かなきゃいけないんですから」

小百合が言い返すと、男性は肩をすくめる。

「別に、そんなに急ぐ必要はないだろ？　ゆっくり行って食事でも楽しめばいいのに」

「なっ……！」

まさかそんなことを言われるとは思わず小百合は唖然とする。

「あ、あなたの方こそ別のタクシーを拾えばいいじゃない！」

「その余裕があったら、ホテルで大人しくタクシーを手配してるよ。迎車を待つ時間も惜しかったから、ここにいるんだ。この大通りならすぐに拾えると思ったからね」

方角から、彼が逢坂ホテルから来たのは間違いないだろう。これからそこに急いで向かうと言った小百合に、「急ぐ必要はない」「ゆっくり行け」だなんて、どこまでも失礼な男だ。

「とにかく、今回は譲ってもらうよ。急な話で本当に申し訳ないと思ってる。この埋め合わせは、必ずするから」

言って彼は、胸元から名刺らしきものを取り出すと小百合に握らせた。

「そんな、勝手なことばかり言わないで……って！」

小百合の言葉を最後まで聞くことなく、扉が閉められる。あまりの展開に呆然とする小百合の前で、窓が半分ほど開いた。

「そこに俺の連絡先が書いてある。君の都合の良い時でいい、いつでも連絡して」

「ちょっと、待っ――」

待って！　と止める間もなく、窓は閉まった。

「……信じられない」

遠ざかるタクシー。立ち尽くす小百合の手には、名刺だけが空《むな》しく握られていた。

その後の展開は、小百合が予想した通りだった。結局歩いてホテルに向かい、十分以上遅れて到着した。そのまま身だしなみを整える間もなく、会場であるホテル内の料亭へと急いだ。

しかしいざ着いてみれば、約束した相手の姿はどこにもなく——店のスタッフから聞かされたのは、先方は既に帰ったという知らせだった。なんでも急用が入ってしまったらしい。

「逢坂様からは、是非食事を楽しんでくださいと言付かっております」

スタッフからはそう伝言をもらったけれど、「分かりました」とその場で一人食事ができるほど、小百合はふてぶてしくなれなかった。

ホテルのエントランスを出て、最初に目に飛び込んだタクシーに思わず足を止める。心も体もすっかり疲れていたけれど、今はタクシーに乗る気分にはなれなかった。

(「帰った」って、十分の遅刻で……？)

今回の見合いを希望したのは先方だ。ならば、十分そこそこで席を立つのはどうなのだろう、と思わなくはない。

(ああ、でも、逢坂ホテルの御曹司だから、分刻みのスケジュールだったりするのかも)

とにかく、考えたところで仕方ない。結局は、小百合が遅刻しなければ良かっただけの話だ。

(きっと、お見合いは破談だわ)

初めからお断りする予定だった。でも、すっぽかすつもりなんてなかったのに。

先方は気分を害したことだろう。両親の顔にも泥を塗ってしまった。それ以上に小百合には懸念事項がある。

（父さんにわざと遅刻したって思われたら、どうしよう）

今回のお見合いを受けた最大の理由は、父に恵介への気持ちを指摘されたから。それを払拭《ふっしょく》するためにここに来たのに、まさか、疑念を深めることになるかもしれないなんて……。

それもこれも、全ての元凶は――

「あそこで邪魔されなければっ……！」

抑え込んでいた怒りがふつふつと沸き上がる。眉間に皺《しわ》を寄せた小百合は、バッグの中に突っ込んでいた名刺を取り出す。渡された時は驚きと急いでいるのもあって、確認する暇もなかったのだ。

――株式会社逢坂スペースソリューション　営業部部長・藤堂瑞樹。

名刺にはそう記されていた。お見合い相手と同じ名前とは、なんの因果だろう。

それにこの社名には見覚えがある。

「逢坂」の名前を冠している通り、逢坂ホテルグループ傘下《さんか》の企業の一つだ。確か、逢坂ホテルの施工管理や、施設の設計を手掛けている子会社だったはず。

藤堂瑞樹。

直視するのが躊躇《ためら》われるほどの美形だった。会ったことがあるのは、三ヵ月前の一度だけ。それなのに見た瞬間、「あの時の人だ」と強烈に記憶が蘇《よみがえ》った。

『――だって、酷い顔だ』

そして、バーで言われた屈辱的な一言も。

（……思い出したら、またムカムカしてきた）

年齢は多分、三十代前半。あの若さで逢坂ホテルグループ企業の営業部部長なら、なかなか優秀な人物なのかもしれない。しかし、いくら優秀だろうと小百合にとっては関係のない話。

（何が、「この埋め合わせは、必ずする」よ）

万一、これで宮里グループと逢坂ホテルの関係に亀裂が入ったら、その補填《ほてん》をしてくれるとでもいうのか。藤堂は、あくまでグループ傘下《さんか》の一《いち》社員。そんな力があるとは思えない。

「……ああもう、どうしよう」

まずは、両親に今日の報告をしなければ。逢坂瑞樹と会いさえすれば、断ったところで丸く収まると思ったのに。今日の事の次第を知った父が何を思うのか、予想がつかないだけに頭が痛い。

疲れた体で帰途に着いた小百合は、靴を揃える余裕もなくバッグをソファに投げると、ぐったりと腰掛けた。ここは、最寄駅から徒歩十分の１ＬＤＫのマンション。築年数は

した。二十年ほどで、近隣の相場より比較的安めだったこともあり三年前の独立を機に契約
　実家を出て初めての一人暮らしに初めは慣れなかったものの、今では立派な小百合の城だ。

(とにかく、電話しないと)

　ソファに座り込んだまま、自宅へ電話をかけようとスマートフォンを手に取った。直後、不意に振動する。慌てて画面を見れば今まさにかけようとしていた相手――正史からの着信だった。まさかこのタイミングで来るとは……恐る恐る通話ボタンを押す。

「……もしもし」

『小百合、今電話しても大丈夫かな?』

「大丈夫よ。……あのね、父さん。今日のお見合いなんだけど実は、私が遅刻してしまって……ホテルに着いた時には、逢坂さんはもう帰られていたの。その、急な仕事が入ったみたいで……」

『ああ、そうらしいね。さっき、先方から連絡があった。彼は、遅刻のことは全く気にしていなかったよ。むしろ自分の都合で今日を指定したのに、先に帰ることになって申し訳ないと言っていた。それよりも小百合、彼から伝言を預かっているんだ』

「伝言……?」

なんだか、嫌な予感がする。身構える娘とは対照的に、電話越しの父は嬉しそうに続けた。

『彼は是非、このお話を進めたいそうだ』

もたらされた予期せぬ言葉に小百合は言葉を失った。

『今日は残念だったが、日を改めてもう一度ゆっくり会いたいと言っていたよ。となれば、日にちについてだが……』

「ま、待って父さん！」

小百合は慌てて父の言葉を止める。

「逢坂さんがそう言っているのは分かったわ。でも、こちらの返事は、まだ待ってもらって！」

その返事に正史は不満そうな声色を返してきたけれど、こればかりは小百合も譲れない。

「とにかく、来週の日曜日に帰るから！　その時、もう一度話し合いましょう。ね？」

『――分かった。ではまた、日曜日に』

電話が切れた瞬間、どっと体が重くなったような気がした。帰宅した段階で既に疲れ切っていたけれど、父の話は、結果的に小百合の疲労を一層深めることとなったのだった。

Ⅲ

翌日の木曜日。来週末には実家に帰らなければならない。それまでに考えることは山積みだ。せめて仕事だけは平穏に終わりますように——そんな小百合のささやかな願いは、残念ながら叶わなかった。

通常マリエ・リリーズでは、顧客との面談は主にオフィスの一室で行《おこな》う。顧客が希望した場合はカフェなどでお茶と雑談を交えてすることもあるものの、今回は前者だ。

現在、木曜日の十七時。定時まであと一時間。小百合の今日の予定は、面談があと一件残っているだけだ。しかし、この最後の顧客こそが曲者《くせもの》だった。

「またお断りって、どういうこと？　一体、私の何がいけないって言うの、ねえ！」

小百合の目の前に座り、目を吊り上げてこちらを睨《にら》む彼女の頬は、真っ赤に染まっていた。それは怒り故《ゆえ》か、はたまた羞恥心《しゅうちしん》からか——

（……両方、よね）

まずは、落ち着いてもらわなくては。小百合は冷静に、相手を刺激しないように言葉を選ぶ。

「大野《おお の》様にいけないところなんてありません。ただ、理由は今までもお伝えしましたように――」

「遠回しな言い方なんてしないでいいわよ。結局は『理想が高い』って、そういうことでしょ？」

その通り、自分でもよく分かっているじゃない――なんて、口が裂けても言えない。

しかし、もしも小百合が彼女の気の置けない友人だったならば、こう言っていただろう。

――もう少し現実を見た方がいい、と。

大野が結婚相手に求めている条件。それは、俗に言う「三高」――「高収入」「高学歴」「高身長」である。バブル期ならいざ知らず、二十五歳の彼女がそれらを条件に挙げた時は本当に驚いた。

年収は一千万以上。都内にマンションもしくは土地を持っていること。夫の両親とは完全別居が条件で、長男は論外。次男もしくは三男であること……こんなに条件の揃った男性は、マリエ・リリーズの全登録男性の中でもほんの一握りだ。一方の大野といえば、中小企業に勤めるごく一般的なＯＬである。

もちろんそれが悪いなんてことは微塵《み じん》もない。こんな風に髪が逆立ちそうなほど怒っていなければ、彼女はいたって可愛らしい今時の女性だ。

趣味は御朱印《ご しゅ いん》集めと美術鑑賞。休日はアウトドアよりも自宅で読書をしている方が好き──と、どちらかといえば清楚で真面目な女性だと思う。

しかし、彼女が求める好条件の男性は、当然ながら競争率も高い。せめてもう少し求める項目を少なくしないと……今までもそう伝えてはいるけれど、今回もまた、大野は納得がいかないようだった。

「宮里さん。あなた今、恋人はいるの？」

「いえ、いませんが……」

「でしょうね。……もう、最悪。社長が恋人もいない独身なんて知ってたら、初めから入会なんてしなかったのに。そんな人に女性会員の……私の気持ちが分かるの？　とにかく！　こっちは安くないお金を払っているんだから、もう少しなんとかしてよね！」

そうして大野は、これ以上話しても無駄だと言わんばかりの態度で出ていった。

──本当に運が悪い時は、どこまでもついていないものだ。

『独身の社長なんてありえない』

（このタイミングで言われるのは、ちょっときついかも）

これればかりは深く考えても仕方のないこと。頭では分かっていても、気にしていることを真正面から指摘されるのは、なかなか辛い。

その後はとても残業する気にはなれなくて、小百合は終業時刻とともに帰社した。そのまま駅前のカフェに向かい、珈琲《コーヒー》を片手に一人項垂《うなだ》れる。

（……なんなの、もう。私はただ、仕事を頑張りたいだけなのに）

誰も彼も皆、どうしてそんなに自分に結婚させたいのか。

お願いだから放っておいてほしい自分と、結婚に興味が持てないのを欠陥品だと思ってしまう自分。その二つの感情がぶつかり合って、一体どうすればいいのか、何が正解なのかが分からない。

相手は、あの逢坂ホテルの御曹司。それこそ大野が理想としている相手と言えるだろう。

（いっそのこと、私と代わってくれればいいのに）

そんなひねくれたことを考えてしまうほどには、疲れ切っていた。

小百合の中で断ることは、決定事項。問題なのは、その「理由」だ。

もしもあの日遅刻しなければ、性格が合わないとでも言って断ることもできた。だが実際に逢坂瑞樹と会っていない小百合には、それは使えない。

父の中にある、「小百合が恵介を好きかもしれない」疑念を払拭《ふっしょく》するためにも、何か、父を納得させるだけの断る理由を見つけなければ……。でも、そんなすぐに見つかるはずもなく。

（それもこれも全部、あの人のせいだわ）

小百合は、名刺ケースから昨日渡された名刺を取り出した。

藤堂瑞樹。顔だけは素晴らしく整った、けれども皮肉っぽい男。彼のことを思い出すと今でもムカムカする。あの、人を小馬鹿にした態度といい口調といい、絶対に好きになれないタイプの人間だ。

——そう。恵介などとは、まるで正反対のタイプの男性。

(そういえば、彼、あの時……)

ふと小百合は、三ヵ月前、藤堂と初めて会った時のことを思い出す。

『何度も言っている通り、俺はまだ誰とも結婚するつもりはない』

『両親に呼び出されて来てみたら、知らない女の子が「婚約者です」って待ってるんだ。冗談じゃないよ』

あの言葉から推測できること。もしかしたら彼は、小百合と似たような状況にあるのではないか。

その瞬間、頭の中でパチリ、とパズルがはまったような気がした。

(理由、見つけたかも)

小百合は残りの珈琲《コーヒー》を飲み終えると、速足で帰宅する。夕食を取ることもなくシャワーを浴びてすっきりすると、スマートフォンを片手にソファの上に正座した。

ふう、と深呼吸をして、藤堂の名刺に書かれた番号をコールする。緊張で心臓が早鐘を打つ中、呼び出し音を聞きながら待つ。しかしなかなか通話に切り替わらず、もしや未登録の番号は出ない設定か——そう思って諦めかけた、その時だった。

『はい、藤堂です』

「っ……！」

声がした瞬間、スマホを持つ手が震えた。

『……もしもし？』

声は不審そうなものへと変わる。しかし小百合はすぐに声を出すことができなかった。

（なんで、こんなに無駄に良い声をしてるの）

相手は名前を名乗っただけなのに、電話越しに聞こえる掠《かす》れた声に、本能的に背筋がぞくりと震えた。

『……悪戯《いたずら》電話なら、切るぞ』

「待っ……私です、宮里です！」

『どこの宮里さん？　あいにく、その名前の知り合いは少なくないんだが』

嫌味っぽい口調にムッとする。そのくせ、このまま聞いていたいと思うほど良い声なのがなんとも恨めしい。同時に小百合は、藤堂が自分の名前を知らないことに気づく。

こちらは名刺を渡されていたから、そのことをすっかり忘れていた。

「タクシーをあなたに割り込みされた、宮里小百合です」

『……驚いた。まさかこんなに早く連絡が来るなんて。それで、一体なんの用かな、宮里小百合さん』

「……約束を守っていただこうと思ってお電話しました」

『約束？』

「『この埋め合わせは、必ずする』とおっしゃいましたよね？　その件です」

『ああ、なるほど』

くすり、と電話の奥で藤堂が笑う。その反応に小百合は眉を寄せた。

「もしかして、忘れてました？」

『まさか。君から連絡が来るのを、ずっと待ってた』

他意はないと分かっている。でも、思わせぶりな言葉に不覚にもドキッとした。

『それで、どんな埋め合わせをご希望かな？』

深呼吸の後、小百合は言った。

「単刀直入に言います。——私の婚約者のフリをしていただきたいんです」

電話の向こうで藤堂が固まったのが分かった。

『……フリ？』

「ええ」

彼が困惑しているのは、電話越しにも伝わってきた。

（まあ、当然よね）

素性の知れない女に突然こんなことを言われたら、誰だって答えに詰まる。

『聞き間違いなら悪いから、もう一度。婚約者の……フリ？』

「そうです」

『……悪いが、君の言っていることが理解できない』

予想通りの反応に小百合は拳《こぶし》をきゅっと握る。

「今、私には両親に決められたお見合い話があるんです。でも私は、このお話を断るつもりでいました。あなたにタクシーを横取りされたあの日は、断りに行く途中だったんです」

『決められた……断る……』

藤堂は、訝《いぶか》しげに反芻《はんすう》する。やけに深刻そうな声色だが、突然の話に彼が驚くのも当然だろう。

「……こう言ってはなんですが、結果的にあなたのせいで、遅刻して相手と会うことができませんでした。でも先方はこの話を進めたいとおっしゃっていて……相手とお会いしていない以上、簡単に断るわけにもいきません。だから私には、お見合いを断る『理由』が必要なんです」

『理由？』

「ええ。もしも私に恋人がいたら、さすがに両親も無理やりお見合いを勧めないでしょう。でも今、私に恋人はいません。……だから」

深呼吸をして、小百合は言った。

「私の両親に会っていただけませんか。結婚を前提にお付き合いしている、『婚約者』として」

常識外れのことを言っている自覚は、ある。

小百合が藤堂について知っているのは、名前と勤務先、連絡先だけ。それだって名刺を一枚渡されただけで、本名なのか、実際に会社に在籍しているかどうかさえ定かではない。

そんな正体不明の相手にこんなことをお願いするなんて、他人に知られたら正気を疑われかねない。しかし今の小百合には、これしかないのだ。

――藤堂に、婚約者のフリをしてもらう。

お見合いを断る理由を探している中、頭に浮かんだのが、藤堂瑞樹の存在だった。

ホテルでの女性とのやり取りを思い返す限り、藤堂は両親に結婚を望まれている。そんな自分とよく似た状況に、小百合は賭けた。

藤堂が、この話を呑んでくれるか。恋人のフリをしてくれるか、否か。

これは、博打《ばくち》のようなものだ。埋め合わせをすると言っても、本人が嫌がることを強制するなんてできない。

奇妙な間が続く。電話越しに聞こえるのは藤堂の微《かす》かな息づかいだけだ。今、彼が何を考えているのか。断られて当然。何を馬鹿なことを、と電話を切られても仕方ない。

『……とりあえず、一度会って話そうか。君のご両親に会うのは、いつの予定？』

しかし答えは、意外なものだった。

「えっ……できれば、来週の日曜日にお願いしたいと思ってますが……」

咄嗟《とっさ》に応えると、藤堂は『随分急だね』と苦笑する。

『なら、今週の土曜日、十三時に会おう。詳しいことはその時聞くよ。都合はどう？』

「もちろん、私は大丈夫です」

『決まりだな』

そうして待ち合わせ場所は、二人の勤務先の中間地点にある駅に決まった。まさか話がこんなにスムーズに進むなんて。驚きながらも小百合が電話を終わらせようとした、その時だった。

『今日は、電話をありがとう』

「え……？」

『君に会えるのを楽しみにしてるよ。……おやすみ』

そして、電話は切れた。

耳に残るのは、最後に不意打ちに囁《ささや》かれた言葉。

（な、何、あれ……）

楽しみにしている、なんて社交辞令に過ぎない。それなのに藤堂の声は、小百合が思わず赤面するほどの色気があった。何より、藤堂が戸惑ったのは初めだけで、小百合の常識外れの要求に対して余裕さえ感じ取れた。

――もしかして自分は、とんでもない人に声をかけてしまったのかもしれない。

しかしもう後には引けない。人間、余裕がないと、自分でも予想のつかない行動をするものなのだと知った瞬間だった。

約束の土曜日、十二時五十分。

予定より少し早めに到着した小百合は、一足先に改札を出て藤堂を待つことにした。それから遅れること五分。改札から一際《ひときわ》目を惹く男性が歩いてくる。

(相変わらず目立つ人ね)

淡いブルーのコットンシャツにネイビーのカーディガン、ベージュのパンツ。

カジュアルな格好で現れた藤堂は、遠目に小百合を見つけたのか、挨拶《あいさつ》代わりに片手を挙げた。小百合もペコリと軽く会釈《えしゃく》をして、彼のもとへ向かおうとする。すると、二人組の女性が小百合の横を通り過ぎ、藤堂の前で立ち止まって話しかけた。

後ろ姿からも分かるほど二人のテンションは高い。

しなを作る様子といい、どこからどう見ても道を聞かれているという感じではなかった。

（もしかして……逆ナン？）

二人以外にも、道行く人が藤堂に視線を向け、中には遠巻きに足を止めている人もいる。

（……気持ちは分かるけど）

確かに藤堂という人物は、少なくとも小百合の知る限り、見た目だけは最上級の男なのだから。しかし、どうしたものか。

待ち合わせをしていた異性が目の前で女性に誘われている。そして当人はといえば、浮かれるどころか顔をしかめていた。しかし彼がいくら迷惑そうな顔をしても、二人の女性はべったりくっついて離れない。

（あれは、嫌がっていると思っていいのかしら）

そんな中、少し離れたところから藤堂を見ていた一人の女性が、バッグからスマホを取り出した。その手元は明らかに藤堂に向いている。気づけば、体が先に動いていた。

「藤堂さん！」

小百合は咄嗟《とっさ》に大きな声で名前を呼ぶと、わざとスマホを構えた女性と藤堂の間に立つ。同時に背後でカシャリ、という音がした。

（やっぱり）

隠し撮りは、さすがにマナー違反だ。

「お待たせしてすみません」

まさか小百合から駆け寄ると思っていなかったのか、藤堂は驚いたように目を瞬《またた》かせる。一方のナンパ中の女性たちからは「邪魔だ」というオーラをひしひしと感じたけれど、小百合はあえて無視をする。

正直なところ、かなり気まずい。どうして私がこんなことを……と思いつつも、このままでは埒《らち》が明かない。小百合は覚悟を決めた。

「あら、こちらの方たちは？」

初めて気づいたとばかりに視線だけを彼女たちに向ける。しかし、自分たちは親しい関係なのだと思わせるように、体は藤堂の方に向けたままだ。女性らは気まずそうに視線を合わせる。

小百合は、この後はどうしたらいいのだろうと藤堂を見る。すると彼は、にやりと唇の端を上げ——小百合の腰に片手を添えると、ぐいっと自《みずか》らの方へと引き寄せた。

（えっ……！）

突然の行動に小百合は固まった。目の前には彼の胸板。腰は大きな手のひらにしっかりと支えられていて身動きが取れない。そして藤堂はわずかに抱擁《ほうよう》の力を緩《ゆる》めると、小百合と向かい合い、耳元で囁《ささや》くように言ったのだ。

「小百合。俺の方こそ、待たせてごめん」

電話越しでさえ刺激の強かった声。それを吐息交じりで――しかもまるで本物の恋人に囁《ささや》くような甘い声で名前を呼ばれては、平静を保てるはずがなかった。

（近過ぎる！）

かあっと頬が赤くなる。俯《うつむ》く小百合に、やはり藤堂は余裕たっぷりにくすりと笑った。

「見ての通り俺には彼女がいるから、君たちに構っている暇はないんだ。遊びたいなら他の男を誘えばいい」

藤堂は片手を小百合の腰に添えたまま歩き始める。女性たちの方向を振り返る勇気は、小百合にはなかった。

「藤堂さん、そろそろ放し――」

「もう少し。彼女たち、まだこっちを見てるから」

それから少し歩いて角を曲がったところで、藤堂はぴたりと止まる。

「……あの、もういい加減いいですよね？」

これでようやく解放されると思ったが、彼が手を放す素振りはない。やけに笑顔でこちらを見下ろす藤堂を見て、小百合は慌てて離れた。猫が飛びのくような仕草に、藤堂は大袈裟に肩をすくめる。

「そんなに嫌がらなくてもいいのに」

「もう二人からは見えない場所です。必要以上に傍にいる必要はありません」

「俺は、もっとくっついていても良かったけど」

よくもそんなにポンポンと軽口が出てくるものだ。小百合は呆れてジト目で藤堂を見るが、一方の彼は意外な表情を小百合に見せた。

――彼は、笑っていた。

嫌味っぽく唇の端を上げるのとも、小馬鹿にするような笑顔とも違う。スーツ姿に比べてラフな格好をしているせいもあるかもしれない。くすくすと笑いを噛み殺す姿は、初めてホテルで出会った時とは大分違う印象を小百合に与えた。

「何がそんなにおかしいんですか？」

「いや、失礼。まさか、女性に隠し撮りから守ってもらう日が来るとは思わなくてね」

「……気づいていたの？」

「あいにく、ああいう輩《やから》に遭遇《そうぐう》することは多いんだ。いい加減うんざりしている」

その口ぶりからは本当に迷惑がっているのが伝わってくる。

「彼女たちは、肖像権というやつを知らないらしい。君が間に入ってくれたから、大事《おおごと》にせずに済んだ。助かったよ、ありがとう」

まさかこんなに素直にお礼を言われるとは思わなかった。同時に納得もする。

「確かにあなた、顔だけは良いですもんね」

思わず零《こぼ》れた本音に「あっ」と思うも既に遅い。

「随分とはっきりものを言うんだな、君は」

「……失礼しました、つい」

「前に君は、俺のことを『失礼な人』と言ったけど、君もたいがいだな。今、分かった」

あの時と同列に語られるのは納得がいかない。とはいえこの場でこれ以上話を広げるのはどうかと思い、ぐっと堪《こら》える。そんな小百合を藤堂はどこか愉快げな様子で見下ろした。

「やっぱりいいな、君」

「……馬鹿にしてます？」

「まさか。その逆だ。あの二人を前にした君の演技力は最高だったよ。まるで本当の恋人みたいに寄り添ってきて、名女優かと思ったくらいだ」

（やっぱり馬鹿にしているじゃない！）

声に出して言い返すのは我慢したものの、思わず眉間に皺《しわ》が寄る。そんな小百合の反応さえも楽しむように、藤堂は言ったのだった。

「さて、そろそろ店に行こうか。そこでゆっくり聞かせてもらうよ。俺に婚約者になってほしい、宮里小百合さん？」

その後、二人は待ち合わせの駅から徒歩五分ほどの距離にある喫茶店へと入った。

大通りから一本内側に入った路地にあるこの喫茶店は、知る人ぞ知る穴場の店である。昭和の終わりから営業しているとのことで、店内にはレトロな雰囲気が漂《ただよ》っていた。

木目調の壁には、昭和の往年の大スターのモノクロポートレートが飾られている。

店内に心地よく流れるＢＧＭは、マスターが厳選したジャズレコード。挽き立ての珈琲《コーヒー》の香りやどことなくゆったりとした空気感は、小百合の緊張を少しだけほぐしてくれた。

「――改めて、宮里小百合です。今日は、時間を作っていただきありがとうございます」

ダメで元々。断られて当たり前。そんな心持ちで小百合は藤堂と向き合った。

互いに簡単な自己紹介をした後、小百合は今の自分の状況と抱えている問題を端的に伝えた。

生家は宮里グループなのだが、自分は婚活コンサルタントとして独立し、会社を経営していること。両親からお見合いを勧められているが、まだ自分には結婚するつもりがないこと。

結婚したくない理由は、「仕事を頑張りたいから」とだけ伝えた。

恵介や過去のトラウマについては、あえて言及しない。その必要はないと思ったし、仕事を頑張りたいというのは本当だからだ。できるだけ平静を装って、事実と、希望することを淡々と話す。しかし藤堂からは見えないだろうテーブルの下では、手をぐっと握りしめていた。

一方その間の藤堂は、じっと小百合の話に耳を傾けていた。

珈琲《コーヒー》を飲む時以外、彼の視線はまっすぐ小百合に注がれたままだ。その表情から彼の内心はまるで読み取れない。ただ、恐ろしく端整な顔立ちとじっと対峙《たいじ》するのは、色々な意味で小百合の心臓に悪かった。

――自分は、こんなにも面食いだっただろうか。

答えは、否。

恵介は俗に言うイケメンではないし、初めての彼氏も、藤堂に比較すればその差は明らかだ。それなのに意図せずドキドキしてしまう自分が不思議でたまらない。分かるのは、藤堂に見つめられるとなんだか落ち着かなくて……無性に逃げ出したくなる感覚に陥《おちい》るということだけだ。切れ長の目は、小百合の心の奥底まで覗いているようだった。

「……なるほど、大体の話は分かった。つまりは、気の乗らないお見合いを回避するために、俺に婚約者になってほしいと、そういうことか」

「はい」

「ほとんど初対面の男をつかまえて、なかなか突拍子もないことを思いつくね。ちなみに答える前に一つだけ教えてほしい。どうして俺なんだ？　君くらいの人なら、無条件で『お願い』を聞いてくれる男なんていくらでもいると思うけど。それに知り合って間もないけれど、見た限り君は、こんな博打《ばくち》を打つようなタイプにはとても見えない」

「あなたの目に私がどう映っているかは分かりませんが、そんな都合の良い男性はいません。あなたにお願いした理由は……」

言いよどむ小百合に、藤堂は促《うなが》す。

「いいよ、正直に言って」

「……あなたなら、好きにならないと思ったからです」

仮に小百合に好意を寄せる男性がいたとする。そんな人に「お願い」をすれば、婚約者のフリくらいはしてくれるかもしれない。でも、それだけで終わらない可能性もある。世の中はギブアンドテイク。仮に見返りとして交際を要求されても、誰とも付き合うつもりのない小百合は応えられない。

その点、藤堂は都合が良かった。そもそも小百合の好みとは正反対の性格をしているし、何よりこれだけの美丈夫《びじょうふ》だ。彼もまた小百合相手に本気になることは、きっとない。

「――なるほど、ね。面白い。そういうことか」

「無理にとは言いません。ダメなら断ってくれても――」

「いいよ、君の話に乗ろう」

「……へ？」

思わず目を瞬《またた》かせて気の抜けた声を出す小百合を、藤堂は不思議そうに見る。

「だから、君に協力すると言っているんだ。埋め合わせをすると言ったのは俺の方だしな。大体、自分から言い出しておいて何を驚いてるんだ？」

「いいえ、確かに話を持ち掛けたのは私ですけど……」

（普通、もっと色々聞いたり、怪しんだりするものじゃないの？）

藤堂の言う通り提案したのは自分だが、まさかこうもあっさりと乗ってくるなんて。

「話を聞く限り、どうやら俺たちは似たもの同士らしい。まあ、だから君も、俺にこんな突拍子もない話を持ち掛けたんだろうけど」

藤堂は笑う。

「気づいているとは思うけど、俺も君と同じ、親に結婚を迫られている身でね。次から次へと相手をあてがわれていい加減うんざりしてるんだ。かといって今の俺に結婚願望はない。何度そう言っても両親……特に母親が聞く耳を持たなくて、『そんなにお見合いがしたくないないなら、恋人を連れてこい』と言われてしまう。どうやら俺たちの親は、何がなんでも子供を結婚させたいらしい。本当に余計なお世話だ」

どこかで聞いたような話だ。

（……というか、まるで私と同じだわ）

そうとは思っていたけれど、想像以上に自分そっくりな状況につい同情してしまう。

「そんな時、君から願ってもない話があった。その上、互いの状況は同じで利害は一致している。こんなの、断る方がもったいない。それに予想外に嬉しいこともあったしね」

「嬉しい？」

「君が美人だったこと。仮にも婚約者だ、美人に越したことはない」

これに小百合は呆れた。

「……さっきも言ったけれど、あなたって本当に失礼な人ですね」

「どこが？　褒めているのに」

「心のこもっていない褒め言葉は、かえって相手に失礼だ、と言っているんです」

このままではどんどん話が逸れてしまいそうだ。小百合は深呼吸をして改めて藤堂と向かい合う。

「ご理解いただいていると思いますが、これは『偽装婚約』です。その上でお互いに確認しなければならないことがあれば、今のうちにしておきましょう。この関係を続ける上の期間やルールとか、ありますよね」

「なるほどね。それじゃあ、期間については俺の要望を聞いてもらっても？」

「どうぞ」

「今日から六ヵ月間。来年の三月までというのはどうだろう」

「……六ヵ月、ですか」

両親に藤堂を紹介してそこで終了、とはいかないと思っていた。両親が突然現れた婚約者について、小百合の知らないところで調べる可能性がある。ならば、それなりの期間を婚約者として偽装するつもりはあった。しかし、なんとなく二、三ヵ月程度を想定していたため、思った以上に長い期間に一瞬答えに詰まる。

「何か不都合でも？」

「……いいえ。それで構いません」

無茶な話を持ち掛けたのはこちらだ。ある程度、藤堂の希望を聞くつもりはある。

それに半年間お付き合いをすれば、両親も偽装とは思わないだろう。

「ちなみにこれは興味本位で聞くけど、来年の四月以降はどうするんだ？　俺を婚約者として紹介しても、別れたらまた違う相手と見合いさせられるだけだと思うけど」

それについては小百合にも考えがある。しかし藤堂にその考えを伝えるのは、なかなか勇気がいった。それでも黙っているわけにもいかず、気まずさを覚えながらも口を開く。

「両親から見た私は、仕事一筋の恋愛に興味がない娘なんです。そんな私が初めて自分から婚約者を連れてきたら、とても驚くでしょう。……それに、本当にその人のことを好きなんだと思うはずです。でも半年後、なんらかの理由で破局、失恋して凹《へこ》んだ……なんてことになれば、さすがに傷心の娘に対してしばらくは口を出してこないはずです」

「つまり、君の両親の前ではラブラブでいろ、と」

ラブラブ。自分には縁の遠い単語過ぎて頭がくらくらする。しかし突き詰めればそういうことだ。

「……そこまで言ってません。普通に、仲良く見えれば十分です」

「了解。それなら、期間は六ヵ月で決まりだ。その間、俺の親に会ってもらうこともあると思う。何しろ俺たちの事情は同じだからね。それは構わない？」

小百合は頷いた。自分の両親に会ってもらう以上、それは仕方ないことだろう。

「ちなみに、この半年間は仕事が忙しくて、なかなか都合がつかないこともあると思う。四月から別の会社で働くことが決まっていてね、その引継ぎもあって何かとバタバタしてるんだ」

「もちろん、仕事優先で構いません。私もそうさせていただきます。ただ……一応確認させてください。三月までは今の会社に勤務されるんですよね？」

「もちろん。どうして？」

「さすがに、両親に無職の方を婚約者として紹介しづらいですから」

これにも藤堂は愉快そうに笑う。

「これでも三十歳だ、社会人歴はそれなりにあるよ。それに今のところ無職になる予定はないから安心してもらって構わない。気になるなら、会社に在籍確認をしてもらってもいい」

「いいえ、それならいいんです」

今日話を聞く限り、藤堂の身元に不審な点は見当たらなかった。そもそも小百合相手に詐称してもなんのメリットもないだろう。

（……でも、待って。三十歳って言った？）

婚約者役を引き受けてもらうことに必死で、今の今まで年齢にまで頭が回らなかった。

「藤堂さん。つかぬことを伺《うかが》いますが、逢坂瑞樹さんという方をご存知ですか？」

彼の名前は瑞樹。その上、三十歳ときた。まさかと思って探りを入れると、藤堂は「もちろん」とあっさり答える。

「うちのグループ企業のトップ、逢坂会長の一人息子だ。それがどうかした？」

「……いいえ、なんでもありません」

瑞樹、という名前はそれほど珍しいものではない。どうやら自分は、つくづく今回のお見合いに敏感になり過ぎているらしい。

「他に聞きたいことは？　なんでも答えるよ。ちなみに金銭トラブルや、過去に警察のお世話になったことは一度もない」

そうは言われても、藤堂には小百合の求める条件が備わっている。むしろこんな順調に話が進んでいいのか、と不安になるほどだ。

（そうだわ）

あえて何かあるだろうか、と思った時に、確認しておきたいことが一つだけあった。

「今現在、お付き合いしている方はいないんですよね？」

「いたら、そもそもここに来ていない」

「それでは、肉体関係だけの方は？」

「ぶっ……！」

セフレにあたる女性はいないのか。その問いに、珈琲《コーヒー》を飲もうとしていた藤堂はむせる。

「肉体関係って……涼しい顔をしてとんでもないことを聞いてくるな、君」

今までずっと余裕のある態度だったのに、それが初めて崩れた瞬間だった。

「大切なことです。期間限定の婚約とはいえ、他の女性に怒鳴り込まれる、なんて状況に巻き込まれるのは嫌ですから」

ホテルでの水かけ事件や逆ナン事件。心当たりが一切ないとは言わせない。そんな小百合の言いたいことが分かったのか、藤堂は「大丈夫だよ」とうんざりした表情をする。

「これから関係を清算しなければならないような人はいないし、女性関係で君に迷惑はかけないと約束する。でも、それを言うなら君の方はどうなんだ？」

「私？」

「好きな男が別にいる、叶わない恋をしている——そういうことはないのかって聞いてるんだ」

「……どうしてそんなことを聞くんですか？」

「深い意味はないさ。ただ、三ヵ月前のホテルのことを思い出してね」

勘の良い男だ、と素直に思う。しかし小百合が答えに詰まったのは、ほんの一瞬だった。

「そんな人、いません」

大丈夫。表情は何一つ変わっていないはずだ。

心臓が一瞬ドクンと跳ねたのは、きっと偶然。藤堂が特に訝《いぶか》しんでいる様子もない。

「――契約成立、だな」

だからこんな風に緊張する必要も……藤堂に後ろめたく思う必要も、どこにもないのだ。


その後二人は来週の予定を話し合い、小百合のマンションで待ち合わせすることに決めると、喫茶店を後にした。ところがここで意外なことがあった。今日の支払いは小百合がするつもりだったのに、化粧室に行っている間に藤堂が会計を済ませていたのだ。

「やっぱり、自分の分だけでも払います」

駅に着いてもなお渋っていると、藤堂はいい加減呆れたとばかりにため息をつく。

それもそのはず、この押し問答は喫茶店から駅までの道のりでずっと続いていた。

「だからいいって何度も言っている。お茶代が払えないほど君の婚約者は甲斐性なしじゃないよ」

「でも――」

「いい加減、しつこい」

　ばっさり切り捨てられると、これ以上何も言えなくなる。小百合はしゅんと、少しだけ俯《うつむ》いた。

（……また、やっちゃった）

『ありがとうございます、ご馳走様でした』

　笑顔でそうお礼を言うのが一番スムーズだし、お互い気持ち良く済むのなんて小百合にだって分かっている。もしもマリエ・リリーズのお客様に、

『こんなシチュエーションならどうすればいいですか？』

　と聞かれたら、

『そんな時は男性に甘えて大丈夫だと思いますよ』

　と笑顔でアドバイスできただろう。でもそれは、あくまで仕事上の話。プライベートの小百合には何年も恋人がいないのだ。そもそも異性に奢《おご》られるというシチュエーションに慣れていなくて、ほんの少し甘えることが、小百合にとってはこんなにも難しい。

「……はあ」

　ため息を聞くと、さすがに凹《へこ》む。可愛くない女と思われているのは、手に取るように分かった。

「いかにも奢《おご》られ慣れてそうなのに、君のそれって、あえてしているのか？　ギャップを狙ってるならすごいよ、効果抜群だ」

　さすがは婚活コンサルタント、と少しばかり疲れたような声で言われるが、意味がわからない。

「ギャップって？」

　眉根を寄せて藤堂を見る。身長差があるので見上げる形になってしまうのが、なんとも癪《しゃく》だ。

「……しかも上目遣いって、天然かよ」

　そんな小百合に藤堂はもう一度ため息をつくと、「分かったよ」と苦笑した。

「奢《おご》られたのがそんなに気になるなら、見返りとして、この婚約にルールを追加させてほしい」

「ルール？」

「そんな身構えなくても変なことは要求しないよ。ルールは簡単、俺たちの間に敬語はなしだ。あとはお互いに名前で呼ぶこと。俺は君のことを小百合と呼ばせてもらうし、もちろん君にも俺のことを名前で呼んでもらう」

　それは意外な提案だったが、簡単なルールで小百合はほっとする。

「分かりまし……分かったわ、瑞樹さん」

「さんづけ、か。まあいい」

その後、二人は改札を抜けてホームへと向かった。藤堂の家は小百合のマンションとは正反対の方向にあるらしく、今日は階段の手前で解散だ。

「小百合」

背中を向けた時、不意に腕を引かれる。あっと思った時には、小百合の体は藤堂の胸の中にあった。

「一つ、言い忘れてた。期間限定とはいえ俺たちは婚約者。君が望んだ通り、これから六ヵ月間、俺は君を本当の恋人と思って接するからそのつもりでね」

驚いて振り返ろうとする。しかし藤堂はそれを止めるかのように、小百合の耳に触れるだけのキスをした。

「ひゃっ……！」

不意の感覚に両手で耳を押さえる。次いで振り返るけれど、その時には既に瑞樹の姿は人混みの中に消えていたのだった。

Ⅳ

『マンションの前にいます』

『了解。あと五分ほどで着く』

約束の日曜日。身だしなみを整えた小百合は、部屋の鍵をかけるとメッセージアプリを起動させる。ものの数分も経たないうちに返信が来た。絵文字もスタンプも一切ない、実にシンプルな返信だ。

（ちょっと、意外かも）

藤堂への第一印象は、「失礼な人」あるいは「軽い人」。どことなく適当なノリといい女性慣れした雰囲気といい、真面目とは言いがたい気がした。だからてっきり、女性受けするスタンプの一つでも送ってくるかと思っていたのだ。

（まあ、これくらいでちょうどいいけれど）

女友達ならともかく、異性とのメールのやり取りなんてそれこそ仕事上くらいのもの。下手にノリの良いメールを送られたら、異性慣れしていないのがすぐにばれてしまいそうだ。

そうでなくとも藤堂の勘の良さは嫌というくらい感じている。

『もしかして失恋でもした？』

『好きな男が別にいる、叶わない恋をしている——そういうことはないのかって聞いてるんだ』

昨日を含めても藤堂と会ったのはたったの三回。それなのに彼は、小百合の表情だけを見てそう言った。今日、実家には姉もいるらしい。

(恵介さんは、いるのかしら)

そうなれば、顔を合わせるのは結婚式以来ということになる。

――動揺する必要なんてない。「家族」と久しぶりに会うだけなのだから。

それからきっかり五分後、小百合の視界に黒のSUVが映る。路肩に停車した車から降りてきたのは、藤堂だ。

「お待たせ。さあ乗って」

エスコートされて小百合は一瞬固まるものの、ぎこちなく助手席に乗り込んだ。次いで運転席に座った藤堂は、どこか硬い表情の小百合を横目で不思議そうに見た後、くすりと笑った。

「表情が硬いよ。やっぱり偽物とはいえ、婚約者を親に紹介するのは緊張するもの?」

確かに緊張していないと言えば嘘になる。しかし小百合が固まった理由はそうではない。

「それもあるけど……その、あなたがスーツで来ると思わなくて」

「なんだ、そんなこと。婚約のご挨拶《あいさつ》に伺《うかが》うんだ。これくらい当然だよ」

今日の藤堂は濃紺のスーツを着ている。ラフな格好だった昨日とのギャップに、彼が車から降りてきた時、小百合は不覚にも見惚れてしまったのだ。しかしまさか正直に言うわけにはいかず、言葉に詰まって小百合は視線を彷徨《さまよ》わせる。すると、赤信号で車が停車した時、ミラー越しの藤堂と視線が重なる。彼は、またくすりと笑った。

「言い忘れたけど、今日の服、すごく似合ってる。可愛いよ」

「なっ……わ、私のことはいいの！　あ、ほら青信号！」

「照れなくてもいいのに」

「お願いだから、前を向いて運転して！」

はいはい、と藤堂は楽しそうにアクセルを踏む。それから実家に着くまでの道のり、小百合はずっと窓の外を向いていた。

（……顔、熱い）

どうか、頬が赤くなっていませんようにと思いながら。


それから間もなくして車は小百合の実家に到着した。藤堂は、来客専用の駐車場に車を止めると外側から助手席のドアを開ける。小百合も学生時代は、送迎車の運転手にこのようなことをしてもらうのは日常だった。しかしその相手が藤堂となれば話は別。徹底されたレディーファーストにドギマギしっぱなしだ。

「……ありがとう」

「どういたしまして。それにしても、さすがは宮里グループ会長の家。思っていた以上に立派だね。君、相当なお嬢様なんだな」

お嬢様、と言われて小百合は少しだけ顔をしかめる。その言い方は、あまり好きではない。

「立派なのは父で、私じゃないわ」

また可愛くない言い方をしてしまった。出会い方があんな風だったからだろうか。自分でも分からないけれど、藤堂が相手だと自然とこんな言い方になってしまう。さぞや彼も呆れているだろう……と隣を見ると、意外なことに彼は楽しんでいるようだった。

――さて、気持ちを入れ替えなくては。

インターホンを前に小百合は深呼吸をして、頭の中でざっと今日のシミュレーションをする。

「紹介したい人がいる」と実家に連絡した時、電話口の美冬はとても驚いていた。となれば、藤堂について質問攻めになるのは間違いない。その対策として考えた二人の馴《な》れ初《そ》めは、こうだ。

小百合と藤堂の出会いは、美貴子の結婚式の夜。小百合がホテルのバーで一人飲んでいるところを藤堂が見つけて、二人は意気投合。その日は連絡先を交換することなく別れたものの、後日奇跡的な再会を果たす。そして、今日までの三ヵ月間で親交を深めて、結婚を前提にお付き合いすることになった……

逢坂瑞樹とのお見合いを勧められた時、藤堂の存在を話さなかった理由を聞かれたら、「恥ずかしかったから」とでも言えばいい。

昨日の喫茶店の打ち合わせの際、馴《な》れ初《そ》めについて悩む小百合に、『他人が信じやすい嘘をつく時は、多少の真実を織り交ぜると良い』とアドバイスしたのは、他ならぬ藤堂である。その上で彼は、この馴《な》れ初《そ》めを小百合に提案したのだ。

両親に偽りの婚約者を紹介する時点で、小百合の嘘つきは決定している。とはいえ、こうも簡単に馴《な》れ初《そ》めを思いつく瑞樹に、自分のことは棚に上げて小百合は少しだけ呆れた。

「今日は、両親と姉夫婦がいるわ。基本的にはこの前の打ち合わせ通りだけれど、大丈夫？」

「心配しなくてもヘマはしないよ。『ラブラブ』な婚約者として頼ってもらって構わない」

「……普通にしてくれれば、大丈夫よ」

その自信は一体どこから来るのか。しかしガチガチに緊張しているよりはいいか、と小百合はインターホンを押した。名乗るとすぐに内側からドアが開く。玄関で待っていたのは美冬だった。

「お帰りなさい、小百合さん」

「ただいま、母さん。紹介するわ。こちらが電話でお話しした、藤堂瑞樹さん」

小百合の紹介に藤堂は一歩踏み出す。

「小百合さんとお付き合いをさせていただいております、藤堂瑞樹と申します。よろしければこちらを。お口に合えば良いのですが」

藤堂は、綺麗に包装された包みを美冬に差し出す。小百合はそれを見て驚いた。

それは、巷《ちまた》で有名なショコラの詰め合わせだった。しかも美冬も大層好きな店で、つい先日も『最近は予約がなかなか取れなくて買うのも難しいの』と嘆いていたばかりなのだ。

(一体、いつの間に)

ちらりと隣を見ると、藤堂はにっこりと笑みを返す。抜け目のない人だ。

「初めまして、母の宮里美冬です。お気遣いありがとうございます、ありがたく頂戴いたしますわ。後で皆さんで一緒にいただきましょう」

「母さん、その……今日、恵介さんは?」

「美貴子さんと一緒にあなたたちを待っているけれど、どうして?」

「ううん、聞いただけ」

美冬は、二人を連れて長廊下を先に行く。

小百合は、これから偽りの婚約者を紹介する。そうとばれないように自分の態度には細心の注意を払わなければならない、それなのに……義兄となった恵介に久しぶりに会う。たったそれだけのことに、胸が詰まりそうになる。

「恵介って、お姉さんの旦那の名前だよな？」

不意に小百合にだけ聞こえる声で藤堂が聞いてくる。「そうよ」と答えた小百合は、隣を見て目を見張った。彼は、まるで何かを探るような視線を小百合に向けていたのだ。

「どうし……」

「さあ、二人とも。リビングへどうぞ」

小百合は口を開きかけるが、美冬によって遮《さえぎ》られる。一瞬母を見て再び藤堂を見た時には、彼は人好きのする笑みを浮かべて美冬と談笑していた。

（何……？）

見間違いなんかじゃない。でも今この場であの視線の意味を問うことはできず、小百合はもやもやしたまま母に続いてリビングルームへと入った。ドアが開くと一斉に中の視線がこちらに向く。最初に立ち上がったのは、父だった。

「おかえり、小百合。そちらが電話で言っていた藤堂さんだね？」

「藤堂瑞樹と申します」

「父の宮里正史です。そしてこちらが、長女の美貴子と婿の恵介くん」

美貴子と恵介は揃って会釈《えしゃく》をする。初めて見る妹の恋人を前に、姉はやや緊張気味だ。

一方、久しぶりに顔を合わせた恵介は、温和な笑みを浮かべている。

「おかえり、小百合ちゃん。久しぶりだね」

彼にそう言われるのは、なんだかとても不思議な気がする。

「……ただいま、恵介さん」

同時に、「ああ、この人は本当に宮里の人間になったのだ」と実感した瞬間でもあった。

その後、それぞれ挨拶《あいさつ》を済ませてソファに腰掛けると、お手伝いさんによってお茶が運ばれてくる。

藤堂にとって、小百合以外は皆初対面だ。それなのに、彼の宮里家に対する対応は、見事だった。

「小百合さんからも聞いたけれど、藤堂さんは逢坂スペースソリューションにお勤めなのよね？」

「はい。営業部で部長職をしております。逢坂ホテルの系列ですから、宮里グループとはご縁がありますね」

その後も藤堂は、自分についてよどみなくすらすらと答えていった。

勤務先、現在の役職。兄弟はおらず家族は両親と自分のみであること。

質問攻めの美冬に対しても嫌な顔一つせず応じている。

柔らかくも明快な口調、すっと伸びた背筋。立ち振る舞い、言葉遣いのどれを取っても小百合の期待以上。完璧と言っていいほどだった。

緊張するようなら自分がリードしなければと気構えていたのに、小百合がサポートする必要はほとんどなかった。明るく朗《ほが》らかな姿はきっと、誰の目にも好意的に映ることだろう。

実際に美冬はすっかり彼に気を許しているように見える。

それからしばらく、場も温まった頃。

——切り出すなら、今しかない。

小百合は誰にも見えないよう、テーブルの下できゅっと手を握った。

「父さん、母さん。姉さんたちにも、聞いてほしいことがあるの」

ピタリと会話が止み、一斉に視線が小百合に集中する。おそらく皆、小百合がこれから話す内容は分かっているだろう。その上で小百合は「落ち着け」と自《みずか》らに言い聞かせながら、口を開いた。

「私は今、こちらにいる藤堂瑞樹さんと真剣にお付き合いをしています。その……将来的なことも含めて。だから今日、父さんたちにも紹介したかったの。今、仕事を頑張りたいのは本当よ。でも、お見合いを受けたくなかったのは、彼とお付き合いをしていたから。どうしても恥ずかしくて言えなくて……。黙っていて、ごめんなさい」

嘘をついてごめんなさい。そう心の中で謝る。

そして、隣の藤堂が続いた。

「突然お伺《うかが》いしてこのようなお願いをするのは失礼と、承知の上で申し上げます。どうか、私たちの交際を認めていただけないでしょうか」

そう言って頭を下げる藤堂に、小百合は驚きながらも「お願いします」とそれに続く。

正史はそんな二人に「頭を上げなさい」と優しく声をかけた。

「話は、分かった。認めるも何も、君たち二人が同じ気持ちでいるのなら、私が言うことは何もないさ。母さんも、それでいいね？」

小百合は美冬を見る。父のように頷いてくれるだろうか……

「もちろん、構いませんわ」

しかしそれは杞憂《きゆう》に終わった。あれだけ見合いを勧めていたというのに、彼女はあっさりと頷く。

それだけではない。彼女は小百合たちに向かって「結婚式の予定は決まっているの？」と聞いてくる有様だ。もしかしたら反対されるかも……と思っていた小百合は、「まだ何も決まってないわ」と息を吐く。認めてもらえた安堵が半分と、母の切り替えの早さに対する呆れ半分のため息だ。

隣を見れば、さすがの藤堂も思わぬ切り返しだったのか苦笑していた。

——ともかく、一番の目的であるお見合い回避は無事に果たせそうだ。

これ以上追及されて何か不審に思われる前に、今日はこれで帰ろう。

そう思い、小百合が口を開きかけた時だった。

「藤堂さん、一つお聞きしてもよろしいですか？」

美貴子が唐突に口を開く。藤堂はわずかに目を見張った後、美貴子と向かい合う。

「なんでもどうぞ」

「あなたが妹を選んだ理由を、教えていただきたいんです」

やけに真剣に何かを窺《うかが》うような美貴子に、小百合は焦った。もしや、仮初《かりそめ》の婚約者であるとばれてしまったのか……

（ごまかさないと）

自分がなんとかしなければ。口を開きかけた小百合を遮《さえぎ》ったのは、藤堂だった。

「一目惚れです」

理由としては良くも悪くもありがちだ。だからこそ、姉の質問に対する答えとしては十分と言えるだろう。

「私たちが知り合うきっかけになったのは、お二人の結婚式の夜だというのはお話ししましたね？」

「ええ。それが何か？」

「あの夜、私と小百合さんはバーで別々に飲んでいました。その中に、悪酔いをしている二人連れの男がいたんです。私も含めてその場にいた客のほとんどが迷惑がっていました。でもわざわざ、自分から注意するのも躊躇《ためら》われる。それがしばらく続いて、いよいよマスターも注意しようと動いた時でした」

藤堂の視線が美貴子から小百合へと移る。

（え……？）

藤堂は、固く強張《こわば》った小百合の指を――心をほぐすように、彼女の手を包み込む。

「颯爽《さっそう》と立ち上がった女性がいたんです。二人組の前に行った彼女は、言葉で注意したりはしなかった。笑顔一つで、黙らせたんです」

藤堂は続ける。

「もちろん、高圧的な態度なんかじゃない。背筋をすっと伸ばして、毅然《きぜん》とした態度で彼女は笑いました。その凛《りん》とした姿に、一目惚れしたんです」

「それって……」

「はい。妹さんです」

藤堂が再び美貴子を見た時も、彼の手はしっかりと小百合の手を握ったままだ。

「もちろん彼女に惹かれた理由は他にもたくさんありますが、一番はそれですね」

他に何かご質問はありますか、と藤堂は笑顔で問う。彼のその堂々とした態度に、美貴子がそれ以上何かを言うことはなかった。

その後いくつかの会話を交わした後、小百合と藤堂は挨拶《あいさつ》を終えることとした。両親と姉夫婦に見送られて玄関の扉を閉めた小百合は、ふっと息をつく。

――この時の気持ちをなんと表現したらいいのか、小百合には分からなかった。

先程の美貴子に対する藤堂の言葉も、手から伝わる温かさも、打ち合わせにはなかったことだ。全ては両親や姉を納得させるために、彼がその場で思いついたことを言ったに過ぎない。

頭ではそう理解しているのに、あの時小百合を見据えた藤堂の表情は真剣で、とても嘘をついているように見えなかったのだ。

「一応、これで第一関門は突破かな。……って、何。そんなにじっと見て。俺の顔に何かついてる？」

小百合を「名女優」とからかった藤堂。でも、あれが演技なのだとしたら――演技に決まっているけれど――彼の方がよほど演技派だと心底思う。

「……恥ずかしかったの」

「何が？」

「だって皆の前であんな、手を握ったりして……。それにあなただって、嘘とはいえあそこまで私を持ち上げる必要なんてなかったのに」

「さっき言ったことなら、俺は嘘なんて一つもついていないよ」

それは一体どういうことなのか——問い返そうとした時、「小百合ちゃん！」と背後から声がかかる。振り返ると、見送りを終えたはずの恵介が玄関からこちらに向かってくるところだった。

「恵介さん、どうしたの？」

「どうしても謝りたいことがあって。……さっき藤堂さんが話していた酔っぱらいって、僕の以前の同僚のことだよね？」

一瞬答えに詰まる小百合に、恵介は「ごめん！」と頭を下げる。

「実は、二人から大体のことは聞いている。嫌な思いをさせてしまって、本当にごめん」

「そんな、謝らないで。私こそ勝手な行動をしてごめんなさい。……その、大丈夫だった？」

「全然。二人ともすごく謝っていたよ」

これに小百合は安堵した。あの時の行動を後悔はしていないけれど、姉夫婦に迷惑をかけたくないと思っていたのも本当だったからだ。

「でも、今日は驚いたよ、まさか小百合ちゃんに恋人を紹介される日が来るなんてね。もちろん何もおかしいことなんてないけど、君のことは高校生の頃から知っているから」

ズキン、と胸が疼《うず》く。

――そう。私はそんなにも昔から……姉さんよりも前から、あなたのことを知っていた。

でもそんなこと、言うわけにはいかない。言えるはずがなかった。

「……私も、『義兄《にい》さん』に恋人を紹介するのは、恥ずかしかったわ」

だから代わりに小百合は笑ってみせた。あえて「義兄《にい》さん」の部分に、力を込めて。

同時に心の中で決める。

（もう、この人を名前で呼ぶのはやめよう）

自分と恵介は、義理の兄と妹になったのだから。

一方の恵介は、呼び方の変化に一瞬驚いた表情を見せながらも、特にそれに触れることはない。彼は、藤堂と向き合った。

「藤堂さん。どうか、小百合ちゃんをよろしくお願いします。……彼女は、僕にとっても大切な『義妹《いもうと》』ですから」

義妹《いもうと》。親しみを込めて恵介はそう呼んだ。恵介が宮里家の一員になったように、彼にとって自分は家族の一員になったのだと、実感した瞬間だった。

それはとても嬉しいことなのに……喜ぶべきことなのに、義妹《いもうと》という響きに胸がざわめく。その理由を今は考えたくなくて、小百合は唇をくっと噛む。恵介は、当たり前のことを言っているだけだ。それなのに表情を強張《こわば》らせるのはおかしい。

笑え。無理にでも笑うんだ。そう、心の中で自分に言い聞かせる。

それでもなお俯《うつむ》いてしまいそうになった、その時だった。

「あなたに言われるまでもありません」

藤堂は、不意に小百合の頭を胸元へと引き寄せる。そして大きな手のひらで、小百合の後頭部を守るように包み込む。小百合ははっと顔を上げようとするが、彼は優しい力でそれを制した。

「大切にしますよ。――誰よりもね」

そして藤堂は、まるで見せつけるように小百合の頭に触れるだけのキスを落としたのだった。

「……どうしてあんなことをしたの？」

帰りの車内、小百合は藤堂に問う。

「あんなこと、って？」

「恵介さんの前で、あんな……」

抱きしめて、髪の毛にキスをするような真似をしたの?

藤堂の行動を改めて自分で口にするのは気まずい。大体藤堂だって、小百合の言いたいことは分かっているはずだ。しかし彼は小百合の質問に答えようとはしなかった。

「失恋相手は義理の兄、か。随分と報われない恋をしていたんだな」

――一瞬、理解が追いつかなかった。

「何を言っているの……?」

「何って、ありのままを」

「ごまかさないで!」

落ち着け。頭の中の冷静な自分がそう語りかける。けれどこの瞬間は感情が勝ってしまった。

藤堂には、恵介のことは「姉の夫」ということ以外、何も話していないはずだ。かつて小百合の家庭教師であったことも、初恋の相手だったことも――父に疑われていることも、絶対に言っていない。唯一心当たりがあるとすれば、実家に上がってすぐ、美冬の前で恵介の名前を出した時。

『恵介って、お姉さんの旦那の名前だよな?』

あの一瞬、藤堂から笑顔が消えていた。

でも、それだけだ。あの時なぜ藤堂があんな表情をしたのか、その理由を小百合は知らない。

「今日、彼を見た時の君は……バーで見かけた時と、同じ顔をしていた」

それが結婚式の夜を指しているのは、間違いない。

『だって、酷い顔だ』

あの時の言葉がはっきりと蘇《よみがえ》る。

「……初対面の女性に『酷い顔』なんて、なかなか言えるものじゃないわ」

「そう言ったのは間違いないけど、君は多分俺の言った意味を勘違いしているな」

「あれをどう勘違いするというの？　不細工だって面と向かって言ったようなものだわ」

藤堂は予想外のことを言われたとばかりに目を丸くした。

「不細工って、君が？」

「あなたが言いたいのは、そういうことでしょう」

「まさか。小百合は美人だよ。少なくとも俺の知っているどの女性よりもね」

「なっ……！」

わけが分からない。失礼なことを言ったと思えば唐突に持ち上げて、一体彼は何を言いたいのか。

そんな疑問が表情に表れていたのだろう。藤堂は前を見据えたまま淡々と言う。

「あの日は姉の結婚式。めでたい日のはずだ。それなのに妹の君は、たった一人で今にも泣きそうな顔で飲んでいた。『酷い』っていうのはそういう意味だよ。そしてさっき、あの人に『義妹《いもうと》』と言われた時の君は、あの夜と同じ顔をしていた。だから、『失恋相手はあの人か』と言ったんだ」

そして藤堂は冷静に言ったのだ。

「諦めた方がいい。あの人は、君の姉さんのことしか見ていないよ」

「そんなことっ……！」

言いかけて小百合は口をつぐんだ。全部は言わない。言えば、藤堂の言っていることを認めてしまうことになるから。それでも、心の中では大声で叫んでいた。

（そんなこと、あなたに言われなくても分かってる！）

これが怒りなのか悲しみなのか分からない。分かるのはただ、誰にも見られたくなかった——誰にも見せることのなかった心の中を暴かれてしまった、ということだけだ。

その時、車が停車する。小百合のマンションに到着したのだ。

見慣れた自分の城に小百合はようやくほっとする。今は、とてもではないが冷静になれそうにない。こんな状態でこれ以上、密室で藤堂と二人きりでいるのは避けたかった。

「……たとえあなたの言う通りだとしても、そうじゃないとしても。あなたには、関係ないわ」

小百合が逃げるようにドアノブに手をかけた、その時。藤堂が小百合の手を引いた。

「『関係ない』なんて言わせない」

驚いて振り返った小百合は、咄嗟《とっさ》に「放して！」と言いかける。しかしその瞬間、自分を見つめる藤堂の力強い視線と目が合った。

「いいか。たとえ期間限定とはいえ、俺たちは婚約者だ」

はっきりと、まるで小百合に分からせるように藤堂は言う。

「そして俺は、君が俺以外の男を心に住ませているのを許せるほど、心が広くないんだ。今、宣言するよ。この六ヵ月間で、俺のことしか考えられないようにしてみせる」

「どうして、そんな……」

「言っただろう？　理由はどうあれ、今の俺は、君の『婚約者』だ」

彼は掴んでいた手から力を抜き、代わりに小百合の手のひらに触れるだけのキスをした。

「――他の男のことなんか考える暇がないくらい、俺は君のことを大切にする」

藤堂は笑う。獲物を捕獲した獣のようだ、と小百合は思った。

V

『そうだな、まずは婚約者らしくデートをしよう。日程はまた連絡する』

藤堂は最後にそう言って帰っていった。一方の小百合は、車が見えなくなってからもしばらくその場から動けなかった。去り際に掴まれた手の力強さ、自分を見据える熱っぽい視線、まるで忠誠を誓うかのごとく手のひらに落とされたキス。そして、あの言葉。

『――他の男のことなんか考える暇がないくらい、俺は君のことを大切にする』

（なんなの、あの人……）

藤堂が一体どういうつもりであんなことを言ったのかは分からない。

分かるのはただ、自分がどうしようもなく動揺しているということだけだ。

婚約期間は六ヵ月。その間は、互いに特定の異性は作らず誠実であること。また、周囲に不審がられない程度の親密さを保つこと。それが二人の間で取り交わされた約束だ。

小百合としても、相手が協力的なのはありがたい。でも……あの行動は、想像を超えていた。

異性と付き合ったことはある。キスの経験も、最後までは知らないけれど肌を重ねることも知っている。それでも、あんな風に情熱的な言葉は――まるで体の芯から熱を持つような感覚になるのは、初めてだった。

藤堂のあれは、きっと演技。そうに決まっている。

（でも、どうしてあんなことをしたの？）

自分をからかっているだけだ……と頭の冷静な部分では理解しているつもりでも、残りの部分では「なぜ」「どうして」と疑問が浮かぶ。

恵介のことにしてもそうだ。彼は、いっそ残酷なほどに小百合の内面を暴いてくる。

小百合は何も話していない。つまりはそれだけ、藤堂が小百合のことを見ていたということだ。

——自分たちは、偽りの関係なのに。

結局あの日以来、ぐるぐると同じことばかりを考えてしまって、ハムスターにでもなった気分だ。

おかげで週明けに出勤してからも仕事になかなか集中できなくて、相川に心配される始末。

三村に至っては、「恋煩《こいわずら》いですか」なんてからかってきた。

「恋煩《こいわずら》いって、小百合さんついに彼氏できたんですか？」

営業先からオフィスに戻ってきた相川が目を丸くする。右手には、彼の昼食だろうコンビニ袋。時刻はちょうど十二時を回った頃で、相川の戻りに合わせて小百合もお昼を取ることにした。

「できてません。三村さんも、私のことをご飯のおかずにしないでね」

「だって小百合さん、今朝からため息ばっかりなんですもん」

「それは……ごめんなさい、確かに集中力に欠けていたかも」

三村の指摘はもっともで、そこは素直に受け入れる。すると二人のやりとりを聞いていた相川が、割り箸を片手ににやりと笑う。

「三村さんは、小百合さんよりまず自分の心配した方がいいんじゃないですか？　自分だって、随分と長い間恋人がいないじゃないですか」

「うるさいわね。そっくりそのまま、同じ言葉を返すわよ」

「俺はいいんです。できないんじゃなくて、作らないだけだから」

「私も同じです！」

からかう相川と、まんまとそれに乗せられる三村。三村の方が年上なのに、年下の相川の手のひらの上で転がされているような二人がなんとも面白い。だからつい、思ったことを口にしてしまった。

「夫婦《めおと》漫才みたいね」

するとじゃれていた——少なくとも小百合の目にはそう映る——二人が一斉にこちらを向いた。

「小百合さん、冗談でもやめてください」

「本当ですよ、俺にだって選ぶ権利があります」

そんなことを言われても、今だって二人の息はぴったりだ。

「いいじゃない、二人ともお似合いだと思うけど。あっ、ちなみにうちは社内恋愛禁止じゃないから気にしないで大丈夫よ」

半分本気、半分冗談でにこりと笑ってみせると、二人は顔を見合わせて黙々と自分のお昼を食べ始める。そんなところまでそっくりで、思わず表情が綻《ほころ》んだ。

同時に話題を逸らすことができてほっとする。他人の恋愛なら軽口を叩くことができるのに、いざ自分となるとてんでダメだ。

『俺のことしか考えられないようにしてみせる』

ずるい人だ。少なくとも会社の人間にからかわれてしまうくらい、今の小百合の頭の中は藤堂のことでいっぱいだ。あんなセリフをさらりと言えるならば、彼が女性の扱いに慣れているのは間違いない。

怖いのは、普通の男性が言えば歯の浮くような言葉も、藤堂にかかればまるでドラマのワンシーンのようになってしまうことだ。それだけに小百合は、自分との違いが気になった。

『君くらいの人なら、無条件で「お願い」を聞いてくれる男なんていくらでもいると思うけど』

彼は多分、小百合がある程度の恋愛経験を積んでいると思っている。

それなのに恋愛初心者で、処女だとばれてしまったら――

（……絶対、からかわれるわ）

今の時点でこんなにも振り回されているのだ、これ以上はごめんこうむりたい。とにかく次に会う時はもっと余裕を持たないと、と心に決めて、小百合は午後の仕事に向けて気持ちを切り替えた。

◇—＊◆＊—◇

『昼十二時に家に迎えに行くのでいいかな。ランチと買い物でもしよう』

『ごめんなさい、その日は、急遽《きゅうきょ》仕事が入ってしまいました。十六時頃には終わると思うけど、それだと遅いかしら』

『ならその時間に迎えに行くよ。場所は？』

『逢坂ホテルです』

『了解。じゃあまた、土曜日に』

このやりとりをしたのが、十月初旬の木曜日。というのも土曜日に約束していたのだが、急遽《きゅうきょ》、最近会員になったばかりの男性との顔合わせが入ってしまったのだ。

そして、約束の日。これから面談予定の会員は、ＩＴ企業に勤める三十二歳の男性だ。先方が指定してきた待ち合わせ場所は、男性の職場に近いという逢坂ホテル。姉の結婚式といい自《みずか》らのお見合いといい、最近何かと縁のある場所だ。

(でも実際、使い勝手が良いのよね)

宿泊以外にもホテルの用途は多岐にわたる。特にラウンジは汎用性《はんようせい》が高い。ビジネスの商談、友人とのランチや一人でのんびりしたい時にも使える。小百合もそうであったように、マリエ・リリーズの会員同士が初めて顔合わせをする際、ホテルのラウンジを勧めることも多かった。

（待ち合わせまであと二十分、ちょうどいいわね）

一足先に着いた小百合は、ラウンジで珈琲《コーヒー》を注文する。相手を待つ間にすることはいつも決まっていた。氏名、年齢、仕事はもちろんのこと、趣味や結婚相手に求める条件など、面談する相手のプロフィールを確認する。

結婚は人生のうちでそう何度も経験することではない。その一端を担《にな》う者として、小百合はできる限りのことをする必要がある。初回はまず、相手との信頼関係を少しでも築くことに注力する。

その上で社に持ち帰り、紹介する相手の人選に入るのだ。そして男女の両方に簡単なプロフィールを送り、双方の反応を見る。両者から面談希望の返信が来れば、初回の日程を調整して二人だけで会ってもらう。二回目以降は各々で連絡を取りデートを重ねる。もちろんその間も相談に乗ったり……とサポートは欠かさない。それを何回も重ねて結婚に至れば成功だ。

その後待ち合わせ五分前にやってきたのは、温和な雰囲気の男性だった。

「木崎徹《きざきとおる》様ですね？　初めまして、マリエ・リリーズの宮里小百合と申します」

「は、初めまして。木崎です」

最初に名刺交換を済ませる。見たところ木崎は随分と緊張しているようだ。

「木崎様は、結婚相談所を利用されるのは弊社が初めてだと伺《うかが》っておりますが」

「は、はい。今まで女性とは縁がなくて……。でも三十二歳になりましたし、そろそろ結婚を真剣に考えてみようと思ったんです。でも何をすればいいのか分からなくて……こんなことを言ったら失礼ですが、こちらには勢いで申し込んだんです。あの、自分みたいな男でも結婚できますか？」

強張《こわば》った表情の木崎はぐっと拳《こぶし》を握る。少しでも安心してもらえるよう小百合はふわりと笑んだ。

「結婚を望まれる方をサポートするのが、私どもの仕事です。気になること、不安なことがあればどんなことでもおっしゃってください」

小百合の言葉にほっとしたのか、木崎の表情がわずかに綻《ほころ》ぶ。

その後彼は、少しずつ自身について話してくれた。小中高と男子校だった彼は、今まであまり女性と付き合った経験がないという。

大学・大学院では研究に没頭し、社会人になってからは多忙な毎日を極め、気づけば三十代に突入していたのだと。好みの女性のタイプは、はっきりしている人。自身が内向的な性格なので、女性はきついくらいでいいかもしれません、と彼は笑った。

貴重な休日の過ごし方はもっぱら神社仏閣巡りをしているという。御朱印《ごしゅいん》を集めるのも楽しみの一つらしい。

確かに木崎は、目を惹くようなイケメンではないのかもしれない。しかし、優しそうな雰囲気や素朴さはとても魅力的だし、個人的にも応援したくなる人だ。

「今日は僕の都合で足を運んでいただいてすみません。その……これからよろしくお願いします」

「こちらこそありがとうございます。焦らず、木崎様のペースでゆっくりと進めていきましょうね」

その後は、今後のおおよその流れの説明と打ち合わせをし、一時間ほどで解散となった。

（……さて、どうしようかしら）

頭の中で木崎と合いそうな女性を思い浮かべる。

最初に浮かんだのは、大野だった。彼女の趣味も確か、御朱印《ごしゅいん》集め。そのあたりはぴったりだ。木崎は三人兄弟の末っ子だと言っていたし、両親は既に長男夫婦と同居しているという。問題は『三高』だけれど、一度勧めてみるのもありかもしれない。

（また、怒られそうな気もするけど……）

違う切り口から提案してみるのも一つの手かな、と考えながら、小百合は腕時計で時間を確認する。時刻は、十五時半。藤堂との約束まであと三十分もある。

——いや、あと三十分しかない、とも言える。

「デート」という何気ない響き。しかし小百合にとっては新鮮かつ縁遠過ぎるキーワードだ。

(最後に男の人とデートしたの、いつだったかしら……)

はっきりと恋人と言える存在がいたのは、大学時代が最後。社会人になってからは、プライベートで男性と食事したことくらいはあるけれど、そこまでだ。

なんとなく良い雰囲気になりそうな時点で、小百合の方が無意識にシャットアウトしてしまい、それ以上の関係にならない……そんな状態がもう何年も続いている。

――その事実を意識した途端、無性に緊張してきた。

(どうしよう、ドキドキしてきた……)

今日のように、仕事で男性と二人きりになるのはなんの抵抗もない。

しかし今の自分は、完全に仕事モードからプライベートモードになっている。

(とりあえず、深呼吸)

落ち着いて、冷静に。今度こそ相手のペースに巻き込まれないように……

そう小百合が自分に言い聞かせていると、先程まで木崎が座っていたソファに誰かが腰掛けた。藤堂が来たのか、と小百合はタブレットに落としていた視線を上げる。

「宮里？」

――違う。

藤堂は、小百合をそんな風に呼んだりしない。小百合の手からタブレットが絨毯《じゅうたん》の上へと落ちる。

だがその人物はそんなことは構わず、表情を消した小百合を見て嬉々として笑った。

「やっぱり、宮里だ」

「……山本《やまもと》先輩？」

「なんだよ、水臭いな。昔みたいに聡《さとし》でいいよ。でも驚いた、久しぶりだな。別れて以来だから十年ぶりくらいか。元気にしてた？」

なぜ、そんな風に笑えるの。どうして、何事もなかったように私の前にいられるの。

そこに座らないで、今すぐ目の前から消えて――

ほんの一瞬の間にありとあらゆる感情がマグマのように湧き上がる。しかしそんな内心とは裏腹に、表情は凍りついたように動かない。目の前にいるのは、かつて小百合をこっぴどく振った男。

――初めての恋人で、今なお消えないトラウマを植えつけた男だ。

「……お久しぶりです。『山本先輩』もお元気そうで何よりです」

あえて名字で呼ぶと、山本は面白くなさそうに一瞬眉を寄せる。だがすぐに取り繕《つくろ》うようににやりと笑った。その笑いの意図が分からず、気分が悪い。

十年ぶりに会う元彼は、良くも悪くも変わっていなかった。元ミスターコンファイナリストなだけあって、今も顔の作り自体は悪くないと思う。

（でも、それだけだわ）

藤堂を知った今、彼が驚く容姿ではないのは間違いなかった。

懐かしさなんてあるはずもなく、感じるのは背筋がひんやりとするような嫌悪だけだ。

本音を言えば今すぐここから立ち去りたいけれど、藤堂を待っている以上それは難しい。とにかく一分でも……一秒でも早く立ち去ってほしかった。

落ち着け、と自《みずか》らに言い聞かせた小百合は、絨毯《じゅうたん》に落ちたタブレットを拾おうと身をかがめる。

その時一瞬見えた胸の谷間を山本がどんな目で見ているか、小百合は気づかなかった。

「俺、今は営業職をやってるんだ。逢坂ホテルは、商談とか、接待とかでよく利用するんだけど……まさか、ここで宮里に会えるとは思わなかった。今日はどうしてここに？」

「私も仕事でよく利用するんです」

へらへらと笑う山本とは対照的に、小百合は無表情のまま質問に淡々と答える。

「へえ。仕事って、何してるの？」

「婚活コンサルタントです。……あの、申し訳ありませんが、十六時に人と待ち合わせをしているんです。そろそろ来ると思いますので、そちらを空けていただけますか」

正直に、早くそこをどいてくれと告げる。失礼だと思われようが構わなかった。この人にはとうの昔に振られているのだ。今更好かれたいなんて、思わない。

「待ち合わせって、彼氏?」

「そうです」

正確に言えば彼氏ではなく婚約者。しかも頭に「期間限定」とつく。しかしこの男に伝える必要は全くない。それよりも適当に頷いて会話を早く切り上げたかったのだ。

その後も山本は何かと話題を振ってきたけれど、小百合はせいぜい一言二言答えるだけで、こちらから質問を振ったりはしなかった。

「なあ。彼氏と待ち合わせって、嘘だろ?」

あくまでドライに接する小百合に何か感づいたのか、山本は面白くなさそうに顔をしかめた後、まるで見下すように唇を歪めて言った。

「本当ですけど、何か」

「強がるなって。それにお前が婚活コンサルトなんて、冗談だろ?」

山本はがらりと口調を変える。その上「お前」呼ばわりをされて、思わず眉間に皺《しわ》が寄る。

「どういう意味ですか」

「俺と別れた後のことは噂で聞いたけど、お前、結局誰とも長続きしなかったんだって?『あれ』じゃあ、そうなるよなあ」

「っ……!」

「そんな女に彼氏がいて、その上他人の結婚を世話してるなんて、面白過ぎるだろ」

「あれ」が何を指すのかなんて、考えなくても分かる。

――不感症のお前に彼氏なんかいるわけないだろ？

この男が言いたいのは、そういうことだ。

自分の思い込みならどれほど良かっただろう。

でも、小百合には分かる。

山本はきっと、かつて自分が振った女に邪険に扱われて面白くないのだ。そんな、つまらないプライドから小百合相手にマウントを取りたがっている。

気にしなければいいと、あなたには関係のない話だと、毅然《きぜん》と突っぱねてしまえばいい。

そう頭では理解しているのに、心と体がついていかなかった。怒りか悔しさか分からない。ただ歯の音がカチカチと鳴りそうになるのを、ぐっと堪《こら》える。

「なあ、宮里」

顔面を蒼白にして体を強張《こわば》らせる小百合に少しだけ溜飲《りゅういん》が下がったのか、山本は猫撫で声を出して小百合の隣に腰掛ける。

「俺、今彼女がいないんだ」

四人がけのソファ席にしたのが迂闊《うかつ》だった。小百合は反射的に立ち上がろうとする。

しかし山本はその手をぐいっと引いた。そのまま人の目に触れないよう、小百合の腰を指先でつうっ……と撫でる。瞬間、背筋に悪寒が駆け抜けた。

「やめっ……！」

「騒いだら注目されるけどいいの？　ここ、普段からよく使うんだろ。変に注目されたら、後々使いづらくなるんじゃないのか」

なんて卑怯な男なのだろう。きっと睨《にら》みつけると、意地悪く山本は嗤《わら》う。

「俺ともう一度付き合わないか？　久しぶりに会って思ったけど、お前の見た目は最高に好みなんだよ」

気持ち悪い。

心底、そう思った。

一目惚れ――この言葉が嫌いになった原因を作ったのは、この人だった。

付き合っている間、山本は何度も小百合に好きだと言った。でも今なら、空っぽな言葉だったのだと分かる。彼が好きだったのは小百合の容姿だけ。彼が求めていたのは体だけだったのだから。

――そんな男が、もう一度付き合ってくれ？

ぷちん、と頭の中で何かが切れる音がした。

「笑えない冗談はやめてください。あなたともう一度付き合うくらいなら、生涯独身でいた方がずっとマシだわ。放して。人を呼びますよ」

言うことを聞く女だと思われているのが悔しくてたまらなかった。もう二度と関わりたくない。小百合は、毅然《きぜん》と言い放つ。

「だから、そんなこと言っていいのかって。人に注目されて困るのは……」

「ご自由に。これ以上、あなたと関わりたくないと言っているのが分からない？」

「……生意気言ってくれるな」

山本は、小百合の顔から首筋、胸元……とまるで全身を舐め回すように視線を動かす。

「強がるなって。あっちの方が心配なら俺がなんとかしてやるから大丈夫だよ。お前だって、いつまでもそのままじゃ嫌だろ？」

気持ち悪い。やめて、触らないで、これ以上何も言わないで。

『なんで濡れねえの。もしかして、不感症？　……っていうか、処女とか聞いてないんだけど』

こんな人に弱みを見せたくない。だから、必死に堪《こら》えていたのに、毅然《きぜん》としていたかったのに。

あの時の声が、胸の痛みが——触れられた場所から全身に広がった悪寒が、蘇《よみがえ》る。

「宮里」

山本の顔が小百合に近づいた、その時だった。

小百合の腰を掴んでいた手が不意に離れる。気づいた時には小百合の体はふわりと浮いていた。両腕を引き上げられ、そのまま抱きしめられる。

「待たせてごめん」

まるで宝物のように小百合を抱き寄せたのは――藤堂だった。

彼は、山本からも周囲の視線からも小百合を守るように、その頭を優しく包み込む。

厚く逞《たくま》しい胸板に額《ひたい》が重なった瞬間、強張《こわば》っていた体からすっと力が抜けていく。震えそうになっていた体を、藤堂はそっと撫でた。

「小百合、こちらは仕事関係の方?」

問いかける声は、いっそ不気味なほど穏やかだった。小百合は何も答えることができず、首を横に振る。一言でも声を出そうとすれば、喉の奥から嗚咽《おえつ》が漏れてしまいそうだったのだ。

「……そう、分かった」

もう大丈夫だよ、とでも言うように大きな手のひらが小百合の頭を撫でる。その温かさにきゅっと胸が締めつけられた。

「それで。俺の婚約者に何か用か?」

「こ、婚約者……?」

「そうだが、君は? 一体どんな理由があって、そこに座っているのかな。彼女と随分と距離が近かったように見えたけど」

「それはっ……！　そうだ、宮里の方から俺を誘って……ひっ」

その時何があったのか、抱きしめられていた小百合には分からない。聞こえたのは、山本の悲鳴にも似た声だけだ。

「もう一度言ってみろ。――小百合が、なんだって？」

この時藤堂は、一切の表情を打ち消して山本を見下ろしていた。藤堂ほどの美形に凄《すご》まれた山本は、蛇に睨《にら》まれた蛙のように動けない。この場においての勝者は明らかだった。

「一つ忠告しておく。ナンパするなら相手と場所を考えることだな。君のような男がいては、このホテルの評判にもかかわる」

藤堂はそれ以上山本に何を言うことなく、小百合を抱いたまま歩き始める。そして宿泊客用のエレベーターに乗り込み、二人きりになってようやく、彼は腰を抱く手の力を弱めた。

それでも小百合は動かない。動けなかったのだ。

ただ藤堂の胸に額《ひたい》を押しつけ、内側に湧き上がる感情と闘っていた。

そして藤堂もまたそんな小百合に何を言うでもなく、胸を貸してくれたのだった。

「仕事の付き合いで一室、いつでも使える部屋を確保してあるんだ。……今の状態で出かけるのは、無理だと思ったから。落ち着くまでここで休んでいけばいい」

そう言って連れてこられたのは高層階の一室だ。彼は扉を閉めるとすぐに小百合から抱擁《ほうよう》を解く。

「一人になりたいのなら出ていくよ。俺に悪いとか、そういうのは気にしなくていい」

藤堂は、小百合の前髪を指先で持ち上げて、耳の後ろへと流す。顔を覗き込んで言い聞かせる彼は、まるで子供をあやすように優しい表情をしていた。

「俺はラウンジにでもいるから、何かあればいつでもメールして。夜になっても構わないよ。今はとにかく休んだ方がいい」

ホテルの一室に男女が二人きり。そんなシチュエーションにもかかわらず、藤堂はいっそもどかしいほどの気遣いを見せる。

部屋に連れてきたのはあくまで小百合を落ち着かせるためで、他意はない。

いつもの小百合であれば、そんな藤堂の紳士的な態度に驚きながらも感謝しただろう。

藤堂の厚意に甘えて少しだけ部屋で休ませてもらって、落ち着けばいい。

そう、頭では分かっている。

——でも、今は。

小百合は、無言で藤堂の手を取った。

「小百合？」

戸惑う藤堂を無視して小百合は入り口の長廊下を通り、ダイニングルームを抜ける。

そして彼女が足を止めたのは、ベッドルームだ。部屋の中央には、キングサイズのベッドが二つ並んでいる。

握った手のひらが一瞬強張《こわば》り、藤堂の動揺が伝わってくる。

「……休むなら、俺は出ていくから」

声は掠《かす》れている。小百合はそんな藤堂から手を放すと――彼の体をベッドの上へと押した。

「小百合？」

起き上がろうとする藤堂を、小百合は仰向けになった彼の腰に跨《また》がることで封じる。

「……小百合、離れるんだ」

「嫌よ」

ここではない、別の視点から自分を見下ろしているような感覚だった。

冷静じゃないのなんて分かっている。こんな行動をして藤堂を困らせることも、全部。

それでも。

「……よ……」

「小百合？」

今は、優しさなんていらない。

「本当の婚約者として接するならっ！」

気遣いなんていらない、紳士的な態度なんて取らなくていい。

「今すぐ、私のことを抱いてよっ……！」

目を見開く藤堂の目元にポタリ、と雫《しずく》が落ちる。それは小百合の目から零《こぼ》れた涙だった。一度流れ始めたそれは留まることを知らず、まるで藤堂自身が泣いているように、彼の頬を濡らしていく。

『お前だって、いつまでもそのままじゃ嫌だろ』

セックスの経験がある人は、そんなに偉いの？

男性との経験がないと、それだけで女失格なの？

トラウマのきっかけを作ったあなたに、どうしてそんなことを言われなくてはいけないの？

限界だった。惨《みじ》めだった。ずっと必死に保ってきた心の均衡《きんこう》が、あの一言で崩れてしまった。

藤堂は、小百合の涙に驚いているのか何も言わない。しかしその瞳は、何か痛ましいものを見つめるようで……たとえ彼にそんなつもりがないとしても、今の小百合の目には、自分を憐《あわ》れんでいるようにしか見えなかった。

誰もが見惚れる秀麗な顔。今回は、色々な偶然が重なって小百合の偽装婚約の相手となってくれたけれど、本来の彼はきっと、女性に困ることなんてない人だ。

それに比べて今の自分はなんて惨《みじ》めなのだろう。

(私を、そんな目で見ないで)

その綺麗な瞳を塞いでしまいたい。こんな自分を映さないでほしい。

そして小百合は、噛みつくようなキスをした。

「んっ――」

藤堂の唇に自分のそれを押しあてる。藤堂が大きく目を見開くのが分かったけれど、小百合はぎゅっと目を瞑って強引に舌先で彼の唇をこじあけた。藤堂の舌に無理やり自分のものを絡ませて、吸いついて、歯列を探る。ムードも何もない、ただ押しつけるだけの口づけ。

――気持ちの良いキスなんて、知らない。

触れて、重ねて、絡ませて。知っているのは、「行為」としてのキスだけだ。

そしてそんな強引な口づけに、藤堂から反応が返ってくることはなかった。

藤堂なら力ずくで小百合を引き剥《は》がすこともできただろう。でも、彼は何もしなかった。

キスに応えることも、小百合を突き放すことも、何も。

ただ嵐が過ぎ去るのを待つように、小百合の気が済むまですればいいとばかりに、藤堂はじっとしているだけだ。そんな彼の態度にいっそう惨《みじ》めさが募る。やはり自分には女としての魅力がないのだと思い知らされた気がして……キスを止めた小百合は、そのまま藤堂の胸に顔を埋《うず》めた。

(馬鹿だ、私)

悲しい、悔しい。苛々する、みっともない。恥ずかしい。

色々な感情が一気に押し寄せて自分でも制御できなかった。

藤堂の胸を借りて、込み上げる嗚咽《おえつ》を必死に堪《こら》える。

「私って、そんなにダメなの……?」

「……小百合?」

「セックスをするのが、怖いの。だから恋人は作らない、欲しいなんて思わなかった。

でもそれは、女として失格なの?」

初めて言葉にする本心だった。ずっと心の中に抱えていたものが、一気に形となって溢れ出る。

「私は、不感症だからっ! 女としてなんの魅力もないから!」

こんなことを言っても藤堂を困らせるだけだ。でも、言わずにはいられなかった。

「だからあなたも、私を抱けないんでしょう……?」

「――っ……!」

その時、視点が反転した。気づけば小百合は、藤堂に見下ろされていた。その時初めて小百合は藤堂がどんな表情をしているのかを知った。

薄《うっす》らと赤らんだ目元。小百合を見下ろす彼の瞳には今、はっきりとした熱が灯っている。藤堂の親指が小百合の目元に触れた。

「君って人は……」

滲《にじ》んだ涙をくいと拭《ぬぐ》い、そのまま乱れた前髪を耳の後ろに流していく。

子供をあやすような仕草なのに、その動きは酷く官能的で背筋がぶるりと震えた。

――それは、初めての感覚だった。

今までは、誰に触れられても気持ち悪さが先に立った。異性の指先に触れられるとそれだけで悪寒が走って、身を引いてしまう。それなのに藤堂の指先から伝わる熱は、不思議と心地よい。

「『女としての魅力がない』？」

藤堂は空いた方の手で小百合の右手をそっと握ると、自分の胸元へとあてさせる。

手のひらから伝わってきたのは、激しく鼓動する彼の心臓の響きだった。

「ありえない。だって今の俺は、君にこんなにもドキドキしてるんだから」

「私、に……？」

「他に誰がいる？　この髪も、俺を見上げる瞳も、唇も……全部が魅力的だ」

「……そんなの、嘘」

「どうして？」

「だって……私がキスをしても、あなたは平気そうな顔をしていたわ」

本当に魅力的だと思っていたら、キスに応えてくれたはずだ。戸惑う小百合に、藤堂は大きなため息をついた後、再び苦笑する。

「平気なはずがないだろう。あの時も今も、すぐにでもキスしたくてたまらないよ。でもそれをしなかったのは、君が泣いていたからだ。——あんなにも辛そうな顔をしているのに、理由も聞かずに欲に流されるわけにはいかなかった。……もしかしたら今の君の目に、俺は冷静に映るかもしれない。でも実際は、理性との闘いで頭がおかしくなりそうだ」

藤堂の言葉を信じたい、でも。

「……やっぱり、信じられないわ」

「どうして？」

「だって、私は——」

「『不感症』だから？　そう思うようになったのは、さっきの男がきっかけ？」

指摘に小百合は小さく頷く。告白したのは自分なのに、心臓が痛い。しかし藤堂は、そんな小百合を労《いたわ》るように柔らかく笑む。彼は、自分の胸にあてさせていた小百合の手を自《みずか》らの唇に持っていき、その指先に触れるだけのキスをした。

「……馬鹿だな、小百合は」

言葉ではそう言いながらも、藤堂の口調はどこまでも優しい。

「女性に『不感症』なんて言うのは、その男が自分が下手なのを公言しているようなものだ」

「……下手？」

そうだ、と藤堂は断言する。

「確かに世の中には、不感症の人間も一定数いるのかもしれない。でも大抵は、女性を気持ち良くさせられない男の言い訳だ。自分のつまらないプライドを守るために相手のせいにしているだけ。つまりは、あの男が能無しってだけの話だ。小百合が気に病《や》む必要なんて、これっぽっちもないんだ」

そんなことを言われたのは、初めてだった。

小百合は、ずっと自分が「おかしい」と思っていた。

反応しない自分の体が欠陥品で、他の女性とは違うのだと劣等感を抱いていた。

しかしそれを藤堂は「馬鹿だな」と否定する。優しくも、甘い熱とともに。

「少なくとも俺が見る限り、君は違う」

「私は、違う……？」

「ああ。本当は、今すぐにでもそれを証明したいくらいだけど……」

藤堂は表情を和《やわ》らげる。小百合を壊れ物を扱うようにそっと抱きしめると、ベッドに横になった。

「それよりもまずは、胸の中に溜め込んでいるものを全て吐き出してしまえばいい」

とん、とんとんと幼子をあやすように、小百合の背中を叩きながら彼は言った。

「泣きたいなら泣けばいい。話したいことがあるなら話せばいい。俺にあたってくれて構わない。だからそんな風に一人で我慢する必要なんてないんだ」

突然押し倒されて、キスをされて、泣かれて……

呆れて当然なのに、藤堂は小百合を責めるようなことは一言も言わなかった。

「大丈夫。君が落ち着くまで、俺はずっとここにいるよ」

それどころかこうして情緒不安定な自分を、受け止めようとしてくれた。

藤堂は、自分を肯定してくれた……その事実に目頭が熱く、胸が一杯になる。

もしもこの時小百合が冷静であれば、すぐに謝って、なんとか取り繕《つくろ》おうとしていたかもしれない。でも今は……今だけは、無理だった。

(この人に、甘えたい)

そう、思ってしまった。

「……ごめんなさい。今だけだから」

髪の毛を撫でる優しい手に絆《ほだ》される。気づけば小百合は、過去のトラウマについて話していた。

初恋の相手が恵介であること。それに気づいたのは、随分と後になってからだったこと。初めて付き合った異性が山本で、不感症を理由に別れて以降は、いざ異性と付き合って『そう』なった時、体が拒否反応を起こしてしまい長続きしないこと……

話している間中《あいだじゅう》、藤堂は何も言わなかった。ただずっと、小百合を抱きしめて、髪を撫でてくれた。

だからだろうか。ぬくもりに抱かれた小百合は、全てを話し終える頃には夢見心地だった。

そんな小百合を藤堂はやはり、ずっと抱きしめていたのだった。

◇—*◆*—◇

「ん……」

心地よい微睡《まどろみ》の中、小百合はゆっくりと瞼《まぶた》を開ける。直後、視界いっぱいに広がる光景にたまらず声を上げそうになった。目の前に、ぐっすりと眠る藤堂の顔があったのだ。

（そうだ、私……あのまま寝ちゃって）

途端に眠りに落ちるまでのことがフラッシュバックして、ベッドから飛び起きそうになったもののなんとか堪《こら》える。そして藤堂を起こさないよう、なるべく物音を立てないように上半身だけ起き上がると、ベッド横に置かれた時計をちらりと見やった。

時刻は、二十時を回った頃。となると、四時間以上も眠っていたことになる。寝室の窓から見える空は、すっかり陽が落ちていた。

隣に眠る藤堂の寝顔をじっと見つめる。

『俺はずっとここにいるよ』

眠りに落ちる直前、柔らかく耳に届いた声。

(本当にずっと一緒にいてくれたの？)

よほど深い眠りについているのだろうか。

藤堂は小百合の気配に気づく様子はなく、すうすうと気持ち良さそうに小さく寝息を立てている。

(……不思議な感じ)

普段の藤堂が常に余裕に満ちているためか、無邪気な寝顔は、少しだけ幼く見える。

初めて出会った時は、なんて失礼な男だと思った。だからだろうか。藤堂に対して小百合は素直になれなくて、可愛げのない態度ばかりを取っていた。

会う度にドキドキして、一喜一憂して、自分ばかり振り回されてなるものかと思った。

でも実際に今日、そう思っていた小百合が藤堂を振り回してしまった。それなのに彼は、小百合の理不尽な癇癪《かんしゃく》を正面から受け止めてくれた。

異性と素肌で触れ合うことのできない自分は、女性として欠陥品なのではないかという、恐怖にも似た感覚。でもそんなこと、誰にも言わなかった。……言えなかった。

話したところで結局は、自分自身が変わらなければならない問題だと分かっていたから。

だからまさか、そんな自分をそのまま受け止めてくれる人がいるなんて、考えもしなかったのだ。

山本と再会してからこの部屋に来るまで、小百合の思考は暗い檻《おり》に閉じ込められているような感覚だった。全て自分が悪くて、何をしてもダメに思えて……

でも今は、自分でも驚くくらいにすっきりしている。

それが藤堂のおかげなのは、間違いなかった。

「……本当に、綺麗な顔」

眠っているのをいいことに、小百合はじっと藤堂を見つめた。飾っておきたいような美形だ。

すっと通った鼻筋、薄くて形の良い唇。この唇が小百合の髪に、そして指先に触れた――

眠りに落ちる前のことを改めて思い出す。泣くだけ泣いて、熟睡して……一度冷静になると、ほんの四時間前に自分が仕出かしたことの重大さに、改めて気づく。

気持ちが高ぶって落ち着くことができなかった。思いのままに行動して、感情の全てをぶつけてしまったのだ。その上押し倒して『抱いてほしい』だなんて。

(私のしたことって、まるで痴女じゃない……)

穴があったら入りたいとは、まさにこのことだ。その上、処女であることも、恵介が初恋であることも黙っていようと思っていたのに、自《みずか》ら全てを打ち明けてしまった。

それらを知られた今、まるで丸裸になってしまったようだ。この後彼が起きた時、一体どんな風に接すればいいのだろう。

(と、とにかく謝らないと)

恵介のことや山本について聞かれるかもしれないが、まず藤堂が起きてからするべきは謝罪だ。

突然迫って、泣いて喚《わめ》いて。その結果、今日の予定がすっかり崩れてしまった。今はあまり何かを食べる気になれないが、時間も時間だ。藤堂だけにでも夕食をご馳走して、それから――

「百面相」

頭の中で今後について夢中で考えていると、声がした。ぱっとそちらを見れば、いつの間に起きていたのか、ベッドに片肘をついた藤堂がにこにこしながらこちらを見ている。

思わず小百合が固まっていると、彼はベッドに横たわったままくすりと笑う。

「本当に君は見ていて飽きないな。くるくる表情が変わって面白い。いつまでも見ていられるよ」

「飽きないって……いつから起きてたの？」

「『本当に、綺麗な顔』あたりから」

食い入るように見ていた自覚のあった小百合は、たまらず視線を逸らす。

「起きていたなら声をかけてくれれば良かったのに……」

「そうしようとも思ったけど、あんなに熱い視線を浴びたらなかなか動けなくてね」

見ていないわ、とはさすがに言えなかった。

（……恥ずかしい）

寝る前の行《おこな》いと起きてからの行動、どちらも思い返すと無性に気まずくて、目覚めた藤堂を正面から見られない。謝らなければと思いつつも小百合が俯《うつむ》きかけると、藤堂の右手がそっと小百合の頬に添えられた。小百合は驚いてはっと顔を上げる。

するとと藤堂は、こちらをじっと見つめた後、ふわりと笑った。

「良かった」

「え……？」

「さっきまで酷い顔色をしていたから。でも今は大分いいな。安心した」

「その……さっきは取り乱してごめんなさい。迷惑をかけて、眠ってしまって……」

「まあね。突然『抱いて』なんて言われた時は心臓が止まるかと思った」

「そ……それについても、謝ります。ごめんなさい。覚悟は……できてはいないけれど、自分のしたことの責任を取るつもりはあるわ」

「別に謝る必要なんてないけど。ちなみに覚悟とか責任とか、なんのこと？」

「その、法律にはあまり詳しくないけど……強制わいせつ罪、とか……？」

思い返せば小百合の行動は十分それに値すると思われた。

何せ突然押し倒してキスをした挙句、性交渉を迫ったのだ。弁解の余地もない。

（本当になんてことをしちゃったの、私……）

さすがに警察に突き出されるとは思わないが、何か対価を要求されても仕方のないことをしてしまった。しかし藤堂は、一瞬虚を衝かれたようにポカンとした後、「ぶほっ」と噴き出した。

「わいせつって……またとんでもないこと言い出すな」

「わ、笑い事じゃないわ」

小百合は至って真面目だ。しかし藤堂は「頼むからこれ以上笑わせないでくれ」と肩を揺らす。

「つまり小百合は、俺に何かお詫びがしたいと。そういうこと？」

「……私にできることであれば。時間も時間だし、何か食べたいものがあるなら、なんでも奢《おご》るわ」

「ちなみに今、腹は減ってる？」

「正直言うと、水も喉を通らなそう」

「だと思った。俺も同じだ。どうせ今日はここに泊まるし、明日一緒に朝食を取ろう。ルームサービスを取ってもいいし、レストランに食べに下りてもいい。俺的にはビュッフェもお勧めだけど」

「ま、待って。泊まるって？」

　このホテルの食事が美味《おい》しいのは経験済みだ。でも今日はあくまで普通のデートで、泊まる予定はなかったはず。しかし藤堂の中ではそれは決定済みらしい。

「時間も時間だし、君も俺も疲れている。それにベッドは二つだ。何か問題でも？」

　その藤堂の堂々とした態度に、色々と仕出かした自覚もある小百合は、何も言い返せなかった。

（それに……今は、一人になりたくない）

　藤堂のおかげで気持ちは大分落ち着いた。でも、今はまだ誰もいないマンションに一人で帰る気にはなれなかった。

「……分かったわ」

小百合が頷くと藤堂はにこりと笑う。次いで、彼は言った。

「そういえば、一つだけ食べたいものがあった」

「何？」

「小百合」

「……どういうことかしら。何が食べたいの？」

「だから、君」

間が空くこと数秒。君が食べたい——その意味を理解した瞬間、小百合の顔は一気に赤くなった。

「なっ……何を言っているの！　私は真面目に——」

「俺も、真面目に答えたつもりだ」

次の瞬間、視点が反転した。「あっ」と思った時には、小百合の背中は柔らかなベッドに包まれていた。目の前に覆《おお》いかぶさるのは、藤堂だ。

「み、瑞樹さん？」

藤堂の両腕が小百合の顔の横に置かれる。彼は、小百合の耳元に唇を寄せた。

「小百合」

「——っ！」

ただ名前を呼ばれただけ。それなのに、吐息が耳朶《じだ》を震わせる。藤堂は小百合を静かに見下ろした。先程までとは違う。何かを我慢するような、堪《こら》えるようなその瞳にごくん、と喉の奥が鳴る。

「……君に『抱いて』と言われた時、一瞬、本気で抱いてしまおうかと思った」

熱い吐息が首筋にかかる。

「そうしなかったのは、あの時の小百合が冷静じゃないと、誰の目にも明らかだったからだ」

でも実際我慢している時はおかしくなりそうだったよ、と彼は言う。

「小百合は、自分が欠陥品だと言ったね。女としての魅力がない、だから抱けないんだ……とも。でもそんなことは、絶対にありえない。だって俺は、今すぐにでも小百合を抱きたくて仕方ないんだから。君は、不感症なんかじゃない。それを俺が証明してみせる」

「証明って、どうやって……？」

藤堂の手がゆっくりと小百合の頬から首筋へと移る。

「俺に触られて、気持ち悪い？」

藤堂の指先が、小百合の喉に触れる。くすぐったいけれど、不思議と嫌だとは思わなかった。それよりもこの温かさが、ぬくもりが心地よいと感じる自分がいる。それは、初めての経験だった。

今までずっと、誰に触れられても不快に思っていた。それくらい、山本に与えられたトラウマは根深いと思っていたのに、藤堂だけは違った。その理由を小百合は知らない。でも、知りたいと思った。藤堂だけが平気な理由も、異性に触れられる本当の意味も、全て。

「俺は、これから君に触れるよ。嫌なら遠慮しなくていい、この手を払いのけてくれて構わない。でもそうじゃないのなら、俺は君がどれだけ女性として魅力的か、もう十分だって言うくらい教える。キスもその先もね。でも小百合の嫌がることだけは絶対にしない。何があっても絶対に、だ」

その言葉に嘘はないと、不思議と信じることができた。

――だから小百合は、頷いた。

最初のキスは、羽のように軽かった。小百合に覆《おお》いかぶさった藤堂は、右手で彼女の前髪を優しく撫でつける。そして涙の乾いた目元を親指でそっと拭《ぬぐ》うと、目尻にちゅっと唇を落とした。

「ひゃっ」

まさか、そんなところにキスされるとは思わなくて。

驚きと戸惑いで目を見開く小百合に、藤堂は安心させるように「大丈夫？」と聞いてくる。

「不安に感じたら言って。最大限、やめるように努力するから」

少しでも小百合の緊張を解こうと思ったのか、藤堂は悪戯《いたずら》っぽく唇の端を上げる。

「……『必ず』、じゃないの？」

「もちろんその時はすぐにやめる。でもそれには多分、相当の忍耐力が必要なのは分かってほしい」

「忍耐力？」

「小百合はもっと自分の魅力を自覚するべきだ。君みたいな人を前にして冷静さを保つのは、相当な精神力がないと無理だ。我ながら自分で自分を褒めてあげたいくらいにね」

「……褒め過ぎだわ」

「俺は、本当のことしか言わないよ」

言って、藤堂は妖《あや》しく笑む。

「さあ。——そろそろ、黙って」

その言葉をきっかけに、藤堂の纏《まと》っていた雰囲気が一変した。口では冷静ではないと言いつつも、ここまでの彼は、小百合を不安がらせないよう、紳士然とした態度を貫《つらぬ》いていた。

でも、今は違う。異性経験の少ない小百合でもそれが分かるほどに、覆《おお》いかぶさる藤堂からは色気を感じた。小百合を見下ろす瞳には抑えきれない熱がある。

自惚《うぬぼ》れなんかじゃない。藤堂ほどの男が自分に欲情している――その事実に、体の奥がじんと熱を持つのが分かった。目尻に触れていた唇が頬から下へとゆっくりと移る。

ただ唇が顔に触れているだけなのに、もどかしいほどの感覚が小百合を襲った。

「んっ……」

たまらず指先がぴくん、と跳ねる。すると藤堂はその手に自《みずか》らの右手を絡ませて――小百合の唇を、柔らかく食《は》んだ。触れるだけのそれ。でも、藤堂とキスをしているのだ……その事実に、動揺して唇が開いてしまう。わずかに開いた隙間から彼の舌が滑り込んだ。

「――っ……!」

小百合を気遣うようなそれは、彼女の舌を探りあてるとゆっくりと絡みつく。舌裏をしっとりと舐め上げられると、小百合は自然ときゅっと拳《こぶし》を握った。しかし、もどかしいほどに優しく口内を蹂躙《じゅうりん》する舌先に、やがて気持ち良さにも似た感覚を覚え始める。

くちゅり、と互いの唾液が混じる音が淫靡《いんび》に響く。

(もっと……)

気づけば自《みずか》ら舌を絡ませていた。――次の瞬間、藤堂の動きは一変した。

小百合の反応を確認しながらの動きとは違う。まるで食べられてしまいそうなほど強引なキス。

驚いて舌を引っ込めようとすると、すかさず捉《とら》えられる。

「っん……」

酸素を求めて口を開ける小百合の唇を、藤堂はたまらないとばかりに甘噛みした。

「はあ、はあ……」

「辛かったら、鼻で呼吸をしてごらん」

藤堂の動きに翻弄《ほんろう》されながらも、なんとか息をする。

「そう、上手だね」

藤堂は小百合の髪を撫でながら、まるで子供を褒めるようにくすりと笑う。しかしその唇や舌は、絶え間なく小百合を愛撫し続ける。嵐が通り過ぎた頃には、小百合は息も絶え絶えだった。

途中からは緊張なんてどこかへ行ってしまって、ただただ夢中で藤堂のキスに応えていた。

柔らかな感触が気持ち良くて、体の奥がじんと疼《うず》いて……

（こんなキス、知らない）

小百合は、ベッドに横になったまま胸を上下させる。そんな彼女を藤堂はやはり、艶《つや》やかな瞳で見下ろしている。彼の瞳に映る自分が今どんな姿をしているか、小百合は知らない。

ぽうっと紅潮《こうちょう》した頬に、横になっても形の崩れることのない豊かな胸。裾がめくれたことにより露《あら》わになった足首。とろんと潤《うる》んだ瞳は、まるで誘うように……求めるように藤堂を見つめている。

勝ち気な小百合が見せるその姿に、藤堂の喉がごくんと鳴った。

「キスは、大丈夫みたいだな」

「……全然、大丈夫じゃない……」

照れ隠しから小百合が顔を背《そむ》けようとすると、藤堂の大きな手のひらがそれを封じる。

そして再び、彼の顔がゆっくりと下りてくる。彼は唇を小百合の耳元に寄せると、小さく言った。

「キスの次は、こっちだ。……触るよ」

「さ、触るって！」

どこを、と聞くのも恥ずかしい。体を固くすると、藤堂は「大丈夫」と笑顔を向ける。

しかしそこに最初ほどの余裕がないのは、経験値の少ない小百合にも見て取れた。

「体の力を抜いて。俺に身を委《ゆだ》ねるんだ」

藤堂ほどの男が、自分に欲情している。その事実に、何より吐息交じりの甘い声に、小百合の体は自然と震えてしまう。そんな彼女の胸を、藤堂は服の上からやんわりと撫で始めた。

「ひゃんっ！」

「まだ服の上から触っただけなのに、いい反応」

「からかわないでっ……！」

「からかってなんてない。可愛いって言ってるんだ。……じゃあ、これはどう？」

藤堂はやんわりと小百合の胸を揉み始める。先程とは違って強く彼の手の感触を感じて、小百合はいやいやと首を横に振る。一つ一つこちらの反応を確認しているのは、気遣いからだろう。分かっているけれどまるで言葉で愛撫されているようで、もどかしくてたまらない。

「やめてほしい？」

「分からないわ、だってこんな感覚初めてなんだもの……」

小百合は途切れ途切れながらもそう藤堂に告げる。すると彼はたまらないとばかりに小百合をきゅっと抱きしめて、言ったのだ。

「君は、本当に可愛いね」

「そんなことっ……！」

「可愛いよ。見た目とのギャップも、今の反応も。——全部が可愛くてたまらない」

藤堂はきゅっと小百合の腰を抱く。そして、空いた方の手をするりと、シャツの裾から侵入させた。一瞬で腹部から胸元まで露《あら》わになって、慌てて小百合は隠そうとする。

しかし藤堂の逞《たくま》しい腕はびくともしなかった。彼の右手が小百合の腹部に触れる。

「んっ……！」

大きな手のひらが小百合のなめらかな腹部をさらりと撫でる。それは次第にゆっくりと上に上がっていき——今度は下着越しに、胸の頂《いただ》きに触れた。初めは感触を確かめるようにやんわりと。マッサージをされているような優しい手付きだが、触れられた感覚は服の上からとは比べ物にならない。やがて彼の指がブラジャーをたくし上げ、親指が胸の頂《いただ》きを直にかすった。ダイレクトな刺激に、たまらず背中が跳ねる。

「そこ、だめぇ……！」

一瞬、何が起きたか分からなかった。もどかしいほどのくすぐったさと刺激が、背筋を駆け抜ける。しかしそれだけでは終わらなかった。

藤堂は、腰を抱いていた左手もまた服の中に侵入させると、両手で小百合の胸に触れる。

藤堂の両手にも収まり切らないほど豊かな双丘。下からゆっくりとすくい上げられたかと思えば、やんわりと揉みしだかれる。終わることのない甘い愛撫の連続に、小百合は必死に耐えた。

「そんないっぱい触っちゃ、やだあ……」

「どうして？」

「だって私の胸、大き過ぎて、変だからっ……」

恵介の同僚にグラビアアイドルみたい、と言われたことを思い出す。

プロとして水着を着る彼女たちのように、堂々と見劣りをしない体なら良かったのかもしれない。でも小百合にとっては、自分の小柄な体にこの胸は少々アンバランスに思えた。

普段好んで着ている服は、そんな体形を活かしたものが多い。でもいざこうして藤堂に見られると、恥ずかしくてたまらない。

「変って、冗談だろ？　……だって、ほら」

既に上半身はほとんど裸と同様だった。シャツは胸の上までたくし上げられ、明るい照明の下、藤堂の目の前に晒《さら》されている。

「こんなに柔らかくて感度がいいのに」

ぷるんと露《あら》わになった豊かな双丘。羞恥心《しゅうちしん》から小百合は慌てて隠そうとするけれど、両手を優しく押さえられてそれもできない。

「や、見ないで……」

か細い声で懇願《こんがん》したその時だった。

「あんっ！　待って、そこはっ」

藤堂はくすりと笑みを浮かべた後、ツンと上を向いた胸の頂《いただき》を口に含んだのだ。

「……ああっ！」

小百合の制止を遮《さえぎ》るように、ぺろりと舐められる。

それだけじゃない。片方をコリコリと甘噛みされて、もう片方は手で揉みしだかれる。

――頭がおかしくなりそうだ。

藤堂が、自分の胸を舐めている。指で、舌先でいじって、吸いついている……

皮膚から伝わる刺激。そして、藤堂の自分を求めている姿。視覚と聴覚の両方で愛撫されているようだ。その時、胸の頂《いただき》をこねくり回していた藤堂の手が、露《あら》わになった腹部からするりとスカートの中へと侵入する。

「まっ……！」

待って、と止める間もなかった。彼の指がストッキング越しに、下着に触れる。同時に小百合の耳に届いたのは、粘液がこすれる音だった。

「あっ……」

「見て、小百合。すごく濡れてる」

不意に藤堂は、小百合の目の前に自《みずか》らの指を持ってくる。

「……言わないで」

「ダメ、見るんだ」

甘やかな命令に、小百合は逆らえなかった。彼の指先がわずかに濡れている。それが自分の愛液であることは、間違いなかった。自覚すると、無意識に太ももに力を入れてしまう。

——恥ずかしくてどうにかなりそうだ。

濡れているのは、分かっていた。

キスをされた時からずっと、体の中心が熱かった。藤堂に触れられるとどんどん熱が高まっていって、下半身が疼《うず》いてしまった。でもいざ、こんな風に触れられてしまうと、その事実に頭がついていかない。あれだけ不感症だと思っていたのに、まるで体そのものが作り変わったようだ。

自分の体のはずなのに、制御が利かない。

「恥ずかしがらなくていい。素直に、感じて」

下着の上から中心をくいっと押された次の瞬間。彼の指先が下着の間からするりと入り込み、直接触れた。

「——っ……それ、だめぇ……！」

「本当に？」

言いながら、藤堂の親指が小百合の陰核をさらりと撫でた。

その瞬間抱いた感覚の名前を、小百合は既に知っている。

（気持ち、いいっ……！）

放してほしいのに、もっと触れてほしい。触れてほしいのに、今すぐ動きを止めてほしい。

くちゅくちゅと陰核の中心をこねくり回されて、その度に背筋が跳ねる。はしたなく太ももをこすり合わせて、自《みずか》ら藤堂の指を咥《くわ》え込んでしまう……

「んっ」

一瞬感じた痛みに、小百合は咄嗟《とっさ》に声を上げる。すると膣を進もうとする指がぴたりと止まった。

「痛い?」

躊躇《ためら》いながらも頷くと、藤堂はちゅっと小百合の瞼《まぶた》に口づけを落とす。

「瑞樹さん……」

「大丈夫、俺に身を委《ゆだ》ねて」

その声の優しさに、小百合はゆっくりと息を吐く。

「そう。良い子だ」

藤堂は小百合の体から力が抜けたのを確認すると、再びゆっくりと指を動かし始めた。愛液を纏《まと》わせ濡れそぼった指先が膣の中へと進入する。

「あっ……!」

自分の中に感じた刺激に、一瞬意識が飛びそうになる。反射的に小百合が腰を浮かせると、藤堂の動きが止まり……彼は吐息交じりに小さく笑った。

「見つけた」

藤堂は、ある一点を攻め立てる。親指で陰核を押しながら、膣へと指の挿入を深める
動きに小百合の背中が何度も跳ねる。

「分かる？――ここが、小百合のいいところだ」

「やっ……」

いいところ、なんて、そんなの知らない。

確かなのは、今までとは比べ物にならないほどの感覚に襲われているということだ
けだ。

「大丈夫、俺に任せて」

とろけそうな声に反して、指の動きは容赦なかった。濡れそぼった膣を長く形の良い
指に何度もこすられる。バラバラと動きながら、最も感じる箇所を突いては引いて、ま
た刺激する。

（もう、ダメっ……！）

何も考えられない。目の前が、弾《はじ》ける――

「っ――！」

強烈な感覚が小百合の背筋を駆け抜ける。それは、ほんの一瞬だった。小百合の思考

は真っ白に染まって、気づけばベッドの上に身を投げ出していた。

そんな、しどけない姿で息を乱す小百合の乱れた前髪を、藤堂はそっとかき上げる。

その時、自分を見つめる藤堂の視線に、小百合は思わず目を見張った。

(……なんて目で、見るの)

切れ長の目は未だに熱を持っている。しかしそこに浮かぶのはそれだけではなかった。

目元を和《やわ》らげてこちらを見据える瞳は、とても優しくて、穏やかで……まるでその先には、彼にとって愛おしくてたまらない存在がいるようだ。小百合はこの瞳を知っている。だからこそ戸惑わずにはいられなかった。なぜなら、恵介が美貴子を見つめる時も同じような目をしていたから。

「小百合?」

呼びかけにはっとした小百合は、咄嗟《とっさ》に目を逸らした。

(……まさか、ね)

自《みずか》らの考えを打ち消す。キスをして、肌を重ねて——その距離の近さに思わず錯覚してしまったのだろう。だって、仮初《かりそめ》の婚約者に過ぎない自分をそんな風に見るなんてありえない。

「大丈夫か?」

「……大丈夫に見える?」

自分の思い込みがなんだかとても恥ずかしくて、小百合は目を逸らしたままつい、そんな風に返してしまう。我ながら本当に可愛げがないと分かりつつも、それ以外の行動を今はとれそうになかった。

一方の藤堂はさして気にした素振りもなく、くっくと笑う。

「そんなことが言えるなら大丈夫だな。さて、俺としてはもっと進みたいけど……」

「それは、無理っ！」

この先、なんて考えただけで頭がパンクしてしまいそうだ。

「それは残念」

藤堂はくすりと笑う。

「それで、どうだった？」

「どう……って？」

「今でもまだ、自分は不感症だと思ってる？」

これに対する答えは、一つしかなかった。藤堂に触れられた場所が熱を持った。自分の体じゃないような気がして、頭がどうにかなりそうな気がした。

「気持ち良い」と体が、心が言っていた。だからこそ、小百合は答える。

「……分からないわ」

小百合は、シーツをきゅっと手繰《たぐ》り寄せる。自分だけ半裸なのがどうにも恥ずかしくて、首元まですっぽり覆《おお》うと、未だ頬を赤く染めたままちらりと藤堂を見上げた。

「こんな風になったのは、あなただけなんだもの」

この瞬間、藤堂は固まる。それまでと一変してなぜか強張《こわば》った表情をした彼は、片手で自分の額《ひたい》を押さえると、呻《うめ》き声にも似たため息をつく。

「小百合、前にも言ったけどそれって天然？　それとも狙ってやってるのか？」

「……言っている意味が分からないわ」

そういえば、「婚約者になってほしい」と依頼した時も、藤堂は似たようなことを言っていたのを思い出す。小百合の中で「天然」と言えばゆるふわ系のイメージがあるし、自分よりもむしろ姉の美貴子が近い気がする。だからこそ小百合は、体をシーツで完全に隠したまま、「違う」という意味を込めて藤堂を見つめたのだけれど。

「……はあ」

彼はやはり、何かを堪《こら》えるように息をつく。

こちらを見つめる視線が若干呆れて見えるのは、気のせいだろうか。

「小百合が言ってるのって、つまりは俺だけに感じてるってことだけど」

指摘されて初めて分かった。私の体はあなたにだけ反応します――そう言っているのと同義だと、ようやく気づいたのだ。

「それって、相当な殺し文句だよな。そういえば、いきなり押し倒されてキスまでされたし。もしかして俺、口説かれてる？」

「違っ……くはないけど、それは！」

口説いたつもりはない。でもキスして押し倒したのは、紛《まぎ》れもない事実で……

「……小百合」

蠱惑的《こわくてき》な笑みを浮かべた藤堂がじりりりと迫る。

「わ、私！　シャワーを浴びてくるわ！」

まるで先程の睦事《むつごと》を思い出させるその雰囲気に、小百合はシーツを掴んだまま逃げた。後ろからは藤堂がくすくすと笑う声が聞こえたけれど、構わずバスルームへと駆け込んで慌ててドアを閉める。

一人になった途端に脚の力がへなへなと抜ける。なんとか壁に背中を預けるけれど、少しでも気を抜けば今にもこの場に座り込んでしまいそうだ。

小百合はシーツをきゅっと抱きしめる。

バスルームの鏡の中に映る顔は、まるで知らない他人のようだった。

どことなく赤らんだ頬、潤《うる》んだ瞳。自分は、こんなにも物欲しげな顔で藤堂を見つめていたのか。

（……まだ、ドキドキしてる）

それは、シャワーを浴びても収まらなかった。お湯を浴びてすっきりすれば多少は落ち着くかと思ったが、時間が経てば経つほど、先程のことが鮮明に蘇《よみがえ》る。

藤堂の呼吸、ぬくもり、小百合の肌を滑る大きな手のひら……

彼の熱ははっきりと、小百合の中に刻まれてしまった。

「……どんな顔をして出ていけばいいの」

バスローブを羽織って簡単に髪を乾かしたのはいいものの、自分は一体この後どうすればいいのだろう。逃げるようにバスルームに駆け込んだため、着替えはもちろんない。かといって、いつまでも籠城《ろうじょう》してもいられないし、八方塞がりだ。

「――小百合？」

「な、何？」

その時、トントン、とドアが叩かれる。

「大丈夫か？　随分と長いこと戻ってこないから、逆上《のぼ》せているのかと思って」

「大丈夫よ。もう出るわ」

「バスローブは着てる？」

「ええ、着ているけど……」

藤堂もシャワーを浴びたいのだろうか、と小百合は少しだけドアを開ける。が、わずかに開いた隙間を彼は見逃さなかった。

「えっ……待って、きゃあっ！」

「こんなことだろうと思った。シャワーを浴びたからって、いつまでもそこにいたら風邪を引く」

藤堂はドアを一気に開けると、バスローブ姿で固まる小百合を見るなり抱きかかえた。お姫様抱っこである。彼は、そのまま小百合をベッドルームに連れていくと、小百合を寝かせて自《みずか》らも横になる。後ろから抱きかかえられた小百合は言葉通り、固まった。

「あの、これって……」

「今日はもうこのまま寝よう。君も色々あって、疲れただろ?」

「でも、ベッドは二つあるし、寝るなら別々でも……」

「俺を押し倒した君がそれを言うんだ?」

「……お願いだから、もうそれについては言わないで」

藤堂は、くすりと笑う。

「ごめん、からかい過ぎた。とにかく、同じ空間にいて、わざわざ違うベッドで眠る必要はない」

「……」

「それに、こんな風に人肌を感じるのも悪くはないだろう?」

あえて耳元で話すのはやめてほしい。ダイレクトに吐息を感じて、それだけで背筋がぴくんとしてしまう。それを隠すように小百合は「おやすみなさい」とぎゅっと瞼《まぶた》を閉じる。そんな小百合の反応を楽しみながら、藤堂もまた目を閉じた。

その夜、小百合は藤堂に抱きしめられて眠った。

初めは緊張して体を強張《こわば》らせる小百合に、藤堂は「猫みたいだな」と笑っていたけれど、そう言いながらもゆっくりと髪を撫でる手付きはとても優しくて。

真綿に包まれるような感覚に、気づけば深い眠りの中に沈んでいたのだった。


翌朝。小百合が目覚めた時、隣に藤堂はいなかった。

寝ぼけ眼《まなこ》でリビングルームに向かうと、彼は新聞を読んでいた。

朝日を浴びて長い脚を組む姿は、まるで海外ドラマのワンシーンのようで、思わず見惚れる。

集中しているのだろうか、藤堂が小百合に気づく気配はない。時折新聞をめくる音だけが朝の室内に響く。その横顔は、小百合を熱く求めた時とも、からかう時とも違っていて……「ああ、これが素の藤堂瑞樹なのだな」と思った。

その時、不意に藤堂が視線を上げる。

「おはよう。よく眠れた？」

そう、何気ない朝の挨拶《あいさつ》をされた時だった。

――トクン、と。

小百合の胸が一瞬、動いた。

抱きしめられた時やキスした時の激しい胸の高鳴りとは違う。こうして彼を見つめていなければ気づかなかったくらいの、小さなその変化。

（何、これ……）

このまま彼の横顔を見ていたいような、不思議な感覚。

しかしその正体について深く考える前に、小百合は藤堂に促《うなが》されて席に着く。

「そろそろ起きるかと思って、朝食は適当に頼んでおいた。珈琲《コーヒー》と紅茶があるけどどうする？」

「……紅茶を。ありがとう、すごく美味《おい》しそうね」

テーブルの上には、卵料理や焼き立てのパン、サラダに果物、紅茶に珈琲《コーヒー》……と見た目にも美味《おい》しそうな朝食が並んでいる。

それから二人は、向かい合って初めて朝食をともにした。

不思議だった。最悪の出会い方をした翌日、小百合は同じホテルで一人朝食を食べていた。しかし今は、その相手と同じ部屋で、こうして向かい合って食事をしている。しかも、仮初《かりそめ》の婚約者として。

彼を見ていて、ふと気づいた。藤堂は食べ方がとても綺麗だ。テーブルマナーはもちろん、食べる時の姿勢も、ナイフ品があると言うのだろうか。

やフォークの使い方も完璧と言っていい。かといって特にかしこまっている様子もなく、とても自然なのだ。

小百合も一応、高校卒業までは「お嬢様」と呼ばれる家で育ったけれど、藤堂の方がよほど慣れているように見えた。

「そんなに見られるとさすがに照れるな。俺の顔に何かついてる?」

「えっ……いえ、そういうわけじゃないけど。すごく綺麗に食事をするなあと思って」

「そう?」

意外な指摘だったのか、藤堂は目を丸くする。そんな何気ない仕草も不思議と新鮮に感じた。

(……そういえば)

初めてバーで会った時を思い出す。藤堂はマスターと随分親しいようだった。その上彼は、こんなにも高そうな部屋をすぐに手配した。いくら逢坂ホテル系列会社の社員とはいえ、そこまで融通《ゆうずう》がきくものだろうか。そんな小百合の問いに藤堂は「たまたまだよ」と肩をすくめるだけだった。

その後、朝食をお腹いっぱい食べた小百合がフォークを置いた時だった。

「小百合」

同じく食事を終えた藤堂と、視線が重なる。

「俺は、今からいくつか君に質問をする。もちろん、答えたくないことは答えなくて構わない」

改めて藤堂が聞きたいこと。それが何かおおよその想像はついた。小百合は深呼吸をした後、覚悟を決めて「どうぞ」と答えた。

「……矢島恵介。今は、宮里恵介か。君は今も彼のことが好き？」

やはり、と小百合は思った。

昨夜、小百合は過去の恋愛について全てを吐き出した。初恋や初めての彼氏、それ以外の恋愛遍歴について、感情が高ぶるままに。

思えば藤堂は、初めから小百合の恵介への気持ちを見抜いていた。宮里家に挨拶《あいさつ》に来た時でさえ彼は、疑問ではなく確定として、小百合の恵介への気持ちをあてたのだ。

あの時は、「あなたには関係ない」と心のままに反発した。心の中に土足で踏み込まれた気がして、私のことなんて何も知らないくせに、と憤《いきどお》りさえ感じたものだ。

でも今は、不思議なくらい穏やかに話せそうな自分がいる。

「……恵介さんのことは、今でも好きよ。本当に優しい人だから、嫌いになるのは難しいと思う。でもあなたが聞きたいのは、そういうことじゃないのよね？」

藤堂は頷く。彼が聞きたいのは、今でも恵介のことが「男」として好きか否か、ということだろう。小百合はゆっくりと続けた。

「確かに恵介さんは私の初恋だけど、昔からそういう対象ではなかったの」

「……そういうって？」

「『キスしたい』とか『触りたい』とか……もっと言えば、付き合いたいとさえ思わなかった。私は、どんなに周りに反対されても姉を諦めないあの人の姿に惹かれたんだと思う。私もあんな風に一途《いちず》に思われたい、一人の人に愛されたい……って。そういう意味で言えば、男としてあの人が好きだった、とは言えないのかもしれない」

それでもやはり小百合にとっての初恋は恵介だったのだ、と今でも思う。

「私はずっと姉夫婦を見てきたから、自分もそんな風になりたいと思って、初めて彼氏を作って……でも、結果は昨日あなたにも話した通り、散々だったわ」

「でも、さすがにあんな男ばかりじゃないだろう？」

それが山本のことを指しているのは、間違いなかった。

「もちろん、その後お付き合いした人の中には、良い人もいたわ。でもデートをしていた時もぎこちなかったと思う。デートの延長にはセックスがあるって考えると、どうしても怖くて……純粋に楽しいと思えたことは、ほとんどなかった。相手の人には、本当に失礼な話よね」

「大学を卒業してからは？」

「せいぜい、食事をするくらい。学生時代でもうこりたから、大人のデートなんてしたことないわ。……さすがに、引いたでしょ？」

わざとらしく小百合は肩をすくめる。しかし藤堂は、笑わなかった。彼は深くため息をついた後、正面から小百合を見据える。

「引くどころか、ある意味感謝してるよ。君と付き合ってきたぼんくら男どもにね。そのおかげで今、君の前に俺はいるんだから」

「ぼんくらって……山本先輩はともかく、それ以外は悪いのはむしろ私の方で――」

「冗談。俺からすれば、そいつらはよっぽどの草食系か、男としての機能を失っているかのどちらかだ。いいか？　これだけは間違いなく言える。小百合は、欠陥品なんかじゃない」

藤堂ははっきりと言い切った。

「でも、もしも不安なら、俺で『練習』すればいい」

「練習……？」

「期間限定とはいえ、今の俺たちは恋人で、婚約者だ。もちろん、セフレなんて意味じゃない」

そこだけは勘違いしないでほしい、と藤堂は念を押す。

「もちろん小百合の嫌がることや怖がることは、絶対にしない。どんな時でも君の意思を優先すると約束する。その上で、俺を練習相手にすればいいと言ってるんだ。君が自分に自信が持てないと言うのなら、俺がいくらでも自信をつけてやる」

「……どうして、そこまで言ってくれるの？」

その問いに、藤堂は力を込めて答えたのだ。

「――君に触れられる男は、俺だけだからね」

VI

十一月。銀杏《いちょう》並木が都会のコンクリートを黄色に染める頃、季節は秋の訪れを告げていた。

『――そういうわけで、仕事がなかなか忙しくて。次に会えるのは少し先になりそうだ』

「分かったわ。体には気を付けて」

『小百合もね』

そんな会話をしたのが今から数週間前。最後に藤堂と会ったあのホテルの出来事から、一ヵ月が過ぎようとしていた。

ここ最近、藤堂の仕事は繁忙期に差し掛かっているらしい。仕事が忙しくてしばらく会うのは難しいと電話で言われた時、少しだけ寂しいと感じてしまった自分がいた。

そんな気持ちが声から伝わってしまったのだろうか。電話を切る直前、藤堂は、まるで夜の情事を思わせるような甘い声で『小百合』と名前を呼んで、言ったのだ。

『次に会った時は、君に触れたい』、と。

お風呂上がりでもないのに、顔を真っ赤にした小百合が慌てて電話を切ったのは、言うまでもない。

『俺で練習すればいい』

いくら小百合が恋愛下手とはいえ、あの言葉の意味が分からぬほど鈍感ではなかった。

小百合が自分に自信が持てるよう――異性に触れられても大丈夫だと思えるよう、藤堂と肉体的な関係を持つ、ということだ。自分たちは、期間限定の仮初《かりそめ》の関係。しかしセックスフレンドと同等には考えるな、とも彼は言った。

（瑞樹さんは、どうしてあんなことを言ったの？）

婚約期間は、半年間。その間は両親に怪しまれない程度に『婚約者らしく』する必要があるのは、確かだ。しかし小百合の両親に挨拶《あいさつ》をした時の藤堂を思い返すと、彼の演技力と社交性があれば、それらしく見せるのはとても容易なことに思えた。

何より、小百合のトラウマを解消したところで、彼にとってのメリットが浮かばないのだ。

（あの人は、優しい）

藤堂は、意外なくらい誠実な男だった。だから、仮の婚約者である小百合を不憫《ふびん》に思って、協力してくれるのだろうか。彼の申し出は、婚約の対価の一部……？

（……でも、断ることができなかった）

藤堂だけに「気持ち良い」と思ってしまった。彼のぬくもりは心地よくて、あの温かさを知ってしまった直後だったからこそ、忙しいと言われた時、寂しいと感じたのかもしれない。

（私もこれから忙しくなるし、ちょうど良かったかも）

これから冬に差し掛かればクリスマスシーズン、お正月にバレンタイン、ホワイトデー……と恋人にとってはイベントが目白押しの季節がやってくる。そしてその少し前、つまり十月後半以降は、マリエ・リリーズの新規登録数が一年の中で特に伸びる時期でもある。

カップルで賑わうこの季節を一人で過ごしたくない、と考える独身者の需要が増えるためだ。

だからしばらく会うのが難しいと言われた時、「ちょうど良かった」と自分に言い聞かせた。

それに藤堂のことだ。次会う時まで連絡を取ることはほとんどないだろう、と漠然と考えていた。

――しかし小百合の予想は、大きく外れることとなる。

第一に、連絡無精だと思っていた藤堂だが、実際は全く違ったのだ。

以前は、特に必要がなければ連絡を取ることはほとんどなかった。なのに最近では、毎日のようにメールが届く。それこそ、朝の「おはよう」から夜の「おやすみ」まで。

とはいえ文面は短いし、至ってシンプルだ。しかし、驚くほどに甘かった。

風が冷たい日には、体調を気遣うメールを送ってくる。かと思えば、時にまるで本物の恋人に送るような文面が来ることもあった。

『会いたい』

『君の声が聞きたい』

この一ヵ月、電話をしたいと何度かメールが来たことがあったけれど、小百合は仕事を理由に断っていた。甘い文面を送られただけで降参状態なのだ。しかも最後に会ったのは、肌を重ねたあの日。そんな状態で平静に電話ができるとは、到底思えない。

――あの夜をきっかけに、小百合と藤堂の距離が一気に近づいたのは、間違いなかった。

◇―＊◆＊―◇

「……木崎徹さん、ね」

昼下がりのオフィス。応接間の椅子に難しい表情で座っているのは、「三高」狙いの大野である。

彼女は、手元のタブレットをじっと見つめた後、眉を寄せたまま小百合を見る。

「私が希望している条件とは少し違うようだけど、どういうつもりで紹介しているの？」

馬鹿にしているなら許さないわよ、と無言の圧力がひしひしと伝わってくる。一方の小百合は、内心ひやひやしながらも表情に表れないようなんとか堪《こら》えた。

「以前も申し上げましたが、ご希望の条件に全てあてはまる方というのは、なかなか難しいんです」

「私も前にも言ったけど、それをなんとかするのがあなたの仕事でしょ」

「もちろんです。会員の方のご希望をできる限り実現するのが私の仕事です。ただ、『難しい』というのは、大野様に限らず皆様にも共通します」

大野の理想が高過ぎるのは事実。しかし、だからと言って小百合は、決して意地悪で言っているのではないのだ。それをなんとか分かってもらえるよう、言葉を選びながら辛抱強く続ける。

自分の理想百パーセントの相手とカップリングできることは、奇跡に等しい。

求める条件の中で絶対に譲れないもの、妥協できるもの……と優先順位を自分の中でつけることは、婚活をする上でどうしても必要になってくる。それは、人によってお金であったり趣味であったりと様々だけれど、その見極めをするのもまた、小百合の仕事の一つだ。

「ご覧の通り、木崎様のご兄弟はお兄様が二人。ご両親は既に長男ご夫婦と同居されているので、三男の木崎さんと同居になることはまずないとのことでした。この点は、ご希望に沿っていますね」

「それは……確かに、重要なことだけど」

「次にご趣味ですが、美術鑑賞と仏閣巡り。大野様と同じで、御朱印《ごしゅいん》も集めておられるようです」

趣味が一緒であることに興味を惹かれたのか、大野の硬い表情が少しだけ緩《ゆる》む。

「最後に、これが一番大切なことですが……木崎様ご自身が、是非大野様と一度お会いしたいとおっしゃっています」

マリエ・リリーズでは、紹介後双方ともに希望した場合、第一回目は小百合の方で日程を調整する流れになっている。

一度に複数の会員を紹介するのだが、気に入った人物がいれば面談希望をする。今回、木崎には三人の女性を紹介した。その中で唯一彼が望んだのが大野だったのだ。そして、木崎の方からは『是非に』という回答があった。

「いかがでしょう、一度お会いしてみませんか?」

「……分かったわ」

大野は少し悩んだ様子を見せた後、小さく頷いた。

(やった！)

心の中で思わずガッツポーズをしてしまう。どうやら最初の一歩は成功したようだ。

その後、詳しい日程はまた連絡する旨を告げて大野は帰っていった。

(午前中の予定はこれで終わりね)

さて、気晴らしにお昼は外に食べに行こうか、と小百合は軽く伸びをする。

三村を誘って気分転換にランチに行くのもいいかもしれない。最近は仕事も立て込んでいたし、ここ最近、三村から「その後の小百合さんの恋愛事情はどうですか？」と暇さえあれば質問攻めにあっていたのだ。いくら気心の知れた後輩とはいえ、藤堂との関係を正直に話すことはできない。

しかし誰かに聞いてほしい、という気持ちがあるのもまた本当で……

ホテルで一夜をともにしたあの日以来、小百合は何度も彼のことを思い出してしまっている。

それこそ仕事中のふとした瞬間や、寝る前など、様々だ。

その上、意外なほどにマメなメールが来ては、考えるなという方が難しい。

(なんだか、ドツボにハマっている気がする……)

藤堂のことを考えるとそれだけで胸がざわめく。落ち着かなくて、なんだか恥ずかしい気分になってしまう。それは、かつて恵介に抱いていた気持ちとも違って……いずれにせよ、藤堂という人は、恋愛初心者の小百合には手に余る存在なのは間違いなかった。

「失礼します」

三村が応接室に入ってくる。

「お疲れのところすみません。ちょうど今、小百合さんにお客様がお見えになったのですが……」

歯切れの悪い様子で三村は小百合を見る。いつも溌溂《はつらつ》としている彼女の珍しい様子に、小百合は首を傾げた。それにこの時間に来客予定は特に入っていなかったはずだ。

「お客様って、会員の方？」

「いいえ。その、昔の知り合いだとおっしゃって……あっ、ちょっとお待ちください！」

三村を押しのけるように一人の人物が応接間に入ってくる。その人物を見た瞬間、小百合は固まった。

「驚かせてすまないね」

ねっとりと絡みつくような声の正体は、山本だった。

「こんにちは、『宮里社長』。どうしても話したいことが会ってお邪魔したよ」

山本はわざとらしくそう呼んだ。一方の小百合はといえば、ここにいるはずのない人物の突然の来訪に動揺を隠すことができない。

「あの……小百合さんのお知り合い、なんですよね？」

その時、視界の隅に、不安そうに瞳を揺らす三村が映る。

（いけない）

小百合は社長、三村は部下。自分のプライベートで彼女を不安にさせるようでは上司失格だ。

「ええ、学生時代の知り合いよ。……ただ、お約束はしていなかったものだから、驚いてしまって」

小百合は震えそうになる手をぎゅっと握って、なんとか平静を保とうとする。

本当は今すぐ逃げ出したい。しかし今は仕事中だという意識が、その衝動を抑え込む。

「山本さん。お話があるなら、外で伺《うかが》います。よろしいですね」

この男が突然訪ねてきた理由は分からないが、これ以上この場に留まっていることは、小百合のプライドが許さなかった。そんな小百合の提案に、山本は「構わないよ」と不敵に笑ったのだった。

「それで、ご用件はなんですか」

小百合は山本を連れて、会社から歩いて数分のカフェに入る。初めから長居するつもりは毛頭ない。トラウマの元凶と対面するのはなかなか勇気がいったけれど、冷静を保とうと意識する。対する山本は、一体何を考えているのか、終始気味の悪い笑みを浮かべていた。

「そう怖い顔をしないで。せっかくの美人が台無しだよ」

「お世辞は結構です」

「酷いな、本気なのに」

美人と言われてこんなにも嬉しくない相手は、他にいない。

中身のない軽口を続けるつもりはないと、小百合ははっきりと態度で示す。

「そうツンケンするなって。今日は、この間のことを謝りに来たんだ。久しぶりに宮里に会えて俺も舞い上がっちゃってね、随分と失礼なことを言ったと思って……悪かったよ」

ごめん、と山本は頭を下げる。突然の謝罪に小百合は面食らった。

（……この人、本気で言ってるの？）

同時に不審に思う。謝罪するためだけに事務所まで押し掛けたとは思えなかったのだ。

しかし一刻も早く立ち去りたい小百合は、「顔を上げてください」と淡々と告げる。

「謝罪は受け取ります。ご用件がそれだけなら、失礼します。まだ仕事が残っていますから」

立ち上がろうとする小百合を山本は「そんなに急がなくてもいいだろ」と引き留める。

「珈琲《コーヒー》一杯くらい付き合えって。……でも驚いたよ。まさか君が社長をやっているとはね」

小百合は眉を寄せる。インターネット上に情報が溢れている昨今、大抵のことは調べられる。マリエ・リリーズはホームページを立ち上げているし、小百合の名前や顔写真も掲載している。故《ゆえ》に小百合がマリエ・リリーズの代表者であると山本が知っていることと自体には、なんら違和感がない。しかし、彼が自分のことを調べた上でわざわざ会いに来た理由が見当たらなかった。

「しかも宮里って、あの宮里グループのお嬢様だったんだな。全然知らなかったよ。親は大企業の経営者、自分は社長かあ。羨《うらや》ましいよ、色々と」

「確かに宮里グループは私の実家が経営していますけど、それが何か」

「いや、今日は頼みがあって来たんだ。取引先として、俺を親御さんの会社に紹介してくれないか？」

「……なんですって？」

「俺が今営業職なのはこの前話しただろ？　実は、最近でかい契約が取れそうだったんだけど、締結寸前で破約になっちゃって。このままだと会社への損害はもちろん、俺の立場も危ないんだ。でも、新しい大口契約が取れれば話は別だ。その点、宮里グループなら文句のつけようがない」

呆れて物が言えない、とはこのようなことを指すのだろう。事実、小百合は二の句が継げなかった。

（私に協力をお願いするなんて、何を考えてるの……？）

それを山本は、小百合が悩んでいると都合良く捉《とら》えたのか、胸元から名刺ケースを取り出すと、一枚テーブルの上に置いた。

「頼む！　昔のよしみで、な？」

昔のよしみ――不感症を理由に振った相手を、そんな風に言うなんて。

（ありえないわ……）

もしも小百合が逆の立場であれば、気まずくて声さえかけられないだろう。でもそんな常識が山本相手には通用しないことは、嫌というほど分かった。故《ゆえ》に小百合は、自分なりの常識で対応することにする。

「お断りします」

置かれた名刺に視線をやることなく、はっきりとそう拒否した。

「私は両親の仕事に一切関わっていません。ですから口利きなんてできませんし、仮にできたとしても、あなたを紹介するなんてありえないわ」

山本は顔を強張《こわば》らせる。断られると思っていなかったのか。だとしたら、あまりに厚顔無恥だ。

「お話がそれだけなら、これで失礼します」

これ以上は時間の無駄だと小百合は席を立とうとする。

「――どうせ今の会社だって、お嬢様が道楽でやってるようなものなんだろ？」

突然の一言に唖然とする小百合を前に、山本は肩をすくめる。

「いいよなあ。俺なんか契約を取るために毎日必死に働いているのに、お前は実家が金持ちってだけで、親のコネを使って簡単に経営者になれるんだから」

（……何言ってるの、この人）

確かに親の影響がゼロとは言えない。今の小百合を形作ったのは両親なのだから、当たり前だ。でも、金持ちの道楽？　親のコネ？

（そんなの、私は使ってない！）

宮里グループに就職するつもりがなかったから、大学は外部を受験した。就職先も自分で一から探したし、会社を立ち上げたのだって今の仕事が好きだから、もっと自分の力を試したいと思ったからだ。

もちろん今日まで色んな人の支えがあってやってこられたのは間違いない。でも、会社立ち上げにあたって親に援助を求めたことは、一度もない。

「実家の会社があれだけ大きければ、必死に働く必要なんてないもんな。遊びで社長を名乗れるなんて、本当に羨《うらや》ましいよ」

（私のことなんて、何も知らないくせに）

ホテルで再会した時は、トラウマを呼び起こされて体が震えた。

でも今は、違う。悔しさで手が震えるのなんて、初めてだ。

「……今の私の仕事と両親は、なんの関係もないわ」

「口ではなんとでも言えるさ」

山本は鼻で嗤《わら》う。謝罪なんて話のきっかけに過ぎないのは間違いなかった。こんな男と関わってしまったのは人生の汚点だと、今なら間違いなく言えた。異性と付き合うことに憧れて、何も考えずに初めての彼氏に選んだ男。もしも十年前に戻れるならば、小百合はどんなことをしてでも過去の自分を必死に説得しただろう。

「好きなように言えばいいわ」

落ち着いて、冷静になって――

ホテルで再会した時は、藤堂が助けてくれたが、今は自分一人で切り抜けなければならない。この場で、はっきりと関係を断ち切るのだ。

「どうせ何を言ったところであなたには伝わらないでしょうし、分かってほしいとも思わない」

とにかく、金輪際《こんりんざい》関わりたくないのだと、この男に理解させる必要があった。

「これ以上お話しすることはありません。失礼します」

「――ホテルで会った、あの男」

今度こそ立ち上がった小百合を、山本はまたも一言で引き留めた。

「婚約者とか言ってたけど、どうせ長続きはしないさ」

「……なんですって？」

「大学時代、どんな男とも続かなかったお前が、あんな見るからに女に困ってなさそうな男と上手くいくわけがない」

「瑞樹さんとあなたを一緒にしないで！」

藤堂は、小百合のトラウマをそのまま受け止めてくれた。小百合は欠陥品などではないのだと何度も言ってくれた。そんな彼のことを、山本が語る。耳が腐りそうだ。彼のことを馬鹿にされるのが、どうしても許せない。

「瑞樹？　それがあいつの名前？」

「……あなたには、関係ない」

「関係あるさ」

小百合の変わりように少しだけ驚いた様子を見せながらも、山本の笑みは深まるばかりだ。

「……なあ、強がるなって。俺と別れた後、ろくに男と付き合わなかったのは、俺のことが忘れられなかったからだろ？」

ねっとりとした視線が、小百合の全身に絡みつく。

「俺にしておけよ。今度は、ちゃんと『教えて』やるからさ」

「……何を、言ってるの」

「そのままの意味だよ」

「失礼します！」

これ以上この場にいたくなくて、小百合はカフェを後にした。

「俺は、諦めないからな！」

背後から聞こえた声に小百合が振り返ることはなかった。そのまま、足早に事務所に戻る。

「あ、小百合さんおかえりなさ……って、どうしたんですか？　顔、真っ青ですよ？」

駆け寄ってくる三村に「なんでもないわ」と答える。だがそれが強がりなのは明らかだった。

「……さっきの人と何かあったんですか？」

「ちょっとね。でも大したことじゃないから大丈夫。ただ……もし今後あの人が訪ねてくるようなことがあれば、私は不在だと伝えてくれる？」

小百合の表情から何かを悟ったのか三村は「分かりました」ときりりと言った。

「小百合さんがそんなこと言うの、初めてですもんね。任せてください！　でも、何かある前に、早めに警察に相談した方がいいですよ。ストーカーにでもなったら大変ですもん」

「さすがにそれは大丈夫だと思うけど……でも、ありがとう」

ストーカー、の響きに一瞬ドキリとする。

(……まさかそこまでは、ね)

さすがにそこまで愚かだとは思いたくないが、念には念を入れて、相川にも「山本という男が来たら取り次ぎがないように」とだけお願いした。三村から伝え聞いたのか、彼もまた「任せてください」と力強く答えてくれた。

(とりあえず、これで大丈夫よね)

——だが、甘かった。

あろうことか山本は翌日も、翌々日も事務所を訪ねてきたのだ。外出中だった小百合は、帰社後その話を聞いて、背筋が凍るような思いがした。

幸か不幸か、両日とも事務所に相川がいる時間帯の来訪だった。年下ながら、自分より上背《うわぜい》のある相川を相手に臆したのか、山本は小百合が不在であることを知ると、あっさりと帰っていったという。しかしこれだけでは終わらなかった。

翌週の朝、いつも通りに出勤した小百合が事務所のポストを開けると、一通の差出人不明の封筒が入っていた。宛先は会社名。まさかと思い、恐る恐るペーパーナイフで開封して、息を呑んだ。

――山本の名刺だったのだ。

消印がないところを見ると、直接事務所のポストに入れたのは間違いない。小百合は封筒ごとびりびりに破ってゴミ箱に投げ捨てた。

（……どういうつもりなの）

何か手紙があるわけでもなく、名刺が入っているだけなのが余計に不気味さを煽《あお》る。しかもそれは、連日続いた。中身はいつも同じ、名刺が一枚だけ。他の二人には心配をかけないよう小百合は毎日自分で処分していたけれど、ついに相川に見つかってしまった。

相川は、封筒を握りつぶしながら、言いにくそうに切り出した。

「もし見間違いなら心配事が増えるだけだと思って、黙ってたんですけど……この間、この人っぽい男を事務所の近くで見かけたんです。見たのはほんの一瞬だったし、確証はないんですけど……。とにかく、用心するに越したことはないです。帰りの時間はなるべく俺と合わせましょう」

小百合は、申し訳なく思いながらも相川の提案に乗ることにした。それが功を奏したのか、相川と駅まで帰るようにしたところ、封筒の投函はピタリと止んだ。

「相川君。しばらく手紙も来ていないし、一緒に帰るのはもう大丈夫。あなたにも予定があるのに、付き合わせてごめんね」

「いいえ。落ち着いたみたいで良かったです。でももしまた何か変なことがあったら、すぐに言ってくださいね。帰りを合わせるくらい、なんてことないんですから」

「ありがとう、その時はまたお願いするわ。今日は先に帰って平気よ」

「分かりました。じゃあ、お先に失礼します」

相川がいなくなると、自然とため息が零《こぼ》れた。手紙が届かなくなって一週間。相川と三村には、感謝してもしきれない。ただでさえ繁忙期の今、彼らの協力がなければ心身ともに参ってしまい、仕事にも影響が出ていただろう。そうなる前に名刺攻撃がなくなったことにはほっとした。しかしその理由が、両親への口利きを諦めたからではなく、小百合と相川が一緒にいるところを見ていたからだとしたら……？

今も、どこかで見張られているかもしれない。そんな考えに背筋にぞくりと悪寒が走る。

（……考え過ぎだわ）

ウィンドウシャッターを閉める。入り口の鍵はかかっているし、日中、事務所が無人になることは、ほとんどない。万が一山本が来ていたとしてもせいぜいポストまで、中まで侵入はできないはずだ。――その時、不意にデスクの上のスマホが振動した。

「――っ……！」

小百合は恐る恐るスマホを手に取る。画面に表示された名前は……

（瑞樹さん）

藤堂瑞樹、とディスプレイには表示されていた。小百合は反射的に指を滑らせる。

『もしもし、小百合？　良かった。やっと繋がった』

電話口の藤堂が笑う。その声に、張り詰めていた緊張の糸が切れたような気がした。

彼の声を聞くのは、ホテルでともに過ごした日以来だ。

恥ずかしかったから、声を聞くと緊張してしまいそうだったから……そんな風になんだかんだと理由をつけてメールだけで済ませていた。藤堂もそんな小百合の意思を汲んでか、『仕方ないな』と応じてくれていた。でもそれが大きな間違いだったと、今なら分かる。

――だって自分は、たった一言藤堂の声を聞いただけで、こんなにも安心している。

『……どうかしたのか？』

「ううん、久しぶりだから驚いただけ」

違和感を持たれてしまっただろうか。心配をかけてはいけない、と小百合はなんとかごまかした。

「いつもはメールなのに、突然どうしたの？」

『別に何があったってわけじゃないけど。そろそろ小百合が俺の声を聞きたい頃かな、と思ってね』

いつもなら苦笑交じりに「何を言っているの」と軽く返していたかもしれない。しかしまさに今そう思っていただけに、切り返すのが一瞬遅れる。すると藤堂は『なんてな』とくすりと笑った。

『俺が小百合の声が聞きたくて限界だった。俺の婚約者は仕事が恋人らしくて、なかなか電話に出てくれないからね』

（どうして今、そんなことを言うの）

嬉しくて、恥ずかしくて。ほっとして、泣きそうになる。

涙腺が緩《ゆる》みそうになるのを、少しだけ上を向くことでなんとか堪《こら》える。

「……仕事が恋人なのは、あなたも同じでしょう？」

どうか、なんでもないように聞こえてくれますように。

『冗談。俺の恋人は、小百合だけだよ』

藤堂は悪戯《いたずら》っぽく笑う。

『今は、次に小百合と会うことだけを楽しみに仕事を頑張ってる。冬のボーナスなんかより、そっちの方が俺にとってよっぽどご褒美《ほうび》になるからね』

「そんなこと言っても、何も出ないわよ？」

『本心だから、仕方ないさ』

会えない間、メールでの藤堂はとても甘かった。今も電話越しとはいえ、こんな風にさらりとドキドキすることを言ってくる。これは、彼なりの軽口。偽りとはいえ婚約者だから言ってくれている。そう分かっていても、頬が熱くなりそうだ。

『それで。君の方は、本当に何も変わりはないんだな？』

不意に声色が少しだけ変わった。何かを探るような問いかけにドキリとする。

「……どうして？」

『今までの経験上……とはいってもこの数ヵ月だけど、君はどうにも溜め込みやすい性格みたいだから。仕事の愚痴《ぐち》でもそれ以外でも、一人で抱え込んだりするなよ。どんなに小さいことでも吐き出した方が楽になることもある』

小百合は、すぐに答えることができなかった。この人は、どうして人が欲している言葉が分かるのだろう。山本が事務所に来たことは知らないはずなのに、不安な小百合の気持ちを見透かしているようだ。藤堂の真摯《しんし》な言葉に、心が揺れる。

——相談しても、いいのだろうか。

小百合が口を開きかけた時、電話の奥で『部長！』と彼を呼ぶ声がした。

『……ちょっと待ってて』

部下に話しかけられたのか、藤堂は電話を遠ざけて何か指示を出しているようだ。電話越しにもざわざわとした雰囲気が伝わってくる。これ以上、彼を引き留めてはいけない。

『もしもし、ごめん』

「ううん、大丈夫。……本当に忙しそうね」

『結構、ばたばたしてる。そろそろ師走《しわす》だし、俺は今年度いっぱいでこの会社を辞めるからね。引継ぎも並行してしないといけないから、てんやわんやだよ』

最近では終電に間に合わないことも多く、仕方なく自家用車出勤の日が続いているらしい。その上、出勤時刻は通常通り。そんな午前様の日々が続けば、疲れも相当溜まっているだろう。その割に声からあまり疲労を感じないのは、さすがだった。

『君も忙しいって言ってたけど、今日も残業?』

「ええ。あと一時間くらいはいるつもりよ」

『分かった。でも、あまり無理をするなよ』

「あなたも体調に気を付けてね。……電話をありがとう。久しぶりに声を聞けて、嬉しかったわ」

これは、もしかしたら小百合が藤堂に対して初めて素直になった瞬間だったかもしれない。

小百合はスマホを置くと、残業に取り掛かる。

——久しぶりに聞く藤堂の声は甘くて、くすぐったくて。

小百合は久しぶりに集中して仕事をすることができたのだった。

「んーっ……さすがに疲れたかも」

藤堂との電話から一時間、仕事の目処が付いた小百合は、帰り支度を整える。

警備システムの確認と事務所の施錠をして外に出ると、夜風が首筋を冷たく撫ぜた。

もうすぐ十二月。秋は終わりを告げ、本格的な冬の季節が訪れる。

（早く帰らなきゃ）

今までは少しでも早く帰れるようにと、駅まで近道を使うこともあったけれど、山本が事務所を訪ねてきてからは、用心して人通りの多い大通りを通ることにしている。

周りにそれらしき人物がいないかを気にして歩くのは、気力と体力ともに消耗した。

右手はいつでも誰かに連絡ができるよう、スマホを握りしめている。待ち伏せしているなんて想像もしたくないけれど、念には念を入れて、だ。

警戒心を抱きながら慣れた道を歩いていたその時、不意に小百合の隣に車が停車する。

ぴったり真横につけられて、スマホを握る右手に力が入った。

（え……この車って）

見覚えのある黒のＳＵＶ。気のせいでなければ、この車の持ち主は――

「小百合！」

「……瑞樹さん？」

開いた窓から見えた姿は、藤堂だった。路上に停めた車から顔を覗かせた藤堂は、唖然とする小百合に手招きをする。

「どうしてここにいるの……?」

「それは後で。さあ、乗って」

藤堂は、どこか楽しそうな表情で内側から助手席のドアを開ける。小百合は、驚きながらも藤堂の言う通りに車に乗り込んだ。

「シートベルトは締めたね。じゃあ、行こう」

「行くって、どこへ? というか瑞樹さん、仕事は?」

「あの電話の後、速攻で終わらせてきた。会社の連中にも明日の朝までは連絡するなと言ってきたから、しばらくは邪魔も入らないだろ」

「連絡するなって、今はすごく忙しいんでしょう。大丈夫なの?」

まさかの人物の登場に、つい質問攻めになってしまう。一方藤堂の答えは、明快だった。

「今は、仕事よりも小百合の方が大事だから」

「え……?」

「恋人のあんなに不安そうな声を聞いて放っておけるほど、俺はダメな男じゃないよ」

そして、藤堂は言ったのだ。

「大人のデートをしよう」

Ⅶ

大人のデート。

小百合と同じ二十代後半の女性であれば、その言葉からどんなプランか想像できるのかもしれない。しかしデートから縁遠い小百合は、実際にどんなことをするのか——厳密に言えば、この車がどこに向かおうとしているのか、まるで想像がつかなかった。

「予想以上に驚いてくれて嬉しいよ。仕事を早く切り上げた甲斐があった」

ハンドルを握った藤堂は悪戯《いたずら》っぽく笑う。

「どこに行くつもりなの？」

「心配しなくても変なところに連れていったりはしないよ。夕飯は食べた？」

「コンビニで買って、残業している時に済ませたわ。瑞樹さんは？」

「俺も同じ。じゃあ二人とも食事は済ませているってことで、夜のドライブデートでもしないか？」

「ドライブ？」

「ああ。元々運転するのが好きなんだが、最近はずっとオフィスにこもりっきりでね。

いい加減、気分転換をしたかったんだ。君さえよければ付き合ってもらえると嬉しい」

藤堂は、電話の自分の声に違和感を覚えて来てくれた。きっと、ドライブが好きなのは本当だろう。でも、それをあえて今しようとしているのは——自惚《うぬぼ》れてもいいのなら、自分のため。

その気遣いが嬉しくて、小百合は素直に頷く。

「喜んで。私も仕事続きで最近出かけていなかったから、嬉しいわ」

小百合は藤堂に気づかれないよう、ちらりと横顔を見やる。

彼と会うのはあのホテル以来。その間、メールは数えきれないくらいした。しかし、電話をしたのは今日一度きり。その時だって、久しぶりに聞く電話越しの藤堂の声にドキドキしっぱなしだった。

そんな相手が今、隣にいる。おまけにここは、カフェでも駅でもなく、車内という密室空間だ。

正面を見据える切れ長の目。高くすっと通った鼻梁《びりょう》に、薄くて形のいい唇。全てのパーツが完璧に配置されている横顔。その上身長も高くて、良い声をしているとくれば、並みの俳優やモデルでは太刀打《たちう》ちできないだろう。

そんな相手を仮初《かりそめ》の婚約者に選んだのは、小百合自身。選んだ時は、顔なんて関係ないと思っていた。極端な話、小百合にとって条件の合う相手でさえあれば、藤堂である必要性はなかったのだ。

（……でも、今は？）

もしも隣にいるのが藤堂ではなかったら……そう想像するが、不思議なくらい彼以外が婚約者である映像が浮かばない。あの夜、この瞳が小百合を見下ろし、ハンドルを握る手が肌に触れた――

「小百合」

「ひゃっ」

不意に名前を呼ばれて、たまらず妙な声を上げてしまう。

「そんなに見つめられたら照れる……って言おうとしたけど。今、何を思い出してた？」

「べ、別に私は何も」

「本当に？　……あの夜のこと、思い出してたんじゃないのか？」

ミラー越しに小百合を見つめる瞳に火が灯る。咄嗟《とっさ》に顔を背《そむ》けると、藤堂はくっくと笑う。

「ごめんごめん。あまりにも色っぽい目で見つめてくるから、つい」

「色っぽくなんて……もう、知らないっ！」

見惚れていた自覚のある小百合は、それしか言えなかった。

（私ばかり、ドキドキしてる）

名前を呼ばれただけなのに、ベッドの中で呼ばれた声とリンクした。荒い息づかいや、肌を滑る大きな手のひらを思い出して、体の中心がズンと疼《うず》く。

これではまるで、自分だけがいやらしくなってしまったみたいだ。

(でも、この間は、ただでさえ私から襲ってしまったし……)

自分にこんな一面があるなんて、この歳まで知らなかった。

「もしかして、眠い?」

ずっと窓の方を向いている小百合を不思議に思ったのか、藤堂は言った。

「仕事続きで疲れているんだろう。適当に車を走らせるから、眠っていていいよ」

「でも……」

「俺のことは気にしないでいいから」

そう言われた小百合は、形だけ瞼《まぶた》を閉じる。疲れているのは彼も同じ。それなのに自分だけ隣で眠るわけにはいかない。そもそもドキドキしている今、この密室空間ではとても眠れる気がしない。

——そう、思っていたのだけれど。

体は、正直だった。無音の車内。時折感じる車の振動に、藤堂の息づかい。

それらを聞きながら、小百合は意識を手放した。

重い瞼《まぶた》をゆっくりと開ける。一瞬、自分がどこにいるのか分からずにぼうっとしていると、隣からクスクスと笑い声が聞こえてきた。

「おはよう。よく眠れた？」

「瑞樹さん……？　あっ、ごめんなさい私、熟睡してた……？」

そうだ。今は仕事終わりで、ドライブデート中。眠るつもりはなかったのに、少しだけ、と目を閉じたらたちまち睡魔に襲われてしまった。時計を見ると二十分近く意識を飛ばしていたらしい。

「もうぐっすり。よだれの痕、残ってるけど」

「やだ、うそっ！」

慌てて両手で口元を覆《おお》うと、藤堂はあっさり「嘘」と言ってくる。

「いびきも寝言もなし。キスしたくなるくらい可愛い寝顔だったな」

「……お願いだからそういうことを簡単に言わないで。あと、からかわないで」

「それは無理。可愛いのは本当だしね」

ああ言えばこう言う。おまけに呼吸をするようにさらりと甘い言葉を言ってみせるのだから、たちが悪い。しかも当の本人は実に楽しそうにしている。

（まあ、いいか）

話を聞く限り、藤堂が小百合以上に激務なのは明らかだ。からかわれるのはやはり面白くない……というか心臓がなかなかついていかないが、自分といることで少しでも気分転換になるのであれば、それはそれでいいかな、と思えた。それに気分転換になっているのは小百合も同じだ。

「わあ……綺麗」

海沿いを走る車窓からは、都内の夜景が一望できた。ここ数年は、日々を忙《せわ》しなく過ごしていたからだろうか。

煌《きら》びやかな街灯や都会の喧騒《けんそう》は小百合にとってなんら珍しいものではなかった。でもこうして夜のドライブをしていると、知っているはずの景色がまるで違うもののように見える。

都内を抜けた車は、横浜方面へ向かっていく。それからしばらく、目に飛び込んできた観覧車に、小百合は「あっ！」と声をあげた。それに藤堂もすぐに反応する。

「観覧車が気になる？」

少しの間の後、小百合は小さく頷く。

「……観覧車デートって、ある意味定番じゃない？」

「まあ、そうかもな」

「でも私、家族や女友達以外と乗ったことなくて……だから、つい」

恋人と一緒に観覧車。一度は憧れるシチュエーションだ。ただ、「大人のデート」とは少し違うように思う。多分、世の女性の多くは、十代のうちに経験しているのではないだろうか。

一方の小百合はアラサー。観覧車一つにテンションが上がるなんて笑われそう……とちらりと藤堂を見やると、彼はやはりくすくすと笑っていた。しかしそれは、決して馬鹿にするようなものではなく、むしろ小百合の反応を楽しんでいるようにさえ見える。

「なら、決まりだな」

「決まりって、あれに乗るの？」

「だって、初めてなんだろ？　男と観覧車乗るの」

恥ずかしく思いながらも小百合は頷く。

「その初めての相手が俺で嬉しいよ」

藤堂は笑顔で言ったのだった。

目的地に着くと、幸いにも駐車場に空きがあり、車はスムーズに停めることができた。

「大人二名、お願いします」

藤堂は、観覧車のチケットを二枚購入する。小百合は自然な流れで財布を出そうとするけれど、直後、藤堂の無言の笑顔に手が止まる。

まさかここで出す出さないの押し問答をするつもりはないよな、とその笑みは言っていた。偽装婚約を持ち掛けた日、カフェの代金の押し問答をした記憶は、未だにはっきりと残っている。

（ここは、素直に甘えるのが正解……よね）

ありがとう、と伝えると、藤堂は「どういたしまして」とあっさり返す。この様子では高速代金やガソリン代、駐車料金も受け取ってもらえなそうだ。その分どこかでお返しをしないと、と思っていると、藤堂が小百合の手を取った。とても自然な流れで握られて、驚く間もなかったくらいだ。

「観覧車に乗るのは、俺も久しぶり。改めて下から見るとでっかいなあ」

「もしかして高所恐怖症？」

「全然。高いところは好きだよ。小百合は？」

「基本的には大丈夫。でもジャングルジムとか、あとは高層ビルで一部だけガラス張りになっていたりとか、高さをリアルに感じるのは苦手かも」

「なるほど。じゃあ、観覧車はあえてスケルトンタイプのに乗ってみるか」

「スケルトン……？」

「ほら、あれ」

藤堂が指さしたのは、全面透明のゴンドラだ。

「――絶対、いや」

「よし、決定」

「ちょっと待って、嘘でしょ？」

タイミング良く二人の順番が来て、藤堂は小百合の手を引いて進んでいく。

「もうすぐスケルトンタイプが来ますが、どうなさいますか？」

係員にチケットを二枚渡した藤堂は、「普通ので」とあっさり答えた。

てっきりスケルトンタイプに乗せられるかと思った小百合は、ぽかんと藤堂を見る。

すると彼は悪戯《いたずら》っぽい笑みを浮かべたまま、小百合の手を引いてゴンドラに乗り込んだ。

「透明な方に乗るかと思った？」

「……あの流れなら、誰だってそう思うわ」

「ごめんごめん。慌てる小百合が可愛過ぎて、つい」

「だからっ……！」

そういうことを軽々しく言わないで、と続けようとするが、ぐっと呑み込んだ。言ったところで「本当だから」と返されるのは、これまでの経験で分かっていたからだ。

「……子供の悪戯《いたずら》みたい。あなたでもそういうことするのね」

「どんなことをすれば小百合の新しい表情を引き出せるのか。それを考えると、色々試したくて仕方ないんだ」

まるで悪びれる素振りのない姿に、それ以上返せる言葉はなかった。

「それで。小百合がどうしてそこに座ったのか、俺は不思議でたまらないんだけど」

小百合はきょとんと目を瞬《またた》かせる。ゴンドラの中では、自分と藤堂の二人、向かい合って座っている。何もおかしなところなんてないはずだ。しかし、藤堂にとってはそうではなかったらしい。

「小百合が座るのは、こっち」

「えっ……きゃあっ！」

手を引かれて座った先は、藤堂の膝の上だ。

「ちょっと、揺れるから！」

「君が大人しくすれば揺れないさ」

慌てて元の位置に戻ろうとするけれど、藤堂は小百合の腰を捕らえて放さない。

「——さてと。これでもう逃げられないな」

「瑞樹さん……？」

「俺はね、小百合。今怒ってる。理由は分かる？」

首を横に振ると、藤堂は「そんなことだろうと思った」とため息をついて、言った。

「意地っ張りな婚約者に対してと、それを見過ごしてしまった自分自身にだ」

不意にお腹に回された手に力が入る。

「電話で俺は、小百合に言ったね。一人で抱え込むな、どんな小さいことでも吐き出してほしいって。でもどうやら君には伝わらなかったらしい」

「そんな、ことは……」

「本当に？　何か、俺に隠していることはないか？」

この人は、一体どこまで勘が鋭いのか。藤堂が言っているのは、間違いなく山本のことだ。彼は電話の些細《ささい》なやりとりで小百合の異変を感じて、こうして問いかけている。

電話の際、一瞬「相談しようか」と思ったのは事実だ。しかし彼の多忙な様子に思いとどまった。

ただでさえ忙しいのだ。こうして時間を見つけて会いに来てくれただけでも十分、感謝している。だからこそ小百合はあえて、「何もないわよ」と答えたのだけれど。

「……へえ。この期に及んでまだそんなことを言うなんて、本当に意地っ張りだな、君は」

藤堂の声色ががらりと変わる。

「素直になれないなら、仕方ない。——お仕置きだな」

「お、お仕置きって……ひゃっ！」

ふっと、吐息が耳裏にかかる。

何をするの、と振り返ろうとするけれど、後ろからがっちりとホールドされて叶わない。

「エロい声」

「そんなことなっ……！」

「あの夜も思ったけど……耳、感じやすいんだな」

耳元で囁《ささや》かれる。ただそれだけなのに、まるで声に犯されているような気持ちになる。艶《つや》っぽい声に甘い吐息。しかし藤堂は、それだけでは終わらなかった。

――くちゅり、と。彼の舌先が、小百合の耳裏を舐めたのだ。

「んっ、お願い、待って……！」

「待たない。言っただろ、これはお仕置きだって」

耳朶《じだ》をなぞり、優しく食《は》む。

その合間でさえ、名前を呼ばれて、吐息がかかって……舌の感覚と聴覚、その両方に翻弄《ほんろう》される。

（こんなの、無理っ！）

必死に耐えようとするものの、体の自由が利かず、ぎゅっと両手を握ることしかできない。

一方の藤堂は、必死に耐える小百合の様子に、たまらないとばかりにいっそう追い詰める。そして、すう……と小百合の腹部をなぞった。

「んっ……！　それ、だめっ！」

「可愛い。感じてるんだ？」

そんなことない！　なんて、言い返す余裕もなかった。

事実、小百合は感じていた。服を脱がされたわけでも、直接肌に触れられたわけでもないのに、密室の中で感じる彼の気配に体が敏感に反応してしまうのだ。その証拠に、彼が呼吸をする度に体がビクン、と跳ねてしまう。しかしここは観覧車、いわば宙の上だ。

小百合が身動きをする度にゴンドラが揺れて、それを煽《あお》るように藤堂は言った。

「このまま続けたら誰かに気づかれるかもしれないね。俺は、構わないけど」

「いじ、わるっ……！」

「意地を張る君が悪い。——そろそろ、話す気になった？」

「話す、話すからっ！」

誰かに見られているかもしれないという羞恥心《しゅうちしん》。

何より、どうあっても逃れられない感覚に、小百合は白旗を上げた。

「あの人が……山本先輩が、事務所に来たの！」

ピタリ、と藤堂の動きが止まる。

「……何しに？」

「あの人、営業の仕事をしているらしいの。でも、最近大口契約が破約になって、困っているって。そんな時、私の実家が宮里グループなのを知って、取引先として口利きをしてくれと言われたの」

はあはあと息を乱しながら、小百合は続ける。

「もちろん断ったけど、それから毎日封筒が届くようになって……。どれも消印がなかったから、直接事務所に来て投函してたんだと思うわ」

「中身は？」

「あの人の名刺が一枚。それ以外は、何も」

低くドスの効いた藤堂の声に驚きながらも、小百合は答える。

「つきまといとか、ストーカー行為は？」

「うちの社員がそれらしい人を見かけたとは言ってたけど、私は直接は会ってないわ。ここ一週間は、手紙の投函も止まっているし……だから、あなたが気にしなくてもだいじょう――」

「大丈夫なわけがないだろう！」

大声に反射的にびくっと首をすくめる。藤堂は「くそっ！」と吐き捨てると、小百合の体を持ち上げて自分の隣へと座らせた。

「どうして言わなかったんだ？」

「ただでさえ忙しいのに、余計な心配をかけちゃいけないと思って……それに、さっきも言ったけど今は手紙も来なくなったから……」

「たまたまかもしれないだろう。あの男がしているのは、立派な犯罪行為だ」

そんなの大袈裟だ、とは言えなかった。事実、小百合が恐怖を感じたのは間違いないのだから。

「……あの男、山本聡と言ったか。その名刺、今持ってる？」

「え、ええ」

最初こそ気味が悪くて捨てていた。しかしそれ以降のものは、証拠として念のため取ってある。

「見せて」

小百合はバッグの中から封筒を取り出すと、藤堂に手渡した。彼は、怒りを抑え込むような表情で名刺を確認する。

「ここ、誰でも知っているような大手企業じゃないか。しかも本社勤務の営業職なら花形だろう。それなのに自分の失敗した契約の穴埋めを君に頼むなんて、呆れるな」

全てがその通り過ぎて、小百合は無言で同意する。

「この名刺は預かるよ。この男についても俺に任せてほしい」

「任せるって……何をするつもり？」

「二度と君の前に姿を現さないようにする」

「そんな……どうやって？」

「幸い、この会社には知り合いもいるし、山本について少し調べてみたいことがある。

大丈夫、心配しなくても暴力的に解決なんかしないし、法に触れることももちろんしない。平和的に解決するさ。とにかく、あんな男のことは一切忘れるんだ。いいね？」

そう言った藤堂の圧はあまりに凄《すさ》まじく、小百合は頷くしかなかった。小百合が承諾したことに一応の納得がいったのか、藤堂は深くため息をつく。

「頼むから、今回みたいに何かあれば、すぐに話してほしい。俺の知らないところで君が傷ついて、何かあったとしたら……俺は、自分が許せなくなる」

怒りを押し殺したような、傷ついたような表情。初めて見る藤堂の姿に小百合は息を呑む。

「……ごめんなさい」

今度は素直に謝る。その一方で、「どうして」と思ってしまう自分がいた。

話せば彼が心配するのは分かっていた。でもこの反応は、小百合の予想を大きく超えていたのだ。

だから。気づけば小百合は、聞いていた。

「どうして、私のためにそこまでしてくれるの？」

「君は俺の婚約者だから」

「でも……それは、期間限定の関係だわ」

「たとえそうだとしても、今の俺にとって小百合は、恋人で婚約者だ。だから守りたいし守らせてほしい。大切にしたいと……そう、心から思ってる」

それが問いに対する答えになっていないのは分かっていたが、小百合は、それ以上問うことはできなかった。自分を真摯《しんし》に見つめる強い瞳に捕らわれる。

（……吸い込まれそう）

ちょうど、観覧車がてっぺんに到達した時だった。ゆっくりと藤堂の顔が近づいてくる。

――キス、される。

小百合は逃げることなく瞼《まぶた》を閉じた。

「ん……」

始まりは、ふわりと触れるだけのキスだった。それから、ちゅ、ちゅと啄《ついば》むようなキスを繰り返す。

じゃれるようなそれは気持ち良くて……。無意識に続きを求めてわずかに口を開くと、藤堂は小百合の顎《あご》をくいっと上げた。彼は、小百合の感触を確かめるように何度も唇を食《は》む。初めはくすぐったいだけだったが、段々ともどかしくなってくる。

――だって小百合は、この先を知ってしまったから。

小百合は無意識にちろりと舌を覗かせる。藤堂はそれを逃さなかった。

彼は舌先でそれを絡め取ると、小百合の舌裏をぺろりと撫でる。キスは段々と激しさを増していった。歯列をなぞって、絡ませて……息苦しさからほんの一瞬離れようとしても、許さないとばかりに引き留められる。気持ち良い、と素直に思った。くちゅくちゅといやらしい音が、密室に響く。

やがてゴンドラが地上に近づき始めて、キスはようやく終わりを告げた。

唇が離れると、つうっ……と二人の間を糸が繋ぐ。体から力の抜けた小百合は藤堂の胸元にもたれかかり——そんな彼女の耳元で、彼は囁《ささや》いた。

「——君を抱きたい」


その後藤堂は、小百合を連れて観覧車からも見える某有名外資系ホテルへと向かった。

ここは、予約を取るのが難しくて有名なホテルでもある。しかし、仕事柄か、都内以外のホテルにも彼は顔が利くらしい。藤堂がフロントに顔を出すと、すぐに奥から顔なじみらしいホテルマンがやってくる。そして二、三言話すと、彼はカードキーを受け取った。

それからエレベーターに乗り込み部屋へと向かう間、二人は無言だった。しかし手だけはずっと、繋いでいた。藤堂は、小百合を逃さないとばかりにきゅっと手に力を入れる。小百合もまたそっと握り返した。一分一秒が惜しいと、彼の背中が言っている。それは、小百合も同じだった。

『君を抱きたい』

ストレートな言葉。観覧車の頂上でキスをされて求められて……小百合は戸惑いながらも頷いた。

——自分は、雰囲気に流されているだけなのだろうか。

山本のストーカー行為に落ち込んでいるところ、ヒーローのように颯爽《さっそう》と現れた藤堂。凹《へこ》んだ気持ちを紛《まぎ》らわすように夜のドライブデートに連れ出してくれた。

それだけではない。小百合のことを大切だと、守らせてほしいと言ってくれた。ドラマのワンシーンのように、頂上でキスをした。そのいずれも、恋愛経験の乏《とぼ》しい小百合が絆《ほだ》されるには十分過ぎるほどのシチュエーションだ。事実、今の小百合は熱に浮かされたように頭がぼうっとしている。

でも、たとえこれが流されているのだとしても、小百合の中で確かな思いがある。

（私も、この人に触れたい）

不感症だと思っていた自分が初めて感じることができた人。抱き合う気持ち良さを教えてくれた人。あの温かさをもう一度感じたい。もっと、この人と深いところで繋がりたい。そう、思った。

「小百合」

藤堂がカードキーを通して解錠する。中に入って扉を閉めた途端、小百合は後ろからぎゅっと抱きしめられる。驚いて振り返ると、すぐに唇を塞がれた。

「待っ……んっ……」

触れ合うだけのキスとは違う。噛みつくように性急なキス。

初めこそ驚いて体を強張《こわば》らせた小百合だが、息を継ぐ間もないキスの嵐にゆっくりと体の力を抜く。きゅっと瞼《まぶた》を閉じて藤堂と向かい合うと、彼は角度を変えていっそうキスを深めてくる。

歯列をなぞられて、舌裏を舐められて。小百合はやはりついていくのがやっとだけれど、「気持ち良い」と素直に思えた。不思議だった。今までは誰とキスをしても、これは恋人として当然の行為なのだと義務的にしか思っていなかったのに……さらに言えば、苦痛でしかなかった行為なのに。

今の小百合は素直に「もっと」と思ってしまうのだから。

扉の前でどれほど唇を重ねただろう。しばらくして、藤堂は名残惜《なごりお》しそうに唇を離す。

小百合が再び目を開けると、彼は額《ひたい》をこつんと重ねて小さく笑う。

「キス、大分上手になったな。気持ち良過ぎてどうにかなるかと思った」

「そんなこと……あなたについていくのがやっとだわ」

「だとすれば小百合は才能がある。色々と教え甲斐があってこれからが楽しみだ。――でも」

「きゃっ！」

藤堂は、不意に小百合を横抱きにすると言った。

「今は、そんな余裕はなさそうだ」

そのまま小百合をベッドの上に横たえると、彼女の上に跨《また》がった。

「あの、瑞樹さん！　せめてシャワーだけでも……！」

「ごめん、無理」

小百合は慌てて起き上がろうとするが、藤堂はそんな彼女のブラウスのボタンをどんどん外していく。止める間もなくあっという間に全て外され、ブラジャーが彼の前に晒《さら》されてしまう。今度こそ小百合は、「待って！」と両手で胸元を覆《おお》った。

「その、私、仕事終わってそのままだからっ……！」

「俺は気にしない」

（あなたが気にしなくても私が気にするのっ！）

寒くなってきたこの季節、夏場に比べればあまり汗はかいていないかもしれない。しかし仕事終わりのまま出かけて、気にならないといえば嘘になる。だからこそ小百合は慌てているというのに、藤堂は聞いてくれない。

「小百合」

不意に、彼の雰囲気ががらりと変わる。

「――俺は、ありのままの君を感じたい。ダメか？」

壮絶な色気を纏《まと》った彼は、小百合を見下ろして艶《つや》やかに笑んだ。

藤堂の視線が、言葉が、全てが小百合を「欲しい」と言っていた。

こんなにも極上の男が自分を求めている。彼を欲しいと、触れたいと思ったのは小百合も同じ。こんな風に求められて——これ以上、抵抗できるはずがなかった。

「……ダメじゃ、ない」

それでも顔を直視するのは恥ずかしくて、小百合は横を向きながら答える。

「でも、あなたも知ってる通り……初めてだから……」

「怖い？」

小百合は首を横に振る。彼は決して自分を傷つけない。だから「怖い」とは少し違った。

「その、変だったら……上手くできなかったら、どうしようって……」

素直に気持ちを吐露《とろ》すると、藤堂は「馬鹿だな」と優しく微笑み、小百合のこめかみにそっとキスを落とした。

「そんなこと考えなくていい。実際、小百合とのキスは最高に気持ち良い。……キスだけでイキそうなくらいに」

下半身に跨《また》がった藤堂の高ぶりを感じる。スラックス越しとはいえ、硬くなったそれに小百合の頬は瞬時にかあっと熱くなった。それが何かなんて、聞かずとも分かっている。

彼の欲望が自分に向かっていることに、沸騰しそうなほどの恥ずかしさを感じた。

耳まで真っ赤に染める小百合の上で、藤堂は乱暴にネクタイを剥《は》ぎ取る。

直後露《あら》わになった喉元に、無意識にごくり、と小百合の喉が鳴った。

彼は、この瞬間も惜しいとばかりに荒々しくスーツの上着とシャツを脱ぎ捨て、ベッドの外へと放り投げる。

太く逞《たくま》しい首筋、引き締まった胸元。無駄な肉の一切ない上半身は、これ以上なく「男」を感じさせる。藤堂は胸元を覆《おお》っていた小百合の手をそっと横にどけると、問答無用でブラジャーをたくし上げた。

「んっ」

ぷるん、と豊かな双丘が空気に触れる。

藤堂はそれに両手で触れると、下から上へとすくい上げ――むしゃぶりついた。

「あぁっ……！」

ゆっくり感触を確かめて、なんて悠長なことはしない。

右の乳首を口でこねくり回される。舌で舐められて、甘噛みをされて……。その度にくちゅくちゅといやらしい音が小百合の耳に飛び込んでくる。

一方の左の胸は、彼の大きな手で揉みしだかれていた。下からすくい上げられて、指先で乳首を摘まれる。一見荒々しいその手付きはしかし、どこまでも優しくて、官能的だ。小百合は、自分の乳首がぷっくりと起立しているのが分かった。

普段あれほど余裕のある男が、自分の胸にむしゃぶりついている。その光景はあまりに非現実的で、小百合は恥ずかしさのあまり顔を背《そむ》けようとする。

しかし藤堂は目を逸らすのは許さないとばかりに、ぴん、と指で乳首を弾《はじ》いた。

「あんっ！　やだ、いじわるしないでっ……！」

「その声、エロ過ぎ。そそられる」

「そんなことない、からっ……！」

口と手、そして耳で愛撫されているようだ。その時不意に、内ももに違和感を覚える。

（やだ、私……濡れてる……？）

くすぐったいような、もどかしいような感覚に、無意識に内ももにきゅっと力が入る。

そんな小百合を藤堂が見逃すはずもない。彼は左胸を弄《もてあそ》んでいた指先を、するりとスカートの内側に侵入させる。あまりに自然な流れで止める間もなかった。そのままストッキング越しに太ももをなぞると、下着の上から小百合の中心に触れたのだ。

「待って、そこはっ……んっ！」

くいっと押されて、たまらずビクン、と腰が跳ねる。

彼は顔を上げて小百合を見ると、「濡れてる」と小さく笑った。

（そういうこと、言わないでっ……！）

そう思うのに、恥ずかしさと気持ち良さで声が出ない。

彼は、いともたやすく小百合のスカートを剥《は》ぎ取ると、ストッキングも脱がしてしまう。

身に纏《まと》うものがショーツだけになった小百合は、ぎゅっと太ももに力を入れようとする。だが藤堂は、それを阻止するように、右脚をその間に割って入れた。そして再び、小百合の唇にキスを落とす。

「んっ……ふ、ぁ……」

「そう、舌を絡めて。……上手だ」

キスをしながらも彼の左手は小百合の胸を揉み、右手はショーツの上から中心を何度も撫でる。そうするうちに、いっそう濡れてくるのが小百合には分かった。やがて彼は、ショーツの間から指を一本差し込んでくる。

「んっ……！」

「大丈夫、力を抜いて」

不意打ちの刺激に強張《こわば》りそうになると、すかさず耳元で優しい声が降る。小百合は小さく頷くと、少しだけ体の力を抜いた。

すると藤堂はそれを待ち望んでいたように、ゆっくりと花弁をなぞり始める。激しい口づけとは相反する、もどかしいまでに優しいその手付きに、気づけば小百合は自《みずか》ら腰を揺らしていた。

（やだ、これ、気持ちいい……）

そうするうちに、とろり、と内側から愛液が滲《にじ》み出るのが分かった。藤堂はそれを指に纏《まと》わせると、ゆっくりと侵入させてくる。

「——んっ……！」

ダイレクトな刺激にたまらず小百合は声を上げる。すると藤堂は唇へのキスをやめ、小百合の目尻にちゅっと触れた。

「大丈夫、怖かったら俺にしがみついていい」

言われるがまま、小百合は両手を藤堂の首の後ろに回してぎゅっとしがみつく。

藤堂は注意深く、そして優しく指の侵入を深めていった。その間も、小百合の額《ひたい》、目尻、そして頬に何度もキスの雨を降らせる。すると初めは藤堂の指を拒んでいたそこが、ゆっくりと開いていく。

「あんっ……！」

親指で花弁をくい、と押された時だった。今までで一番の衝撃が小百合の背中を駆け抜ける。

「——ここがいいんだ」

「それ、だめぇ……！」

親指で陰核をこねくり回され、小百合は藤堂の中指をすっぽりと中まで受け入れてしまった。その瞬間、藤堂がふっと笑ったのが分かった。

彼は根元まで埋まった中指を小刻みに動かし始める。

「……すごいな、もうぐしゃぐしゃだ。指、もう一本増やすよ」

「待っ……んん！」

（もう一本なんて無理！）

頭ではそう思っていたのに、小百合の膣は藤堂の人差し指をたやすく受け入れてしまう。親指で中心をいじられて、二本の指を中でばらばらと動かされる。

その間もずっと小百合は藤堂にしがみついていた。次から次へと波のように押し寄せてくる快楽に、頭がついていかない。逞《たくま》しい背中に両手を回して、必死に耐える。

——その時、藤堂の指がある一点をついた。

「ああっ！」

（いっちゃう……！）

目の前が真っ白に染まる。自分の意識がここではないどこかへ行ってしまうような感覚。

小百合は藤堂に抱きついたまま、体を震わせた。ピクン、ピクンと小刻みに震えるその体を、藤堂は優しく抱きしめた後、ベッドに横たえた。

「小百合、可愛い。可愛過ぎて、困る」

「そんなこと言うの、あなた、くらいよ……」

息も絶え絶えに返すと、藤堂はくすりと笑ってこめかみにキスを落とした、そして——

「え……待って、やあ！」

小百合の太ももを両手で左右に広げると、その間に顔を埋《うず》めたのだ。

「その声、なんだか悪いことをしている気分になるな。最高にそそられる」

「『最高』じゃなくてっ……ん〜〜！」

止める間もなかった。藤堂は小百合の淡い下生《したば》えをさらりと撫でた後、花弁をぺろりと舐める。指とはまるで違うざらりとした感触に、反射的に腰が跳ねた。

「シャワー浴びてないって言ったのにっ……！」

そんなところを舐めるなんて信じられない、聞いていない、と半ば混乱状態の小百合に、藤堂は「もっとほぐさないと。痛い思いはさせたくないから」と宥《なだ》める。だがその間も、彼の舌先は容赦なく小百合の中心を弄《もてあそ》ぶ。割れ目をゆっくりとなぞられて、花弁を吸われて――

とろり、と内側から止《と》め処《ど》なく愛液が溢れ出るのが分かる。

「……すごいな」

「そこで、話さないでっ……！」

そんなところ汚い、と消え入りそうな声で小百合が言うと、藤堂は小さく笑う。その吐息さえも今の小百合には刺激となる。

「君に汚いところなんて、一つもないよ」

言って、藤堂はちゅっと愛液を舐め取る。その音がいやらしくて耳を塞ぎたいのに、今の小百合にはそんな余裕さえなかった。

その時、藤堂は顔を上げた。

濡れた口元をぺろりと舐める姿は、あまりに艶《つや》めいている。

上半身を起こした彼は、スラックスを脱ぐと、ポケットから避妊具を取り出した。同時に露《あら》わになった屹立《きつりつ》した物の質量に、小百合は思わず息を呑む。

(うそ、でしょ……？)

固まる小百合の前で藤堂は手早く避妊具を装着する。

「……無理よ」

「小百合？」

「そんなに大きいの、入らないっ……！」

動揺する小百合に藤堂は面食らった様子を見せた後、意地悪そうににやりと笑った。

「君は、本当に俺を喜ばせる天才だな」

「そんなつもりは――んんっ」

それ以上何も言わせないとばかりに、藤堂は小百合の口を封じる。そして彼は小百合の濡れそぼったそこに、硬くそそり立つ先端を押しあてた。

先程自《みずか》らの指にそうしたように、愛液を纏《まと》わせて割れ目を何度も上下する。指とも、舌とも違う感触に小百合は目を瞑《つぶ》った。初めこそ侵入を拒んでいたそこだが、やがて濡れた先端をゆっくりと受け入れ始める。割れ目に先端が入った瞬間、たまらずきゅっと唇を噛んだ。

（何、これっ……！）

初めて感じる異物感に体が強張《こわば》りそうになる。

「力を抜いて、深呼吸をするんだ」

――大丈夫、俺に任せて。

そう、藤堂は優しく耳元で囁《ささや》く。彼にそう言われると、本当に「大丈夫」と思えるのが不思議だった。彼を信じて、小百合は呼吸を整える。そして体の力をゆっくり抜くのに呼応して、硬く熱を持ったそれがゆっくりと侵入してきた。その時一瞬「くっ」と藤堂が苦しそうな表情をする。

「みず、きさん……？」

「――気持ち良過ぎて、やばい」

「え……？」

「まだ途中なのに、全部持っていかれそうだ。こんなの、初めてだ」

それはつまり、藤堂が自分で感じているということだ。その事実に胸がきゅんとする。すると、無意識に膣がきゅっと収縮したようで、藤堂が初めて焦ったような声を上げた。

「……小百合、そんな締めつけるな」

「そんなこと言われても、こんなの、初めてでっ……！」

「——ああもう。どこまでツボなんだ、君って人は」

そして彼は「ごめん」と言った後——一気に、腰を深く進めた。

「ああっ！」

眼の前で、火花が散った。痛みを感じたのはほんの一瞬だった。

（入ってる……！）

膣内に圧倒的な質量を感じる。自分の中に別の物が入っている違和感。

その熱さに、頭がくらくらした。自分の体が藤堂を受け入れようとしているのが分かる。彼の大きさに慣れるように、膣内がきゅっと締まって、藤堂を捕らえて放さない。

「——全部、入った」

藤堂は恍惚《こうこつ》とした表情で小百合を見下ろす。彼は、小百合の額《ひたい》にかかった前髪をそっと後ろへ流すと、そこにキスをした。

「小百合。……最高に気持ち良いよ」

彼は小百合の腰に両手を添えると律動を開始する。自分の物を覚えさせるかのようなゆっくりとした動きは、まるで焦《じ》らされているようで、小百合は唇を噛んで我慢するしかできない。

小百合は背中をピンと伸ばして、両手でシーツを握る。そうでもしないと、上ずりそうになる声を我慢することができなかったのだ。

(気持ち、いっ……!)

愛液を纏《まと》った硬いそれを体の内側で感じる。圧倒的な質量が上下する度に、いっそう濡れていくのが分かる。

「んんっ……」

「我慢しなくていい。声を出して」

「だって、変な声が出ちゃい、そうでっ」

羞恥心《しゅうちしん》のあまりふるふると首を横に振る。そんな小百合に藤堂は微笑み、耳元で囁《ささや》いた。

「小百合の可愛い声を、俺に聞かせて」

——その時だった。

「ああっ……待って、それ、だめえっ!」

もどかしいまでにゆっくりとした律動が、突如として激しさを増す。一気に最奥まで貫《つらぬ》かれた瞬間、目の前が一瞬白く染まる。だが藤堂は容赦しなかった。

奥まで攻め立てたかと思えば一気に入り口まで引き抜き、今一度貫《つらぬ》く。あまりに激しいピストンに小百合の上半身は大きく揺れ、豊かな双丘が彼の目の前で何度も跳ねる。

藤堂は両手を腰から胸へと移すと、腰を打ちつけながら、激しく小百合の胸を揉みしだいた。

ピンと立ち上がった乳首をしゃぶって、甘噛みして――

（もう、わけわかんない……！）

体の至るところに藤堂を感じる。胸を、中心を激しく突き動かされて、体全体が性感帯になってしまったようだ。

「いいっ……」

そして、小百合は陥落した。

「気持ち、いいよぉ！」

強烈なまでの快楽。気持ち良い、ただそれだけに意識が持っていかれてしまう。

苦しくて今すぐにでも解放してほしいのに、もう一人の自分は放さないで、このままずっと中にいてほしいと思ってしまう。そんな相反する二つの意識に感情がついていかない。

分かるのはただ、熱くて、気持ち良くて……藤堂の熱を体中で感じたい、それだけだった。

「っ……そんなに締めつけるな、イキそうになる」

薄《うっす》らと瞼《まぶた》を開けると、藤堂が余裕なさそうに顔を歪ませていた。

藤堂が自分の体で感じている。

気持ち良いと、我慢できないのだと言っている。

自分が——私の体が彼をこんな風にしている。

それは、長年劣等感を抱いていた小百合の中の『女』をこれ以上なくくすぐった。

——触れたい。もっとこの人を、感じたい。

(瑞樹さんにも、気持ち良くなってほしい)

快楽の涙を滲《にじ》ませながら、小百合はそっと瑞樹の頬に片手を添える。

「キス、して……?」

それは自然と出た言葉だった。深く繋がっている今だからこそ、口づけが欲しい。

「——っ君って人は……!」

小百合の願いに応えるように、藤堂は噛みつくようなキスをした。

舌と舌が絡み合う。息吐《つ》く間もないほど激しいそれに、小百合は必死についていく。

キスの嵐の直後、藤堂は不意に小百合の上半身を持ち上げた。そして自《みずか》らと小百合の位置を入れ替える。

あっという間の出来事だった。

気づけば小百合は繋がったまま藤堂に跨《また》がり、彼に見上げられている。

こんな風に本格的なセックスをするのが初めてであれば、当然、騎乗位なんて経験はなくて――

しかし小百合が何かを言う間もなく、藤堂は下から腰を打ちつけた。

「――あっ……！」

ずぶずぶと深く沈んでいく熱い楔《くさび》。

（これ、だめっ……！）

体の内側全てを支配されるような感覚だった。正常位とはまた違った角度で打ち込まれたそれに、小百合は反射的に腰を浮かそうとする。だが、藤堂の両手が腰を掴んだ。

「逃げるな」

「っ！」

普段はどちらかといえば紳士的な藤堂から発せられた、甘やかな命令。

その効果は、絶大だった。誰もが見惚れる極上の男が、自分を見上げている。額《ひたい》に汗を滲《にじ》ませた彼の唇は妖艶《ようえん》に弧を描き、その瞳は乱れる小百合を捕らえて放さない。

――見られている。

ただそれだけで、蜜は、いっそう溢れ出た。

「――最高の眺めだな」

「な、にっ……？」

「綺麗だよ、小百合。……本当に、綺麗だ」

そんなはずない。体は汗でべとべとだし、髪も乱れている。でもそんな小百合を、藤堂は「綺麗だ」と言う。彼は律動を深めながら、自分の上でしどけなく乱れる女を何度も褒めそやすのだ。

「み、ないでっ……！」

「どうして？」

「変、だからっ……」

「なればいい。——俺におかしくなって、小百合」

その瞬間、ズクン、と体の芯を貫《つらぬ》かれた。

「だめ、っ……ふかい、よぉ……！」

「小百合、ここは？」

「わかん、なっ……」

「本当に？ ——君のここは、いいって教えてくれてるけど」

言って、藤堂はピストンを激しくする。

（これ、だめっ……！）

真下からの激しい律動に反射的に逃げたい衝動に駆られる。しかしそれも、押さえられていて叶わない。気づけば小百合は自《みず》ら腰を上下に動かしていた。

自《みず》ら藤堂を求めている。はしたない、なんて思う余裕はどこにもなかった。

──もっと、もっと感じたい。

──この人が、欲しい。

腰の動きに呼応してぷるんぷるんと胸が揺れる、あまりにいやらしい姿。それを藤堂に見られている──そう思うだけで、いっそう蜜は溢れていく。そして、ある一点を突かれた時だった。

「あっ──!」

ビクン、と背中が弓なりに反る。目の前が真っ白になって何かが弾《はじ》けた。

「小百合。俺は、君のことが──」

その言葉は、最後まで聞くことができなかった。

強烈な快楽の波に呑まれながら、小百合は意識を手放した。

◇─*◆*─◇

髪を撫でられる感触に小百合はゆっくりと瞼《まぶた》を開ける。

すぐに視界に飛び込んできたのは、自分を優しい眼差しで見つめる藤堂だ。

「おはよう、眠り姫」

起き抜けにこの顔と甘い言葉は、破壊力が強過ぎる。

「おはよう。……今、何時？」

「朝の八時を回ったところ」

小百合は、シーツを口元まで引き上げて、上目遣いで藤堂を見つめ返す。

その間もずっと彼は、小百合の髪を楽しそうに弄《もてあそ》んでいた。

「きゃっ」

上半身を起こした彼は、小百合の両脇に手を差し込むと、ひょいっと抱き上げる。そのまま自《みずか》らの膝の上に横抱きにすると、首筋に顔を埋《うず》めた。直後に感じたちくん、とした痛みに、無意識に吐息が漏れる。

（……キスマーク）

思わず顔だけ振り返ると、間髪《かんはつ》を容れずに唇をちゅっと吸われた。

「ん……だめ……」

深い口づけになりそうなのをそっと制した。起きたばかりの今、これ以上の刺激は心身ともに耐えられる気がしなかったのだ。藤堂もそれは承知していたようで、「ごめん」と笑みを深める。

「君と今、こうしてここにいられるのがなんだか信じられなくて」

やけに感慨深そうに言う彼を不思議に思いつつ、小百合は答えた。

「そんな……大袈裟だわ。それに、ここに連れてきてくれたのは、瑞樹さんじゃない」

「まあ、そうだけど。……体、辛いところはないか？」

昨夜のことが一気にフラッシュバックする。同時に今、自分が裸なのを思い出し、シーツを握る手に自然と力が入った。

「……大丈夫」

「痛いところはない？」

小百合は小さく頷いた。普段に比べて体全体になんとなくだるさは感じるし、正直に言えば下半身が重い。初めての時は、最中はもちろん、事後も痛い場合があると聞いたことがある。でも痛みはどこにも感じていないし、どちらかと言えばスポーツをし終えたような心地よい疲労感に似ている。つまりはそれだけ、藤堂が気遣ってくれたということだ。

事実、彼は最初から最後まで優しかった。小百合が怖くないように、不安に感じないように、大切に触れてくれた。

（私、本当にセックスしたんだ……）

不感症かもしれない、なんて落ち込んでいた自分はもうどこにもいない。そんなことを考える暇もないくらい、昨夜の自分は感じていた。

（それだけじゃない）

彼から与えられる甘くて痺《しび》れるような刺激に、もっとと自《みずか》ら望んでしまった。

あの瞬間、怖さも気持ち悪さもなかった。あったのはただ、『藤堂が欲しい』という本能的な欲求だけだ。そして一つだけ、分かってしまったことがある。

（……私がこんな風になるのは、瑞樹さんが相手だから）

きっと他のどんな異性が相手でも、昨夜のようになることはないだろう。

それは予感ではなく確信だった。彼以外に触れられたいとも、触れたいとも、思わない。

――じゃあ、その理由は……？

そこまで考えた時、はっと顔を上げると藤堂と目が合った。小百合があれこれと考えている間、ずっと小百合のことを観察していたらしい。彼は小百合の耳元に唇を寄せると、囁《ささや》いた。

「顔、真っ赤。昨日のこと、思い出してた？」

「っ……私、シャワー浴びてくる！」

シーツを体に纏《まと》わせたままベッドから抜け出し、バスルームに駆け込むと、後ろ手に扉を閉める。これではまるでいつかの再現だ。でも不可抗力だと小百合は思った。

（あの声、反則なんだもの）

昨夜のことがありありと思い出せるほど艶《つや》のある声に、背筋が粟立《あわだ》つような気がして……体の芯がかっと熱くなってしまったのだから。

「小百合、少し開けてほしいんだけど」

「……これから着替えるから、ダメ」

前回は、少し扉を開けた直後にお姫様抱っこでベッドに連れていかれた。今回はそうはいかないぞ、と注意深く返事をすると、扉の外で藤堂が笑う。

「なら、そのまま聞いて。新しい下着と服がそこにあるだろう？　フロントに頼んで適当に揃えてもらった。必要ならそれを着て」

見れば、洗面台の隣のチェストの上に、丁寧に畳まれた衣類が置かれてある。

「……ありがとう」

一体いつの間に、とは思ったけれどここは素直に甘えよう。そうして、小百合が体に巻きつけたシーツを取ろうとした時だった。

「え……？」

目覚めてからバスルームに来るまで、どこか夢見心地で体を見返すなんてしなかった。でも今、はっきりとした違和感に気づいた。次の瞬間、小百合は、剥《は》がしたばかりのシーツを体に巻きつけ、バン！　とバスルームの扉を開けた。

「瑞樹さん！」

まるで小百合の反応を予想していたように、藤堂は扉の前で待っていた。

「開けてくれないんじゃなかったのか？」

「そうじゃなくて……そのこれっ……！」

小百合は左手を藤堂に向けて差し出す。その薬指には、一体いつ嵌《は》められたのか——指輪が輝いていた。ダイヤモンドだろうか、部屋の照明の灯りでもキラキラと輝くそれを呆然と見つめる小百合に、藤堂は悪戯《いたずら》っぽく笑う。

「サイズもぴったりだし、いいな。我ながら良いセレクトだった。よく似合ってるよ」

(似合ってる、じゃなくて!)

情事を終えて、起きたら指輪が嵌《は》められていた。しかも、左手の薬指に、だ。映画のような展開に頭がついていかない。

「どうして……私、誕生日でもなんでもないわ」

「どうしてって、婚約指輪」

「……婚約指輪?」

「そんなに驚かなくてもいいだろう? 何度も言っている通り、俺たちは婚約者。それなら、指輪を贈って何もおかしいことなんてないはずだ」

「それは、そうだけどっ!」

確かに理屈で言えば、婚約者が指輪を贈ることに不自然な点はない。それに、婚約指輪をしていた方が、両親を含めた周囲への説得力が増すかもしれない。しかし何度も言っている通り、自分たちは期間限定の関係だ。でも、と小百合は観覧車の中での言葉を思い出す。

それを改めて伝えた上でなお、彼は小百合を大切にすると言った。婚約者には間違いないのだから、と。

でもまさか、実際に指輪まで贈られるとは想像もしていなかったのだ。

（そもそも、これは受け取っていいものなの……？）

指輪と藤堂。交互に見る小百合の頭を、大きな手のひらがぽん、と撫でる。

「どうしても気になるなら、少し早いクリスマスプレゼントだとでも思えばいい」

「私は、何も用意してないわ」

「俺が渡したかっただけだから。――でも、俺は婚約指輪として贈ったつもりだから、それは覚えておいて」

藤堂は小百合をそっと抱きしめる。

「小百合は、婚約指輪や結婚指輪をどうして左手の薬指にするか、知ってる？」

小百合は頷く。左手に嵌《は》める由来は諸説あるが、一般的に言われているのが、心臓に一番近い血管が通っているからというものだったと思う。心臓、すなわち心に最も繋がっている薬指に嵌《は》めることで、指輪を交わした相手を誰よりも近くに感じられるから……と。

「それは、今の俺の気持ち」

「瑞樹さんの気持ち……？」

ああ、と彼は頷く。

「これはただの俺の我儘《わがまま》だけど、できれば肌身離さずつけていてほしい。そうすれば、離れている時もそれを見る度に君は、嫌でも俺を思い出すからね」

嫌でも、なんてことはない。しかし彼の言い方はまるで、小百合を束縛したがっているようにも聞こえてしまう。そんなタイプには見えなかったため、予想外の言葉にどんな表情を返せばいいのか分からない。

「あとは、そうだな。いい虫よけにもなるだろう?」

「……虫よけ?」

「そう。例えば、あのストーカー野郎とか」

これには少々面食らった。

(や、野郎って)

軽口を叩く人だなとは思っていたが、基本的に藤堂の言葉遣いは丁寧だ。そんな人から初めて聞くお世辞にも綺麗とは言えない口調に、小百合は目を瞬《またた》かせる。

「それに仕事柄、君は異性と会うことも多いだろうしね。結婚相手を探しに来た会員が、君に惚れたりしたらたまったものじゃない」

「そんなの、滅多にあることじゃないわ」

「ってことは、今まで何回かあったんだ?」

小百合は一瞬言葉を詰まらせる。

「そ、それは……でも、ほんの数回だけよ」

男性会員に想いを寄せられたことが一度もない、とは言わない。しかしいずれもお茶に誘われた程度で交際に発展したことはもちろんないし、最終的にはマリエ・リリーズの女性会員とカップリングしている。

会員男性が、親身に相談に乗る女性コンサルタントを気に入る、というのは珍しい話ではないのだ。それに仮に、小百合が男性会員に告白された経験があったとしても、過去の話。藤堂が気にする必要はない……はずなのだけれど。

なぜだろう。小百合を見つめる藤堂は穏やかな表情をしているのに、目だけが笑っていない気がする。それに、どことなく圧を感じた。

「男性会員だけじゃない。君の会社には確か、若い男の社員がいたと思うけど」

「……相川君のこと？」

「そう。年齢も近いと言っていたし、やっぱり虫よけは必要だ」

「確かに相川君とは前の会社からの付き合いだし、仲はいいけど……あくまで仕事上の関係よ？」

「でも、今回のストーカー事件で助けてくれたのは、その彼だろう？　君が俺以外の男に頼らざるを得なかった――そんな状況を作ってしまったことが歯がゆくて仕方ないんだよ。俺は、小百合にとって一番近い男でありたいから」

不意のストレートな言葉に、ドキリとした。

（その言い方って、まるで……）

嫉妬、されているみたいだ。

――そんなこと、ありえない。

だって、藤堂が自分に対して嫉妬する理由なんてないのだから。

でも、彼の言い方はとてもそうとしか思えなくて……

（なに、この気持ち）

山本に執着された時は、ただ「気持ち悪い」と思っただけだったけれど、今は違う。

藤堂が自分に対して執着している。他の異性の存在を面白くないと思っている。

その事実に、嬉しいような、くすぐったいような……甘酸っぱくてドキドキして、なんだか落ち着かないような気持ちになる。これではまるで、初めて恋を知った中学生のようだ。

（……恋？）

電話で藤堂の声を聞くと安心した。彼からのメールが来ると元気が出る。一緒にいるとドキドキして、触れられると嬉しい。――いくら恋愛経験の乏《とぼ》しい小百合でも自覚せざるを得なかった。

（私は、この人に惹かれている）

恵介に対する気持ちとは違う。今はっきりと自覚した、「好き」というこの気持ち。

自分の頭に浮かんだ考えに、一瞬にして思考が停止する。同時に、バラバラになっていたパズルのピースが、ピタリと噛み合ったような気がした。

「重いと思われても仕方ないけど、これだけは覚えておいて。――俺は、君が思っている以上に嫉妬深いよ」

藤堂は、妖艶《ようえん》に笑《え》んだ。


その後、二人は朝食を済ませてホテルを後にした。今日は土曜日。しかし藤堂は、小百合を自宅に送り次第、仕事に向かうのだという。そんな多忙な中、駆けつけてくれたことに改めて感謝して、車を降りた時だった。藤堂は助手席の窓を開ける。

「小百合って、いつも会社に行く時間は同じ？」

「ええ。八時半には着くように行ってるけど」

「分かった。……このマンションから会社まで、車だと三十分くらいか。なら、八時前には迎えに来るようにする。帰りは仕事が終わり次第、連絡して」

「ま、待って！　迎えって？」

「来週からとりあえず一週間は、会社への送迎は俺がするよ」

目を瞬《また》かせると藤堂は苦笑する。

「君は、自分がストーカー被害にあっていることをもっと自覚した方がいい。大丈夫、一週間でケリをつける。この件についての反論は一切聞かないから。それじゃあ、また」

「ちょっと、待っ――! 行っちゃった……」

小百合の制止を待たずに窓は閉まり、車は去っていったのだった。

Ⅷ

翌週の月曜日。藤堂は宣言通り、小百合のマンションまで迎えに来た。彼が多忙なのを重々承知している小百合は、「やっぱり申し訳ない」と遠慮したのだけれど、簡単に引く藤堂ではない。

「俺が好きでやってることだから。さあ、乗って」

本当に、藤堂は小百合に甘いと思う。

婚約話を持ちかけた時は、まさか彼がこんなにも尽くすタイプの男性だとは思わなかった。

当初の小百合の彼に対するイメージは、女性慣れしているけれど執着はしないタイプ。

見合い相手の女性に水をかけられる姿を見たらきっと、大半の人が同じ感想を持つと思う。

「それに、これから毎朝小百合の顔を見られると思えば、送り迎えする価値は十分にある」

だが実際は、これだ。これではまるで口説かれているみたいだ。

（一応、婚約者だから、口説かれているっていうのもおかしな話だけど……）

割り切った関係を望んでいたはずだった。互いの利益のために、罪悪感を抱かなくてもいいように選んだ相手。しかし藤堂はそんな垣根をたやすく越えてきた。時にからかい、時に甘く接して——気づけば、小百合の中に彼という存在が確かに根付いている。

「指輪、つけてくれてるんだな」

赤信号で車が停車すると、不意に藤堂は言った。虫よけ、と言われた婚約指輪。もらってから今日まで、お風呂に入る時以外はずっとつけたままだ。

「ええ。あの時は、驚いてちゃんとお礼を言えなくてごめんなさい。その……すごく可愛くて、気に入ってるわ」

改めて自分の薬指に視線を落とす。中央に大きめのダイヤモンドが一つ。それを彩《いろど》るように両サイドに二回りほど小ぶりの石があしらわれたプラチナリングは、シンプル過ぎない適度な華やかさで、普段遣いしても違和感のないものだ。何よりも、藤堂が自分のために選んでくれたことが嬉しい。

——これは、本当に受け取ってよいものなのだろうか。

自分たちの週末、小百合は何度も自問したけれど、結局答えは見つからなかった。

これは、周囲の関係を考えれば、断った方が良かったのかもしれない。

これは、周囲を納得させるための道具の一つで、いずれは返さなくてはならないのかもしれない、とも思った。でもあの時、その場で断ることなんてできなくて。本音を言えば、嬉しいとさえ思ってしまう自分がいた。

「……大切にするわ」

小百合は右手で指輪に触れる。宝物に触れるようなその仕草を、藤堂は優しい眼差しで見つめていた。その後、マリエ・リリーズの近くの路上に車を停車させた藤堂は、運転席に乗ったまま助手席のロックを外す。

「じゃあ、また夜に。仕事が終わったらすぐに連絡して」

「分かったわ。送ってくれてありがとう」

「どういたしまして。忙しいとは思うけど、あまり無理するなよ」

小百合はくすりと笑う。

「そっくりそのままお返しするわ。あなたもお仕事、頑張ってね」

言って、車から降りようとドアノブに手を伸ばした時、藤堂に軽く引っ張られる。

不意の出来事に、小百合の体はそのまま藤堂の方へと引き寄せられ——目の前には、抜群に整った顔のアップがあった。直後、頬に感じた唇の感触。

「さっきの、『仕事頑張ってね』っていいな。新婚みたいで、グッときた」

「なっ……！　何言ってるのよ、もう！」

小百合は急いでバッグを掴むと車から降りる。さすがに今度は藤堂も引き留めることはなかったけれど、小百合が会社に入るのを見届けるまで、彼はそこにいたのだった。


「おはようございます」

小百合が会社に着いてから間もなく、出勤してきたのは相川だった。

「おはよう、相川君。今週もよろしくね。あ、今から珈琲《コーヒー》を淹《い》れるけど飲む？」

「ありがとうございます、いただきます」

小百合は慣れた手付きでフィルターと粉をセットする。

会社立ち上げと同時に購入した珈琲《コーヒー》メーカーは、今では職場になくてはならないものだ。

自分にはブラック、相川には砂糖とミルクを添えて。

小百合は「どうぞ」といつものようにカップを相川に渡すと、自《みずか》らのデスクに着いた。

小百合の一日は、メールチェックをするところから始まる。

早速いつものように一通一通確認していると、嬉しい知らせが飛び込んできた。

例の三高狙いの大野から、「木崎との関係を前向きに進めたい」との連絡が入っていたのだ。

一方の木崎からは、既に大野との交際を希望すると聞いている。これから先は、二人で直接連絡を取り合ってもらい、小百合は婚活コンサルタントとして二人のサポートに徹することになる。

当初、大野に怒鳴り込まれた時を思えば格段の進歩だ。ここ最近、山本の一件もあり、なかなか考え込むことの多い毎日だった。そんな中、久しぶりの仕事での嬉しい知らせに自然と頬が緩《ゆる》む。

「小百合さん、そんなににこにこして、何かいいことでもありました？」

「大野様と木崎様が上手くいきそうなの」

「へー！　大野って、あの三高狙いの人ですよね。手強そうな人だったし、良かったですね」

「本当。このまま上手くいってくれればいいけれど」

「でも、小百合さんが嬉しそうなのって、それだけが理由ですか？」

「どういうこと？」

「今朝、彼氏さんと一緒にいるの見ましたよ。あ、お見合いしたから婚約者になるのかな」

「こほっ……！」

珈琲《コーヒー》を一口含んだところで突然言われて、思わずむせる。

まさか。いやでも、もしかしたら――。なんだかとても嫌な予感がする。

なんとか呼吸を整える。相川はそんな小百合に苦笑しながらも、あっけらかんと続けた。

「すっごいラブラブでしたね。見てる俺の方が照れましたもん」

間違いない。朝のやり取りを……頬にキスされたところまで、ばっちり見られてしまった。

（瑞樹さんっ……！）

ここにはいない相手に心の中で抗議する。会社の部下に目撃されるのは、ある意味他の誰に見られるよりも恥ずかしいのだと、この瞬間初めて知った。

「ものすごいイケメンでしたね。芸能人とかそっち関係の人ですか？」

「……一般企業にお勤めの方よ」

「へえ。なんとなく、どこかで見たことがある気がしたんですけど……まあ、気のせいかな」

あれだけ目立つ人なら忘れるわけないし、と相川は言った。

「このことは三村さんには……」

「分かってます、言いませんよ」

これには少しだけほっとした。三村に知られたら、根掘り葉掘り聞かれるのは間違いない。もちろん彼女のことは、個人的にも部下としても好きだし信頼しているものの、これ以上の羞恥心《しゅうちしん》に耐えられそうになかったのだ。

「でもまさか、小百合さんのあんなデレデレな姿を見る日が来るとは思わなかったなあー」

「……お願い、今日のお昼は奢《おご》るから、それくらいで勘弁して」

「マジですか？　じゃあ今から何にするか考えときます……っていうのは冗談で。本音を言うと少し、安心しました」

「安心って、どうして？」

「あの手紙の一件があってからの小百合さん、元気なかったから。まあ、あんなことがあれば当然ですけどね。でも今日の小百合さんを見て、先週までと雰囲気が全然違って驚きました」

「……私、そんなに浮かれて見える？」

「そうじゃなくて。『おはよう』って言った時の小百合さん、すごく柔らかい雰囲気だったから。あまりにも綺麗で、思わず見惚れちゃいました」

「そんなに褒めても何も出ないわよ？」

「本音ですからね。……あ、ちなみに三村さんには俺が黙っていても、すぐにばれると思いますよ」

どうして、と言いかけたちょうどその時、三村が出勤してきた。

――直後、左手の薬指に気づいた彼女に色々と突っ込まれたのは、言うまでもない。

◇―＊◆＊―◇

それからきっかり一週間、厳密に言えば金曜日までの間、藤堂は休むことなく小百合の送迎をした。その間、藤堂は一度も小百合の部屋に上がることはなく運転手に徹した。行きは小百合が会社の中、帰りはマンションのエントランスに入るのを見届けて、自分はすぐに会社へと戻るのだ。

（これじゃあ、瑞樹さんの方が体を壊してしまいそう）

こんな時、可愛げのある女性なら「ありがとう！」と笑顔で彼の善意を受け入れられたのかもしれない。でも小百合はどうしても「忙しい人なのに」と申し訳なさが先に立ってしまうのだ。

そんな気持ちが表情に出ていたのだろう。恐縮する小百合に決まって彼はこう言った。

「むしろ礼を言いたいのは俺の方。毎朝君に会っているせいか、最近仕事が捗《はかど》って仕方ないんだ」

それが本当なのか、小百合の気持ちを軽くするための嘘なのかは分からない。でも、運転席でそう語る藤堂の横顔はとても生き生きとしていて、嬉しく思わないはずがなかった。

しかし戸惑ったのは、「新婚みたい」と言った朝の別れ際の挨拶《あいさつ》に、藤堂が味をしめてしまったことだ。どんなに逃げようとしても、彼は降りる間際に小百合にキスをする。月曜日は頬、火曜日はおでこ、水曜日は唇で、木曜日は首筋――

（って、覚えている私もどうなのよ……）

そんな日々が続いた、金曜日の二十時。

「小百合、お疲れ」

「瑞樹さんも、お疲れ様」

迎えに来た藤堂の車に乗り込むと、シートベルトを締める。その後、いつも通り車はまっすぐ小百合のマンションに向かった。昨日までと同じであれば、この後藤堂は早々に会社へ戻っていく。でも、今日は違った。

藤堂は路上に一時停止させるのではなく、マンション近くのコインパーキングに停車させる。そして車内灯をつけると、後部座席から茶封筒を取り、小百合に手渡した。

「これは？」

「山本聡に書かせた誓約書。今後、二度と君に接触しないことを約束させた」

思わぬ言葉に、小百合は咄嗟《とっさ》に言葉が出なかった。驚きながらも中身を確認すると、確かに藤堂が言った旨が書かれている。もちろん、本人のサインに捺印付きだ。

「万が一君の前に現れるようなことがあれば、次は法的手段も辞さないと伝えてある。あの男については、とりあえずこれで大丈夫だと思うよ」

「……一体、どうやったの？」

一週間でケリをつける、と藤堂は言った。この件に関しては全て任せてほしい――とも。実際に小百合はその指示に従った。でも、まさか本当に、こんなに早く解決するなんて。

「手始めに調査会社に依頼して、山本聡について徹底的に調べてもらった」

「調査会社？」

まさかそんなに本格的に動いたとは――驚く小百合に、藤堂は肩をすくめる。

「俺の婚約者に手を出そうとしたんだ。それくらい、当たり前だろう？　それで、だ。調べてみたら真っ黒だったよ。山本は、取引先との契約が破約になった穴埋めのために、宮里グループへの口利きを君に頼んだ。でも、そもそも破約になった理由自体が自業自得だったんだ」

「……自業自得？」

「あの男は、契約欲しさに取引先の社長の娘に近づいて結婚を匂わせた。でも実際は、あいつには婚約者がいた。しかも相手は、自分の上司……部長の娘ときた。そのことが社長の娘にばれて、契約は破約。そんな時、君の実家が宮里グループであることを知って、口利きの話を持ち掛けたってわけだ。ちなみに取引先の社長は、娘の外聞を慮《おもんぱか》って表沙汰にはしなかったから、婚約者にも部長にも、二股をかけていたことはばれなかったそうだ。多分、山本はそのあたりも計算済みだったんだろう。あの男は契約を失っただけで、婚約はそのまま継続していたからね」

山本は、社長令嬢と上司の娘の二人を天秤にかけた。あわよくば、令嬢への婿入りを狙ったのだ。

「……最低。ほとんど結婚詐欺みたいなものじゃない」

それでよく、小百合に「彼女がいない」「俺と付き合おう」なんて、言えたものだ。

「それらを調べた後で山本聡と直接会って、調査会社の結果を俺が持っていることを伝えた。その上で、君のことは諦めるように丁重にお願いしただけさ。初めに言った通り、平和的に解決したよ」

山本は、婚約者の父である部長には内緒にしてほしいと、土下座せんばかりの勢いだったという。

確かに、自分にとって都合の悪い証拠を携《たずさ》えた相手にお願いされたら、受け入れざるを得ないだろう。そんな中、小百合は一つだけ気になる点があった。

「ねえ、瑞樹さん。ちなみに、なんだけど……『ばれなかったそうだ』『婚約はそのまま継続していた』って、どうして過去形なの？」

「ああ。結局俺と会った後、婚約は破談になったそうだからね」

藤堂は事も無げに言う。

「山本の会社に知り合いがいると言ったのは、覚えてる？」

「ええ、確かそんなこと言ってたわね」

「それ、社長なんだ」

「……へ？」

ぽかん、と口を開く小百合に、藤堂はにやりと笑う。

「山本と会った後、たまたまその社長と食事をすることになってね。その時話の流れで、たまたま山本のことが話題になったから、俺は知っていることを話したんだ」

「そ、それって……」

「山本に頼まれた通り、部長には話さなかった。俺はただ、知り合いの社長に話しただけさ」

それなら確かに約束は破っていない。ただし山本にとっては、最も知られてまずい存在にばれてしまったことになる。結果、婚約破棄となった……。確かに自業自得だし、言葉は悪いが「ざまあみろ」と思わなくもない。しかし、藤堂という男を敵に回したことには、少しだけ同情した。

「とにかく、あの男についてはこれで片が付いた。もう、不安に思うことはないよ」

柔らかな笑みを向けられ、小百合は改めて感謝する。

「……本当にありがとう。なんてお礼を言ったらいいのか」

これにやはり藤堂は、「俺が好きでやっていることだから」と返す。今の小百合は藤堂に与えられてばかりだ。かと言って、何かお返しをしたいと言っても受け取ってくれるかどうか……。

「ねえ、私に何かできることはない？　欲しいものでもいい。このままじゃしてもらってばかりで、借りばかりが増えちゃうわ」

「貸し借りって考えるあたり、小百合らしいな」

藤堂は苦笑する。

「今欲しいのは、純粋に休みかな。これじゃあ小百合とのんびりデートもできやしない」

「今日は金曜日だけど、この後また会社に戻るの？」

「残念ながら。年末だから忙しいのは仕方ないけどね。ああでも、だからってこの一週間無理して送迎していたわけじゃない。小百合の顔が見られるのが、唯一の楽しみだったから、そこは誤解しないでくれ」

「休み以外に、何かないの？」

「んー……。一つだけ、できること……というか欲しいものならあるな」

「なに」

小百合は前のめりになって聞き返す。

大丈夫。これでも一応は会社経営者だ。自分への贅沢品《ぜいたくひん》はほとんど購入しないけれど、いざという時に備えて貯金はそこそこしているし、車などと言われない限りはある程度のものなら買えるはず。さあ、なんでも来い！　と答えを待つ小百合に、藤堂はにやりと笑んだ。

「小百合が欲しい」

「わ、私……？　って、きゃあっ！」

サイドレバーを引かれて座席が後ろに倒される。

そのまま覆《おお》いかぶさってきた藤堂に、小百合は慌てた。

「こ、この後会社に戻らなきゃいけないんでしょ？」

「ああ。でもその前に栄養補給しないと、色々持たない」

「持たないって、何が――んんっ！」

ぽかんと開いた隙間から舌が入り込む。左手で後頭部を支えられ、割って入ったそれは容赦なく小百合の口内を蹂躙《じゅうりん》した。呼吸を奪われて、限られたスペースのため身動きも取れない。互いの唾液を絡ませるくちゅくちゅといういやらしい音が、密室の車内に響く。久しぶりのキスは、藤堂がどれほど女としての小百合を求めているかを突きつける。

「誰かに、見られちゃう……！」

「死角になるところに止めたから」

「そういうことじゃっ！」

「大丈夫、キス以外のことはしないよ」

藤堂は小百合の頬に触れると、右耳に小さく囁《ささや》いた。

「……俺に、小百合を感じさせて？」

小百合は、彼の声に弱い。特にこんな風にそっと囁《ささや》かれると、それだけで体の力が抜けてしまいそうになる。小百合は、両手を藤堂の背中に回して、ゆっくりと自《みずか》ら舌を絡ませる。すると藤堂は満足そうに唇の端を上げた後、キスを深めた。

「ん……」

柔らかな唇の感触が気持ち良くて、自然と吐息が漏れる。すると気分を良くしたのか、藤堂はそっと右手を小百合の頤《おとがい》に添えた。いっそう深くなるキスに、段々と呼吸が荒くなってくる。

「瑞樹さん、そろそろっ……！」

「まだ、足りない」

どれくらい、そうしていただろう。藤堂が唇を放した時には、小百合の息はすっかり上がっていた。藤堂は、はあはあと胸を上下させる小百合の首元を最後にちゅっと吸って、体を起こす。

「これでこの後も仕事を頑張れる。本当は、ずっとこうしていたいくらいだけどな」

「……ばか」

まだ息が整っていないせいか舌っ足らずになってしまう。おまけにシートを倒されているため、頬を紅潮《こうちょう》させたまま上目遣いで見つめると、藤堂は「はあ」と深くため息をついた。

「人がせっかく鋼《はがね》の理性で止めたっていうのに、煽《あお》るのってどうなんだ？」

変なことを言ったつもりはないのに、どうしてそんなことを言われるのだろうと、小百合は首を傾げる。

「……なんでもない、小百合はそのままでいいよ。——さて、と。部屋の前まで送っていく。大丈夫か？　腰が抜けたようなら、抱っこしていくけど」

「じ、自分で歩けます！」

小百合は慌てて自《みずか》ら車から降りた。二人で連れ立ってマンションのエントランスへと向かう。

「ここで大丈夫よ。この後も仕事でしょう？　あまり無理しないでね」

「ありがとう。今年は、クリスマスも正月休みも返上で働くことになるけど、今の一言で十分頑張れるよ」

「確か、四月から転職するのよね？」

「ああ。正直なところ、三月まで忙しいのは変わらないけど……少しでも時間を作って、会える時はなるべく会おう」

「ええ、楽しみにしてる」

「それで、一つ頼みがあるんだけど、いいかな？」

「……何？」

一瞬の間の後、藤堂は言った。

——今度、自分の親に会ってほしいのだ、と。

Ⅸ

その年の師走《しわす》。小百合は、例年以上の速さで走り抜けた。

藤堂も多忙を極めていたらしく、あの日以来一度も会っていない。

それでも以前と違うのは、毎晩のように電話をするようになったことだ。気づけば毎日のそれは、小百合にとってなくてはならないものになっていた。

——彼への好意を自覚してから、自分は何をすべきか、小百合は何度も考えた。

正直、まだ気持ちの整理はできていない。しかし、自分の中で藤堂に対して抱いている気持ちを見て見ぬフリすることはできなかった。それくらい、彼の存在は小百合の中に根付いている。

（じゃあ、瑞樹さんは？）

左手に輝く指輪にそっと触れる。藤堂は本当の婚約者として接すると小百合に言った。体を重ね、『君は俺の婚約者だ』とこの指輪を贈ったのだ。

藤堂の言葉一つ、指先一つが甘くて優しくて、小百合の頑《かたく》なな心を少しずつ溶かしていった。

彼も、小百合に対して同じような感情を抱いていると考えてしまうのは、自惚《うぬぼ》れだろうか。しかし藤堂は、幾度《いくど》となく甘い言葉を小百合に囁《ささや》いたけれど、好きと言ったことは、一度もない。

初めは、互いに都合のいい相手として選んだだけだったが――

（……でも、今は違う）

藤堂に告白し、彼の小百合に対する気持ちを問えばいい。

とはいえ、自分が取るべき行動は分かっているのに小百合が動き出せないのには、理由がある。

『あなたなら、好きにならないと思ったからです』

かつて小百合はそう言った。そんな自分が、今更想いを伝える資格があるのだろうかと、心の中でブレーキがかかってしまう。思い返すとなんて自分本意な言葉だったのだろう。

でもあの時はまさか、こんなことになるなんて思わなかったのだ。

だからこそ、思った。

(このままじゃ、ダメ)

今は、一月。彼との契約期間は、残り二ヵ月。その間に自分なりの答えを出さなければ……と。

次に藤堂と会うのは、彼の親と顔を合わせる時。

事前に聞いたところ、藤堂に兄弟はおらず、家族構成は両親と藤堂の三人。父親は藤堂と同業者で海外を飛び回っているという。そのため小百合が会う予定なのは、彼の母親だ。

正直に言えば、不安しかない。藤堂は、小百合を婚約者として紹介するだろう。

その時小百合は、どんな顔をして接すればいいのだろう。

藤堂が宮里家に挨拶《あいさつ》に来た時のことを思い出す。あの時の自分たちは、まだ出会って間もなかった。さらに言えば、婚約話を持ちかけた直後だった。それにもかかわらず、藤堂は小百合が驚くほどそつのない対応をしてみせ、結果、あの場で婚約を承諾してもらえたのだ。

自分に、藤堂と同じだけの対応ができるのか。

――そんな不安を抱いたまま、約束の日は訪れた。

一月中旬の土曜日、昼の十二時。待ち合わせ場所は、都内のとある小料理屋。

某ガイドブックで何度も星を獲得しているこの店は、一見さんお断りの完全会員制の店である。

店の存在自体は知っていたものの、小百合が訪れるのは今回が初めてだ。今日の目的は、藤堂の母に婚約者として会うこと。店に近づくに連れて、緊張感はどんどん増していく。

「小百合！」

いざ店の前に着くと、藤堂が小百合を待っていた。小百合は、小走りで彼のもとへと向かう。

「ごめんなさい、待たせちゃった？」

「全然、予定通り」

久しぶりの藤堂の姿に少しだけほっとする。彼の母親は、先に中で待っているらしい。

（とりあえず、深呼吸……大丈夫。話すことは、頭に入れてきたもの）

自己紹介の言葉、藤堂との馴れ初《なそ》め、自分の仕事や家について……おおよそ聞かれるであろうことに対する答えは、頭に叩き込んできた。イメージモデルは、宮里家に来た時の藤堂だ。彼ほど上手に場を持っていける自信はないものの、せめて失礼だけはないようにしなければ。

「小百合、もしかして相当緊張してる？」

ともに店に入ろうとした時、図星をさされてドキリとする。

「……やっぱり、分かる？」

「表情が硬いからね。大丈夫、君らしくいてくれればそれでいいから」

藤堂は小百合の手に自《みずか》らの手を重ねた。大きな手のひらから伝わる温かさに、肩に力が入っていたのが少しずつ解《ほど》けていくような気がした。

重ねた手を握り返すと、藤堂は嬉しそうに目を細める。その視線はとても優しくて、小百合は自然と「大丈夫」と思うことができた。

二人は、手を繋いだまま店内へと入る。店員に案内されたのは、店の一番奥に位置する座敷だった。襖《ふすま》の前で手を離した小百合は、隣の藤堂を見やる。彼もまた小百合を見て微笑み、襖《ふすま》を開けた。

藤堂の後に続いて中に入ると、一人の女性が立ち上がる。

「お袋、お待たせ。こちらが今、結婚を前提にお付き合いしている宮里小百合さん」

「初めまして、宮里小百合と申します」

深くお辞儀をする。そんな小百合を藤堂の母はじっと見つめた後――にこり、と微笑んだ。

「瑞樹の母で、美里《みさと》といいます。さあ、堅苦しい挨拶《あいさつ》は抜きにして、座りましょう？」

美里に促《うなが》されるまま小百合は座る。隣に藤堂、対面には美里。

（……綺麗な人）

目の前に座る彼女は、はっとするほどに華やかな女性だった。服装自体は、ベージュのブラウスに白のジャケット、同色のスカート……と品があり、落ち着いている。しかし彼女自身の纏《まと》っているオーラというのだろうか、とにかく目を引くのだ。年齢は、おそらく五十代後半。しかしお肌は艶々《つやつや》だし、何よりずば抜けて美人だ。

「今日は夫が来られなくてごめんなさい。どうしても外せない仕事があって。くれぐれもよろしくと言われています」

この親にしてこの子あり。圧倒的な美形に挟まれて緊張する小百合に、美里は笑顔を向ける。

「そんなに硬くならないで大丈夫よ。小百合さんは、こちらのお店は初めて？」

「は、はい」

「それなら楽しみにしていてね。ここのお料理はどれもとっても美味《おい》しいの。お口に合うといいのだけれど。あっ！　小百合さん、お酒はお好き？　もし飲めるようなら、お料理に合ったお酒もお店の方で選んでくれるのよ。特に日本酒の種類が豊富でね、私のおすすめは――」

「お袋、ストップ。小百合が固まってる。あと、今日は酒抜きでって前もって言ってあるだろ」

「あら、嗜《たしな》む程度よ？」

「それでも、だ。――悪いな、小百合。この人、無類の酒好きなんだ。変な酔い方はしないけど、酔いが回るといつも以上によく話すから、面倒くさい」

「久しぶりに会った親に対して失礼な子ね。せめて饒舌《じょうぜつ》になるって言って頂戴。……小百合さん、この子にいじめられてない？　全く、口ばかり達者に育ってしまって困ったものだわ」

二人の会話のキャッチボールに小百合は呆気に取られた後、たまらず噴き出した。

華やかな見た目とは裏腹に、美里がとても気さくな女性なのは、今のやりとりで十分伝わってきたからだ。何より安心したのは、どうやら小百合に対する第一印象は、悪くなさそうだということ。

小百合は少しだけ肩の力を抜いて、改めて美里と向かい合う。

「瑞樹さんには、普段からとてもお世話になっています。誠実で、頼りになって……本当に、私なんかにはもったいない方だと思います」

その言葉は、自然と口から零《こぼ》れ出た。事実、小百合は藤堂に返しきれない借りがいくつもある。

男性不信しかり、山本の件しかり、だ。だから小百合としては、嘘偽りのない気持ちを伝えたつもりだったのだけれど。

（私、何かまずいことを言ったかしら？）

美里は、驚いたように目を瞬《またた》かせる。隣の藤堂はといえば、なぜか気まずそうに小百合から視線を逸らした。気のせいでなければ、その耳は少しだけ赤く染まっている。

「……驚いたわ」

沈黙を破ったのは美里だった。

「瑞樹のこんな顔、初めて見た」

「え……？」

「照れてるのよ、この子」

「――お袋、うるさい。ほら、料理が来たぞ。話すなら食べながらでいいだろう？」

わざと会話の流れを断ち切るような藤堂に、小百合が呆気に取られていると、対面の美里と目が合う。彼女は、まるで悪戯《いたずら》っ子のように目を細めると、「そうね、いただきましょう」と微笑んだ。

それからの時間は、とても楽しいものとなった。当初の「緊張して喉を通らなかったらどうしよう」という心配は、杞憂《きゆう》に終わった。美里は、底抜けに明るい人だったのだ。

小百合の素性については事前に藤堂が話していたようで、宮里家の人間であることを知っても、彼女がそれについて何かを言うことはなかった。そして食事が終わり、藤堂がお手洗いへ席を外した時だった。

「……でも、安心したわ」

小百合と二人きりになると、美里は不意に言った。

「私が何度結婚を勧めても、瑞樹は絶対に首を縦に振らなかったの。でも、小百合さんみたいな素敵な恋人がいたなら当然ね。……そうとは知らずに瑞樹にお見合いを勧めて、小百合さんに嫌な思いをさせてしまったわね。ごめんなさい」

「そんな！」

突然の謝罪に慌てる小百合に、美里は続けて言った。

「あの子ったら『お見合いはしない』と言うだけで、あなたのことを隠しているものだから、私もついムキになっちゃって。親に恋人を紹介するのが恥ずかしかったんでしょうね。でも、相手があなたのような方で良かった。至らない点もある息子ですが、どうぞよろしくお願いしますね」

この言葉に、小百合はなんとか笑みを返すことしかできなかった。藤堂は小百合の存在を隠していたのではない。きっとその段階では、小百合と知り合ってすらいなかったのだろう。

（……私は、この人に嘘をついているんだ）

今、小百合は藤堂の婚約者として美里の前にいる。しかし実際は、期間限定の関係に過ぎないのだ。その事実を改めて認識した今、じわりじわりと美里に対する罪悪感が湧き上がる。

——その時、不意にバイブレーションの音が室内に響いた。

「あら、夫からだわ。きっと今日のことが気になって電話してきたのね。少し失礼するわ」

そう言ってスマホを片手に美里が退出してすぐ、入れ替わるように藤堂が戻ってくる。

「お袋は？」

「電話で席を外されたわ。あなたのお父様からかかってきたみたい」

「わざわざ電話なんかかけてこなくても、家でゆっくり話せばいいだけなのに」

藤堂はばつが悪そうな顔をしてため息をつく。ついで小百合を見て、わずかに眉を寄せた。

「……俺がいない間、お袋に何か言われた？」

「普通にお話ししていたけど、どうして？」

「なんとなく、沈んだ顔をしているように見えたから。お袋、あの通り話好きな人だから……相手をして疲れたんじゃないか？」

「そんなことないわ。とても素敵な方で驚いたくらい」

宮里の両親に藤堂を紹介した時は、小百合にとっての藤堂は、あくまで契約相手だった。

でも、今は違う。今の小百合はもはや、藤堂をただの契約相手とは思えない。

……彼への好意を、自覚してしまったから。

「小百合?」

名を呼ばれてはっとする。無意識に藤堂をじっと見つめていたことに気づいたのだ。

藤堂は目を瞬《またた》かせた後、片手で小百合の頬に触れると、親指で彼女の唇をつうっとなぞった。

「今すぐキスしたい」

「な、何を言っているの、こんな時に!」

慌てて一歩身を引くと、藤堂は「冗談だよ」と悪戯《いたずら》っぽく笑う。

「いや、キスしたいのは本当だけど。さすがにここでは、な。でもそんな風に熱い視線を注がれたらその気にもなる。なんせ、君と会うのは約一ヵ月ぶりなんだから」

会いたかった、と藤堂は柔らかく微笑む。会いたかったのは、小百合も同じ。二人の視線が重なる。そのままなんとなく甘い雰囲気になりそうになって、小百合は慌てて立ち上がった。

「わ、私も化粧室に行ってきます!」

藤堂の返事を待つことなく足早に襖《ふすま》を後ろ手に閉めると、ふう、と大きなため息を一つ。

（……私ばかり、慌てている気がする）

そう思いながら、小百合が化粧室の扉を開けようとした、その時だった。

「――ええ。小百合さん、とても感じのいい方だったわよ」

引き戸をわずかに開くと、夫と会話中なのだろう、中から美里の声が聞こえてきた。

自分の名前が出ていることにドキリとしたけれど、これでは盗み聞きになってしまう。

少し時間を置いてまた来よう、と扉を閉めかけるが、次いで聞こえてきた言葉にその手はぴたりと止まった。

「美貴子さんとはまた違ったタイプの方ね。でも、すごく可愛らしいの。瑞樹の言っていた通り、とても話しやすくて素敵な方よ」

褒められたのは、素直に嬉しい。でもそれよりも、気になることがあった。

（どうして、姉さんの名前が出てくるの……？）

ここにいてはいけない、すぐに戻らなくては……頭ではそう思うものの、予想外の会話の内容に脚が張り付いたように動かない。一方、美里が小百合の気配に気づく様子はなく、電話は続く。

「小百合さんとお付き合いしているんだもの、いくらお見合いを勧めても聞く耳を持たないのも当然ね。あの子の相手には美貴子さんを……と考えたこともあったけど、今となってはこれで良かったわね。あなたもお会いすればきっと気に入るわ。今夜は家に戻るのでしょう？　その時ゆっくりお話しするわ。――はい、それじゃあ。お仕事はほどほどにね」

電話が終わる。はっと我に返った小百合は、美里に気づかれないよう、その場を離れた。

（……落ち着くのよ）

個室へと戻った小百合は、襖《ふすま》の前で呼吸を整える。

――自分は、何も聞いていない。

無理やり自分に言い聞かせる。そうでもしなければ、勘の良い藤堂にすぐに気づかれてしまう。

その後、小百合は全神経を表情に集中させて、残りの時間を過ごした。

「小百合さん、今日はありがとう。あなたにお会いできて良かったわ」

「こちらこそ、ありがとうございました」

初の顔合わせは、十五時にはお開きとなった。

「小百合、この後はどうする？　久しぶりだしどこかに出かけようか」

「あ……ごめんなさい。実はやり残している仕事があって、会社に戻ろうと思っていたの」

予定を聞かれた小百合は、咄嗟《とっさ》にそう言ってしまう。もちろん、これは言い訳だ。仕事は常にあるけれど、今すぐしなければならないものはないのだから。

「そうか。残念だけど仕方ないな。じゃあ、会社まで送るよ」

「まだ明るいから大丈夫よ。それよりお母様を送って差し上げたら？　久しぶりにお会いしたんでしょう」

二人のやり取りを聞いていた美里は、「そうね」と頷いた。

「あなたもたまには実家に顔を出しなさい。遅くはなるけれど、今夜は父さんも帰ってくるわ。きっと今日のことを聞きたがるだろうから、自分から報告なさい」

小百合と母親の二人に勧められた藤堂は、「仕方ないな」と頷いた。

「小百合も、あまり無理するなよ。また電話する」

「ええ、待ってるわ。それでは、失礼します」

小百合は今一度美里に頭を下げると、その場を後にした。二人から見えるところまでは何事もなかったような足取りで歩く。だが曲がり角に入ってすぐ、足を止めた。

（あの会話は、何？　どうして、姉さんの名前が出てくるの……？）

あれではまるで、美貴子と藤堂の結婚を望んでいたようではないか。

それだけじゃない。そもそも、美里は美貴子と知り合いなのか。ならば、両親とも……？

そうであれば、顔合わせの時に何か一言あってもよさそうなのに、美里も藤堂も一切、美貴子について触れなかった。その不自然さは、かえって小百合の不安を煽《あお》る。

結局考えの整理がつかない小百合が向かったのは、自宅マンションではなく会社だった。

夕方前のこの時間、このまま帰っても色々考え込んでしまいそうだったのだ。

ならばせめて、頭を切り替えて仕事をしていた方がよほどいい。

その後会社に着いて、パソコンを立ち上げた時だった。

「――あれ、小百合さん？」

「相川君、どうしたの？　今日は休みだったわよね？」

「昨日、スマホを持ち帰るのを忘れてしまって、近くに来たついでに取りに来たんです。……あ、やっぱりデスクにあった」

良かった、と相川はほっとした表情を見せる。

「小百合さんこそ今日は休みの予定でしたよね。何か急な案件でも入ったんですか？俺、この後特に予定もありませんし、なんなら手伝いますけど……」

「ありがとう。でも大丈夫よ、私も近くで用事があって、ついでに寄ってみただけだから」

「そうですか、なら俺はこれで失礼します。――あ、そうだ！」

帰りかけた相川は、何かを思い出したように振り返る。

「小百合さんの婚約者、前にどこかで見たことがあるかもって言ったじゃないですか。十月下旬に友人の結婚式が逢坂ホテルであったんですけど、そこで見かけたんだと思います」

「多分、仕事の関係でいたんじゃないかしら？　彼、逢坂ホテル系列の会社で働いている人だから。でも、特に話したわけでもないのによく覚えていたわね？」

さすがは期待の営業、とわざとらしくからかうと、相川は肩をすくめた。

「覚えてますよ。だってあの人が一緒にいたのって、小百合さんのお姉さんですよ？」

「え……？」

「ラウンジで一緒にいるのを見かけました。前に結婚式の時の写真を見せてもらったから、なんとなく頭に残っていたんだと思います」

美男美女で目立っていたのもありますけど、という相川の言葉は小百合の頭に入らなかった。

——瑞樹さんと姉が、一緒にいた……？

そんなの、自分は知らない。十月下旬といえば、既に両親への紹介は済ませていた。しかし、姉に会ったなんて話は一度も——今日だって、聞いていない。

「あの、小百合さん……？」

相川は急に黙り込んだ小百合を不思議そうに見る。小百合は慌ててなんでもない風を装った。

「ごめんなさい、相川君の記憶力に驚いて」

笑顔でそう返すと、相川はほっとした表情を見せた後、「また月曜日に」と帰っていったのだった。

（……どういう、こと？）

知らない。分からない。美里の電話の内容も、相川から聞いた話も、全てが初めて耳にすることばかりで、理解が追いつかなかった。

年頃の男女がホテルに二人きりとなれば、関係を疑われても仕方ないだろう。だが、姉と恵介の繋がりの強さを知っている小百合は、その部分を邪推することはない。小百合が動揺しているのは、そこではなかった。もしも、相川の言っていることが本当だったとして。

――どうして、美貴子と藤堂がホテルにいたのか。

――どうして二人ともそれを自分に言わないのか。

（ただの、偶然？）

たまたま会って、話しただけ。その可能性はもちろん否定できない。でも、美里の電話を聞いたばかりだからだろうか。胸騒ぎが収まらなくて――たまらず小百合は、美貴子に電話をかけていた。

一コール、二コールと繋がるのを待つ間、小百合は藤堂と実家に行った時のことを思い出していた。あの時、終始歓迎ムードだった両親に対して、美貴子だけは厳しい表情を向けてはいなかっただろうか。

『もしもし』

「姉さん」

『小百合ちゃんから電話をくれるなんて珍しいわね。どうしたの?』

久しぶりの妹からの電話が嬉しいのか、美貴子の声は明るい。だが今の小百合には、彼女との会話を楽しむ余裕はなかった。

「一つ、聞きたいことがあるの。いい?」

『どうしたの、突然?　もちろん私に答えられることなら答えるけれど』

「――十月に逢坂ホテルで瑞樹さんと会った?」

『…………』

「答えて、姉さん」

少しの間の後、美貴子は答えた。

『会ったわ。でも、どうしてそんなことを聞くの?』

――そんなこと、ですって?

スマホを握る手に力がこもる。どうして、だなんて。聞きたいのは、こちらの方だ。

「姉さんこそ、どうして今まで黙っていたの?　お正月に私が実家に帰った時、教えてくれても良かったのに」

『わざわざ言う必要がないと思ったからよ。……深い理由は、ないわ』

「会ったのは、偶然？　それとも事前に約束をした上で？」

『もちろん、偶然よ。仕事の関係で逢坂ホテルに行った時、たまたまお会いしたの。それだけよ』

　不自然な電話の間。探るような声色に、わずかな声の震え。大好きな姉だからこそ小百合には分かる。——美貴子は、嘘をついている。

「……分かったわ」

『小百合ちゃん、待って！　私と瑞樹さんは——』

「突然電話して、変なことを聞いてごめんなさい。それじゃあ、またね」

　最後まで聞くことなく小百合は電話を終えた。直後、美貴子から折り返しの電話がかかってくるけれど、出ることはない。椅子に座った小百合は背もたれに身を任せて天井を仰ぐ。

　おそらく妹の態度を不審に思い、咄嗟《とっさ》に出たのであろう最後の言葉。

（『瑞樹さん』って、何？）

　初めて紹介した時、美貴子は「藤堂さん」と名字で呼んでいた。それが一体いつの間に名前で呼ぶような間柄になったのだろう。小百合が今まで「恵介さん」と呼んでいたように、姉が妹の婚約者を名前で呼んでも、一般的にはなんらおかしいことはないが——

（でも、これは違う）

二人が会ったのは、宮里家での顔合わせの一度だけだと思っていた。だが実際には違ったのだ。二人は小百合の知らないところで会っていた。おそらくは、偶然などではなく、意図的に。

二人で会う必要があるなら、それはそれで構わない。事前に教えてくれさえすれば……仮に後日の報告であろうと、一言「分かった」と言って済む話だ。

ショックだったのは、隠されていたこと。そして胸の中を覆《おお》う薄暗いこの感情の正体は——

（私、姉さんに嫉妬してる）

美貴子が電話越しに「瑞樹さん」と言ったほんの一瞬。小百合の頭の中で、何かが燃えるような感覚がした。面白くない——そう本能的に思った自分がいたのだ。

姉が藤堂の名前を呼んだ、ただ、それだけなのに。

——こんな感情、小百合は知らない。

視野が狭くなって、自分が自分でなくなるような、どす黒い感情なんて。

その時、再びスマホが振動する。画面に表示された名前は美貴子ではなく、藤堂だった。

小百合はすぐにスマホを掴むけれど、結局出られなかった。電話に出たとして、何を言ってしまうか自分で分からなかったのだ。今は、一人で考える時間が欲しかった。

それから少し時間を置いて、メッセージアプリが受信する。

「っ……！」

藤堂から送られた言葉に、小百合はたまらず唇を噛んだ。

『今日はありがとう。母に紹介できて良かった。忙しいのは分かるけど、あまり無理をしないように。また後で連絡する。久しぶりに小百合の顔が見られて、良かった』

優しさと労《いたわ》りに満ちた、その言葉。

――もしも、感情の全てを持っていかれるような恋ができたら。

――この人しかいらない、そんな人が現れたら。

そんな風に夢想《むそう》した、かつての自分。しかし今、初めて経験して分かったことがある。

『恋』はこんなにも痛くて、辛い。

X

『土曜日、良かったら食事に行かないか？』

『その日は会社主催のパーティーが入っているの。しばらく土日出勤が続くから、休日に会うのは難しいかもしれないわ』

『今日も仕事お疲れ。休日に会うのが厳しいなら電話はできる？　せめて小百合の声が聞きたい』

『おはよう。ごめんなさい、昨日は寝てしまって、今見ました。またこちらから連絡します』

「はあ……」

二月下旬のとある金曜日。既に日も落ち切った十九時、小百合はオフィスでため息をつく。

相川も三村も既に帰宅して、残っているのは小百合一人。しんと静まり返った室内で、小百合は手元のスマホに視線を落としてはため息をつく……というのを何度も繰り返していた。

画面の中には、ここ一ヵ月半の藤堂とのやり取りが記されている。

三月いっぱいで今の会社を退社する藤堂は、今まで以上に多忙を極めているらしい。そんな中でも彼は、小百合に対する誘いを怠《おこた》ったりはしなかった。

毎週デートするのはさすがに難しいけれど、日々の電話やほんの数時間の食事でも構わない……と彼は何度も小百合に言ってきた。しかしそれに対する小百合の答えは、ノーだった。

美里との顔合わせから今日までずっと、小百合は藤堂のことを避けている。

休みの日でも無理やり仕事を詰め込んで、電話がしたいとメールが来れば気づかなかったフリをして、わざと翌日既読にする。少しでも藤堂のことを考えなくて済むように、彼と接触しないように。

——最低なことをしている自覚は、ある。

藤堂は、あんなにも自分に優しかったのに。どんな時だって自分のことを考えてくれたのに。

彼のしてくれたこと、与えてくれたこと。それら全て、小百合は仇《あだ》で返している。

頭では理解しているのに、一度避け始めたら、それを止めるきっかけを見つけることができなかった。

……怖かったのだ。藤堂と美貴子の関係も、美里の言葉の真意も、全て。

知りたいと思うのに、聞くのが怖い。藤堂の声を聞いたら、実際に会ったら、感情のままに問い詰めてしまいそうで……みっともない姿を見せてしまいそうで、怖い。

自分勝手な考えだと分かっている。それでもなお小百合が選んだのは「避ける」ということだけだった。この間、姉の美貴子からは何度も電話がかかってきた。あんな切り方をしたのだから、気になるのは当然だろう。だが小百合はこちらもやはり、徹底的に避け続けた。

小百合は婚約指輪をきゅっと右手で包み込む。

(瑞樹さんが、好き)

声を、姿を、ぬくもりを思い出すだけで胸が締めつけられるほどに、彼に焦《こ》がれている。でも小百合と藤堂は期間限定の婚約者だ。そして残りの期間は、あと一ヵ月あまり。

(……逃げていても、何も変わらないのに)

分かっていてもなお、自分が取るべき正しい答えが見つからなかった。

◇―＊◆＊―◇

――頭が、割れるように痛い。

翌日の土曜日の早朝、五時。小百合は、強烈な頭痛に目を覚ました。

体が鉛《なまり》のように重くて、なかなか起き上がることができない。なんとか立ち上がろうと試《こころ》みるものの、脚に力が入らず背中からソファに倒れ込んでしまった。天井がやけに歪んで見える。起き上がろうとしただけなのに、まるで全力疾走した後のように心臓がどくどくと波を打っている。

(……これは、まずいかも)

もう何年もの間忘れていたこの感覚の正体は、おそらく風邪だろう。

この一ヵ月半、一心不乱に仕事に打ち込んでいたので、食生活も大分乱れていたような気がする。実際、部下の二人に不審がられないよう昼食こそ食べていたものの、朝夕は抜いてしまうことも多かった。

決定的なのは、昨夜だろう。今の小百合は、昨日と同じ格好をしている。おまけに目覚めた場所はベッドではなくソファだ。確か、昨夜帰宅した時の自分は酷く疲れていて……化粧も落とさず、ソファで寝落ちしてしまったのだ。

朧《おぼろ》げな記憶が確かであれば、暖房もつけなかったような気がする。

(何やっているのよ、私は……)

真冬の二月、冷え切った部屋で一夜を過ごす。そんなの、わざと風邪を引こうとしているようなものだ。あまりの情けなさに泣きたい気分になる。

(……とりあえず熱を測らないと)

なんとか体を起こして這うようにチェストへ向かい、体温計を取り出す。待つこと数分。表示された体温は、三十八度を軽く超えていた。この時期にこの体温では、インフルエンザの可能性もある。昼過ぎまで様子を見て対応を考えようと、今度はベッドに潜り込む。

それから十五時過ぎまで休んでみたものの、結果的には頭痛が増しただけだった。

小百合は、おぼつかない足取りでなんとか着替えを済ませると、スマホでタクシーを呼ぶ。そのまま近所の病院に行って検査をしてみると、結果は陰性。疲労からくる風邪だろう、と診断された。

コンビニでレトルト食品を買い込んで、再びタクシーで自宅に戻る。

精算を済ませて降車する頃にはふらふらだった。

「小百合ちゃん？」

「……恵介、さん？」

エントランスの前にいたのは、恵介だった。どうしてこんなところに、と言いかけたその時、視界が揺れる。

「小百合ちゃん！」

恵介はふらつきかけた小百合を抱きとめる。

「ごめんなさい……風邪引いちゃったみたいで。今病院に行ってきたの。大丈夫、自分で立てるわ」

「そんなこといいから、早く部屋に入った方がいい。これ以上体を冷やしちゃダメだ」

恵介は問答無用で小百合の手からバッグを受け取ると、代わりに自分の上着を小百合の肩へとかける。もう一度遠慮する元気もなかった小百合は支えられたまま部屋へと戻り、ベッドに腰掛けた。

「薬はもらってあるね？　はい、お水。キッチンを使わせてもらったよ」

「ありがとうございます。でも、けいす……義兄《にい》さんが、どうしてうちに？」

「美貴子さんに、小百合ちゃんの様子を見に行ってほしいと頼まれたんだ」

「……姉さんに？」

「彼女、小百合ちゃんとずっと連絡が取れないから心配していてね。でも自分は避けられているようだし、会ってもらえないかもしれない。だから僕に様子を見てきてくれないか……って。でもまさか、こんなことになってるなんて……。来て良かったよ。今、美貴子さんに連絡を――」

「待って！」

スマホを手にした恵介を咄嗟《とっさ》に制止する。

「こほっ……姉さんには、連絡しないで」

「でも――」

「お願い、義兄《にい》さん」

小百合は咳き込みながら必死に懇願《こんがん》する。恵介は驚いた表情をして頷いた。

「分かったから、落ち着いて。今はゆっくり眠った方がいい。……さあ、ベッドに横になって」

小百合は素直に横になる。朝にも増して頭痛が酷い今、正直なところ、会話しているのも辛い。

「僕は隣の部屋にいるから、何かあればすぐに声をかけて」

恵介は部屋の照明を消すと静かに出ていった。そして部屋が真っ暗になった直後、小百合の意識は深く沈んだのだった。


——気持ち悪い。

体にべっとりと纏《まと》わりついた汗の感触で目が覚めた。手元のスマホを確認すると、時刻は二十時を回った頃だった。小百合はゆっくりと体を起こす。頭痛はするものの動ける程度には和《やわ》らいでいた。体が濡れた気持ち悪さはあるけれど、汗をかいたせいか少しは楽になったような気がする。

チェストから替えの下着と服、タオルを取り出しながら、小百合はぼうっとした思考のまま、眠る直前のことを思い出す。

（私、病院に行って、それから……そうだ、恵介さん）

姉に頼まれて来たという恵介。病院から帰ってきた時は、あまりにも体調が悪くてろくに会話もできなかった。彼はまだいるのだろうか……と思ったその時、小百合が起きる気配を感じたのか、寝室のドアがノックされる。

「小百合ちゃん、起きてる？」

「は、はい」

「入っても？」

小百合は着替えをベッドの横に置き、「どうぞ」と答えた。入ってきた恵介は、マグカップに入った白湯《さゆ》を差し出した。喉がカラカラに渇いていた小百合はそれをありがたく受け取る。全てを飲み終えると、恵介はほっとしたように微笑んだ。

「顔色、少しは良くなったね。良かった」

「迷惑をかけてごめんなさい。あの、このことは姉さんには……」

「大丈夫。電話もしていないし、小百合ちゃんが言わないでほしいなら伝えるつもりもない。適当に上手く言っておくよ。ただ、美貴子さんは本当に小百合ちゃんのことを心配していた。君たちの間に何があったかは分からないけれど……夫としては、それだけは信じてあげてほしいな」

小百合は小さく頷いた。

「じゃあ、僕はそろそろ帰るよ。いくら義理の兄とはいえ、婚約者がいる女性の部屋にいつまでもいたらいけないからね。藤堂さんに怒られたら大変だ」

重い雰囲気を打ち消すように恵介は冗談めかして言う。一方の小百合は、不意に発せられた藤堂の名前に、思わずカップをベッドの上に落としてしまう。

「あっ」

横になったカップに慌てて手を伸ばそうとすると、恵介がすかさずそれを拾い上げた。

「……っと。空っぽで良かった、布団も濡れてないね。でも……小百合ちゃん、何かあった？」

小百合はこれに答えることができなかった。

『あなたの妻と私の婚約者が隠れてホテルで会っていた。それが気になって仕方ないけれど、内緒にされていた理由を聞くのが怖い。だから二人のことを避けている』

そんなこと、言えるわけない。代わりに小百合の口をついて出たのは、別のことだった。

「……義兄《にい》さん。変なことを聞いてもいい？」

質問に質問で返された恵介は、一瞬驚いたように目を瞬《またた》かせたのち、頷く。

「もしも……もしも姉さんが隠し事をしていたら、義兄《にい》さんならどうする？」

「隠し事か。うーん、まずは、美貴子さんにどうして隠していたのかを聞くかな」

「聞いても、ごまかされたら？　その隠し事が義兄《にい》さんにとってはとても重要なのに、何も答えてくれなかったら……？」

「話してくれるまで待つよ。もしかしたら、言いたいのに言えない事情があるのかもしれない。あるいは、黙っていることが僕にとって最善だと考えた上で、彼女が隠すことを決めたのなら……やっぱり言いたくなるまで、待つかな」

「どうして？　待っている間、不安にはならないの？」

例えばそれが、異性関係の隠し事だったとしても。

「もちろん、なるよ。実際に彼女と結婚するまで、その手の悩みが尽きることはなかったから」

「え……？」

「ああ、もちろん浮気とかそういう意味じゃなくて。結婚前、美貴子さんに婚約者候補がいたのは多分、小百合ちゃんも知っているよね？」

「……そういう話があったのは聞いているわ」

小百合は気まずさを覚えながらも頷いた。大学進学の頃には宮里グループと距離を置くことを決めていた小百合だが、相手の名前は知らないものの、姉にそういう存在がいることは知っていた。

「そのことを初め、美貴子さんは隠していた」

そんな恋人を、恵介はただ待った。彼女が話す気になれるまで、じっと。

「それからしばらくして、ようやく美貴子さんは婚約者候補の存在を教えてくれた。彼女は、僕が不安になると思って、言えなかったらしい。……実際、婚約者候補がいるって聞かされた時は驚いたし、住む世界が違うと思った。相手については未だにどんな人だったかは聞いていないけど……正直その時は、面白くないと思ったよ。彼女の予想通り、不安にもなった」

恵介は続ける。

「お義父《とう》さんが彼女の婚約者にと望んだ人だ。きっと僕なんかが太刀打《たちう》ちできないくらい立派な方だったんだと思う。でも不安がる僕に美貴子さんは、何度だって自分の気持ちを伝えてくれた」

自分が好きなのは恵介だけだと、数えきれないくらい言ったのだ、と恵介は嬉しそうに語る。

「それは僕も同じだった。だから僕は彼女のことを信じられたし、結果的に今、彼女の隣にいるのは婚約者候補だった人ではなく、僕自身だ。もしもまた、美貴子さんに何か隠していることがあるのなら……やっぱり待つと思う。彼女が僕を裏切るようなことはないって信じているから」

言葉に迷いはなかった。とてもシンプルな答え。だからこそそれは、小百合の心に突き刺さる。

「小百合ちゃんが何を悩んでいるのか、僕には分からない。でも経験上一つだけ言えるとしたら……『素直になる』ことが一番大事だと思う」

「素直に、なる……？」

「そう。今の自分にとって何が必要で、一番大切なのか……それを、忘れないことだよ」

その後、小百合はベッドの中から恵介を見送った。一人になると改めて、恵介の言葉が頭の中で反芻《はんすう》される。

信じているから。

たった一言。でもその一言に、姉と恵介の絆《きずな》の深さを垣間見た気がした。

美貴子と恵介。小百合は二人の関係性に誰よりも憧れていた。彼らの間には誰にも立ち入ることのできない深い絆《きずな》がある。ともに年月を重ねた歴史がある。

一方、小百合と藤堂の関係はまるで違う。知り合って一年にも満たない自分たちの関係は、期間限定の婚約者。……偽りから始まった関係。そしてそれを持ちかけたのは、小百合だ。

（私にとって、一番大切にしたいもの……？）

その時、インターホンが鳴った。恵介が何か忘れ物でもしたのだろうか。ベッドから立ち上がった小百合は、ふらふらとした足取りで玄関の方へと向かう。普段であれば必ずモニターを確認してから応答しただろう。だが今は熱のせいか、あまり深く考えずに応答ボタンを押していた。

「恵介さん、何か忘れ物でも――」

『小百合。俺だけど』

――小百合が今、一番大切にしたいもの。必要な存在。

藤堂が、そこにいた。

『話がしたい。開けてくれないか』

恵介と勘違いして出てしまった小百合だが、藤堂を追い返すことができるはずもなく……久しぶりに会うその人は、今まで見たことがないほど厳しい表情をしている。

「上がっても？」

「ど、どうぞ」

玄関先で迎えた小百合を藤堂はじっと見つめる。頭のてっぺんからつま先までを確認するような視線にドキリとする。仕事終わりなのか、彼はスーツをびしっと着こなしていた。一方の小百合は、寝汗をかいたパジャマのままだ。

髪は乱れているし、化粧もしていない。完璧な姿の藤堂を前に今の自分はあまりにみっともない気がして、たまらずぎゅっとパジャマの胸元を掴んだ。

「瑞樹さん、急にどうし――」

「その格好で、あの人を家に上げたのか？」

「え……？」

「今、外で恵介さんに会った。小百合が風邪を引いているって。君と一向に会えないからこうして来てみたら……まさか、あの人に教えられるとは思わなかったよ」

自嘲めいた言葉にはっとする。散々自分を避け続けた相手の家に来てみれば、義兄とはいえ異性が家から出てきて、その相手から婚約者の体調不良を告げられた。藤堂の立場からすれば、面白くないだろう。かといって「ごめんなさい」と謝るのもなんだか違う気がして……

俯《うつむ》く小百合に、藤堂は大きなため息をつく。たまらずビクン、と小百合は肩を震わせた。

(……きっと、呆れられた)

全て自業自得だと分かっていても、胸が痛い。

「……顔が赤い」

不意に藤堂は小百合の額《ひたい》に手のひらをあてる。

「熱は──大分熱いな」

そう言うと藤堂は小百合を横抱きにして、廊下を歩き始める。

「瑞樹さん？」

「寝室はこの部屋？」

「そ、そうだけど……」

突然のお姫様抱っこに固まる小百合をしっかり抱きかかえ、藤堂は寝室のドアを開ける。そのまま乱れたベッドの上に小百合の体をそっと下ろした。そしてベッドの横に置かれたタオルと着替えを見つけると、タオルの方を手に取った。

「キッチンとお湯を借りるよ。すぐに戻るから、君はここから動かないで」

数分後戻ってきた彼の手には、ホカホカと湯気を立てたタオルが握られている。

「あの、瑞樹さん……？」

「まだ風呂には入れないだろう。着替えるなら汗もかいただろうし、体を拭こう。手伝うよ」

言って、瑞樹は小百合のパジャマの前ボタンに手を伸ばそうとする。ぎょっとした小百合は慌てて片手でそれを制した。

「だ、大丈夫。自分ででき……」

「頼むから。今だけでいいから、俺の言うことを聞いてくれないか」

藤堂の表情に小百合は息を呑む。それは彼が初めて見せる表情だった。何かをぐっと堪《こら》えるような、噛みしめるような表情に何も言えなくなる。

「……恥ずかしいなら、そのまま後ろを向いていて構わないから」

体の力を抜いて背中を向けた小百合のパジャマのボタンを、藤堂は後ろから一つ、二つ……と外していく。そして全てを外し終えてはらりとパジャマが落ちると、インナー、そしてブラジャーのホックに手をかけた。その間中《あいだじゅう》、小百合も藤堂も何も言葉を発しない。

互いの呼吸音だけが耳に届く中、露《あら》わになった素肌に小百合の肩がびくん、と震えた。

藤堂はそんな小百合の背中にそっと、ホットタオルをあてる。

首筋から肩……と藤堂は優しく小百合の背中を拭いていく。

「ん……」

その手付きはとても丁寧で、優しくて、無意識に声が漏れてしまう。

藤堂は一瞬手を止めたものの、そのまま背中を拭いてくれた。後ろが終われば次は前側だ。さすがにそこまでは……と小百合は思っていたけれど、藤堂は無言で腹部にタオルをあてる。

「まっ……！」

「すぐに終わる。全部拭いておかないと、良くならないから」

体を固くする小百合に、藤堂は優しく触れていく。最初は腹部。次いでタオルは上へと上がっていき、両胸に触れた。ブラジャーの支えを失った双丘は今、空気に触れてツンと上を向いている。背後の藤堂からは見えないはず。しかしタオルが触れた時、その刺激と温かさに背中が跳ねた。

情事の時のように藤堂が直接触れたわけではない。彼は看病として拭いてくれているだけなのに、反応してしまう自分がいる。胸からデコルテ、そして両腕へ……全てを拭き終えた藤堂は、タオルを横に置くと、新しい上着を丁寧に着せてくれた。

――恥ずかしかった……

体全体を見られたこともあるのに。そんなつもりでないと分かっていても……分かっているからこそ、明るい中上半身を見られるのは同じくらいの羞恥《しゅうち》を感じてしまう。

（何か、言わなきゃ）

まずは避け続けたことを謝って、それから――

「小百合」

頭の中で自分の取るべき行動を考えていたその時、不意に後ろから抱きしめられる。

「瑞樹さん？」

「そのまま聞いて。……さっきは、ごめん」

まさか謝られるとは思わず、小百合は目を瞬《またた》かせる。

「病院帰りに偶然会ったのは、彼に聞いた。本当ならあの人に感謝すべきなのに、傍にいたのが自分じゃないのが悔しくて、君に八つ当たりしてしまった。……格好悪過ぎるな、俺」

「そんなことない！」

たまらず小百合は振り返る。驚く藤堂と目が合った。

「瑞樹さんが格好悪かったことなんて、一度もない」

「小百合……？」

「あなたはいつだって優しかったわ。それなのに私の方こそ、たくさん連絡をくれたのに……仕事を理由にろくに連絡もしないで、ごめんなさい」

「体調を崩してしまうくらい仕事が忙しかったんだ。仕方ないさ。俺だって年末年始はバタバタしていたし、お互い様だよ」

小百合は言葉に詰まる。仕事が忙しかったのは本当だ。でもそれは、藤堂を避けるために無理やり詰め込んだ部分が大きい。しかしそんな小百合に藤堂は怒ることなく、微笑んでみせる。

「でも、君が褒めてくれるなんて珍しいね」

「……そうだった？」

「俺の覚えている限りでは」

藤堂は悪戯《いたずら》っぽく笑う。先程までの張り詰めた空気が嘘のように、彼は穏やかな表情をしていた。

「小百合、おいで」

藤堂は小百合を正面から抱きしめた後、ベッドに横たえる。

「さあ、今日はもう寝よう」

朝まで一緒にいるから、と藤堂は小百合の隣に横になる。

「風邪、うつるかもしれないわ」

「自慢じゃないけど、昔から健康なのが取り得でね」

「……スーツ、皺《しわ》になっちゃう」

「明日は日曜日だから問題ない」

他愛のない会話が嬉しかった。彼の声、彼のぬくもり。そのどれもが心地よくて、段々と瞼《まぶた》が重くなってくる。藤堂は、小百合の髪をまるで子供をあやすように優しく撫で続けた。

「……元気になったらたくさん話をしよう。今までのことや、これからのことを」

意識が深く沈む中、そんな声を聞いたような気がした。

それから数時間後の真夜中、小百合は目が覚めた。藤堂が拭いてくれたおかげか、体のべたつきもなく、すっきりとしている。だるさは残っているけれど、頭痛は引いていた。頭上からは、藤堂の寝息が聞こえてくる。

彼の両腕は小百合の体にそっと回されていた。その時、不意に藤堂が身じろぎをする。彼は少しだけ瞼《まぶた》を開けると、小百合を見てふわりと微笑んだ。そして、小百合の体に回した手に力を込めて、ぬくもりを求めるように自《みずか》らの方へと抱き寄せる。

「瑞樹さん？」

どうやら寝ぼけているらしく、返事はない。それでも小百合を放そうとはしない腕が嬉しくて、愛おしかった。こんな風に藤堂の寝顔を見るのは、これが二度目だ。

一度目は、初めて逢坂ホテルで朝を迎えた時。

そして、今。

暗がりにも分かるほどの端整な顔立ち。出会った当初は、顔がいいだけの軽薄な男だと思った。だからこそ「こんな人なら好きにならない」と小百合は婚約話を持ち掛けたのだ。

でも、今は違う。この時小百合の頭には、今日の恵介の言葉が思い起こされていた。

――自分に、素直になる。

だから、小百合は言った。

「好き」

今初めて、小百合はこの気持ちを口にした。

「……あなたのことが、好きで好きでたまらない」

一度言葉にすると、ずっと抑えてきた気持ちが一気に溢れ出す。藤堂のことを避けている間も、婚約指輪を外すことはできなかった。朝晩とそれを見つめて、彼のことを思い浮かべた。

その顔、声、優しいところも、意地悪なところも。藤堂瑞樹という存在を想うだけで胸が締めつけられるような気がして、痛くて、でも幸せな気分にもなれた。

(あとは……何が必要で、何が大切なのか)

大切な人。大切な存在。それは今、目の前にいるこの人だ。

そして今の小百合がするべきこと。しなければならないこと。

(最後まで、私は我儘《わがまま》なのかもしれない)

これから自分がしようとしている選択が正しいのか、間違っているのか、小百合には分からない。でも藤堂が好きだからこそ、今頭の中にある選択以外の道筋を見つけることはできそうになかった。

藤堂は、小百合に無条件のぬくもりを与えてくれた。でも、そこに人としての情はあったとしても、愛や恋があるかは別の話。なぜなら彼は、とても優しい人だから。だからこそこれ以上、優しいこの人を振り回してはいけない。

小百合は藤堂を起こさないように彼の背中にそっと両手を回す。

（……今日だけ。今だけだから）

逞《たくま》しい胸元に額《ひたい》を寄せる。そのぬくもりを感じながら、小百合は瞼《まぶた》を閉じた。

──その時、小百合の目尻を一筋の涙が伝ったのだった。

翌朝。小百合は心地よい微睡《まどろみ》から、目が覚めた。時刻は、朝の八時半。

隣に藤堂の姿はないものの、キッチンの方から人の気配がする。小百合はベッドから体を起こして、わずかに乱れたパジャマを整える。薬が大分効いたのだろう、立ち上がってもふらつかない程度には回復していた。

寝室を出た小百合は、キッチンへのドアを開ける。すると、シャツの腕をまくった藤堂が、手際良く何かを作っているところだった。

自分の家に藤堂がいて、料理をしている。その光景はなんだかとても不思議で、居心地が良い。

——抱きつきたい。

その衝動をぐっと堪《こら》え、「瑞樹さん」と小百合は声をかけた。振り返った藤堂は、小百合を見るとにこりと笑う。

「おはよう。調子はどう？」

「まだだるさは残っているけど、大分良くなったわ。何を作っているの？」

「ああ、これ？　卵粥」

藤堂は小百合に椅子に座るように促《うなが》した後、お椀によそったそれを目の前に置く。

「冷蔵庫の中の物、勝手に使わせてもらった。風邪を引いた時はこれが効くんだ。食べられるようなら、どうぞ」

「ありがとう」

藤堂が対面に座ったところで、小百合は目の前の卵粥を一口食べた。

「……美味《おい》しい」

自然と漏れた言葉に藤堂は「良かった」と微笑んだ。ほのかな塩気と卵の甘さが絡んだそれは、とても優しい味をしていた。まるで作り手そのもののようだ、と小百合は思う。

『誰かを愛するとね、とても幸せな気持ちになれるの』

ふと、姉の言葉が脳裏に過《よぎ》る。

（これが、そうなのかもしれない）

朝日が窓から差し込む中、好きな人と向かい合って食事を取る。他愛のない話をして、時々目が合って、笑い合って……。もしも幸せに形があるのだとしたら、きっと今この瞬間を言うのだろう。

――このまま、時間が止まってしまえばいいのに。

心の底からそう望むほどに、今この瞬間の小百合は幸福に満ちていた。

「じゃあ、俺は一度着替えに帰るよ。昼過ぎにはまた来るから、小百合は休んで――」

「瑞樹さん」

玄関先まで見送りに行った小百合は、途中で言葉を遮《さえぎ》る。

「もう、来なくて大丈夫」

「熱は下がったとはいえ、まだ本調子じゃないだろう？　元々この土日は俺も仕事は休みにしていたし、遠慮しなくていいよ」

「遠慮なんてしてないわ。それに今日のことだけじゃなくて……この先もう、私を訪ねてこなくていい、と言っているの」

「……小百合？」

「あと、これも返します」

小百合は藤堂の手を掴むと、無理やりある物を握らせた。それを確認した藤堂の顔色が一瞬にして変わる。笑顔を打ち消した彼は、厳しい表情で小百合を見返した。

「……どういうことだ？」

「そのままの意味よ」

小百合が藤堂に渡したもの。

――それは、彼から贈られた婚約指輪だった。

小百合は、藤堂と一緒にいた数ヵ月で、彼の人となりを知った。

軽薄に見えて実はとても誠実で、優しい人。そんな彼を小百合は好きになった。

姉が彼の名前を呼んだ、それだけで嫉妬してしまうほどの執着心を彼に抱いた。

彼の瞳に見つめられると胸が高鳴る。触れられると、呼吸が止まりそうになる。

小百合がそんな感情を抱く人は、藤堂だけ。そんな彼は、美貴子と密会していた。なんらかの事情があったのかもしれない。でもその理由を問うことを、小百合はしなかった……できなかったのだ。

――怖かったから。

問い質《ただ》した結果、何を言われるのか分からない。分かっているのは、美貴子と藤堂が二人揃って、黙っていたということだけだ。恵介は、信じているからこそ黙って待つと言った。

（でも私は、瑞樹さんを信じることができなかった）

小百合がしたのは、ただ黙って避け続けることだけ。そして今も、答えが怖くて聞けずにいる。

（……私は、瑞樹さんに相応《ふさわ》しくない）

彼は、たとえ偽りの関係であっても小百合に心を砕いてくれた。でもそれは、彼の優しさからだ。

このままいけばきっと、小百合は彼の優しさに抱かれたまま、約束の六ヵ月を過ごすことができるだろう。しかしその先にあるのは、別れだ。仮初《かりそめ》の婚約者から他人へと戻る。

藤堂への想いを自覚した今、その瞬間をただ静かに待つことは、小百合にはできなかった。

何よりも優しい彼をこれ以上、自分の都合で振り回してはいけない――だから。

「――婚約を、解消してください」

小百合は、彼を「婚約者」という関係から解放する。

彼を信じられなかった自分は、彼に相応《ふさわ》しくないのだから。

「……意味が分からない」

藤堂は、顔を強張《こわば》らせて小百合を見据える。

「突然そんなことを言われて、俺が『はいそうですか』と素直に頷くとでも思ったのか？

第一、契約期間はまだ残っているはずだ」

「確かに、三月末までの予定だったわ。でも、事情が変わったの」

「事情?」

落ち着け、と小百合は自分に言い聞かせる。当初、藤堂にも「女優みたいだ」とからかわれたではないか。あの時のことを思い出せばいい。余計なことなど何も考えず、昨晩、頭の中で何度も繰り返した言葉を発すればいい。

「……好きな人ができたの」

小百合の告白に藤堂の目が見開かれる。その瞳に一瞬浮かんだ、失望の色。小百合はそれに気づかないフリをして、追い打ちをかけるようにはっきりと続けた。

「だからこれ以上、あなたとは一緒にいられない」

「……小百合」

「私から話を持ち掛けたのに勝手なことを言って、ごめんなさい。でも、もう決めたことだか——」

「小百合!」

藤堂は声を荒らげる。叫びにも近い声に反射的に肩をすくめるが、小百合は視線を逸らさなかった。

「……俺は、そういう冗談は好きじゃない」

「私も、好きじゃないわ」

「ふざけるのはやめてくれ」

「ふざけてなんかいない。私は、本当のことを言っているだけよ」

藤堂も、小百合も一歩も引かない。堂々巡りなのは互いに理解していただろう。藤堂は必死に怒りを押し殺すように、拳《こぶし》を震わせる。

「――それなら、教えてくれ。好きな男って、誰？」

「それを聞いてどうするの」

「いいから、答えてくれ」

小百合はぐっと拳《こぶし》を握った後、言った。

「……あなただって言ったら、どうする？」

その時藤堂の体が一瞬強張《こわば》ったのを小百合は見逃さなかった。彼は、まるで思いもよらないことを言われたかのように、目を丸くする。どこか困惑したようなその姿に、小百合は悟った。

――これが藤堂の答えだ、と。

（分かっていたことじゃない）

彼が自分を抱いたのも、甘い言葉を囁《ささや》いたのも、全ては彼の優しさと、互いの条件が噛み合ったから。それ以上でもそれ以下でもない。その熱に本気になったのは小百合自身。藤堂は何も悪くない。彼はただ、小百合が望んだ理想的な「婚約者」を演じてくれただけだ。だからこそ、これ以上引き延ばせないと思った。今こそ彼を解放しなければと、そう思ったのだ。

——もしも小百合の好きな相手が、自分だったら？

そんな切り返しに言葉を詰まらせる藤堂に、小百合は咄嗟《とっさ》に「冗談よ」と言いかける。だが喉元まで出かかったそれは、発せられることはなかった。

たとえこの場限りの嘘でも、彼を好きだと思ったこの気持ちを偽ることはできなかったのだ。

「……なんて、ね」

小百合は藤堂に正面から抱きついた。小百合の行動が予想外だったのか、藤堂の体が強張《こわば》る。その瞬間を見逃さず、小百合は玄関の扉の鍵を開けると彼の体を外へと押し出した。

「小百合？」

「今まで、ありがとう。……あなたと一緒にいた時間、楽しかったわ」

扉を閉める直前、小百合はあえて笑ってみせた。これから先、もしも藤堂が小百合を思い出すことがあったら……その時の自分が笑顔であればいいと、思いながら。

後ろ手で無理やり扉を閉めて、鍵をかける。

「小百合！」

藤堂は、小百合の名前を呼びながら扉を叩く。小百合は、ぐっと歯を食いしばってその声を聞いていた。

「山本のことがあった君に……会社に行ったり、手紙を出したりはしない。でも、俺はこのままなんて絶対に認めない。この指輪は預かるだけだ。絶対にもう一度、君に嵌《は》めてみせる」

その言葉を最後に、藤堂は扉を叩くのをやめた。

遠ざかる足音に、はらりと涙が小百合の頬を伝う。

そして小百合は、声を上げて泣いた。

――これで良かったのだ、と自分に言い聞かせながら。

XI

四月初旬。日差しも心地よくなった、始まりのこの季節。マリエ・リリーズには一組の男女が訪れていた。

「ご婚約おめでとうございます。木崎様、大野様」

小百合の祝いの言葉に、二人は揃って「ありがとうございます」と微笑む。隣り合って座る彼らからは、この麗《うら》らかな春の陽気のように穏やかな空気が伝わってきた。

木崎と大野を互いに紹介したのは、数ヵ月前。以降、彼らは交流を重ね、無事に婚約成立となった。二人は今日をもってマリエ・リリーズを退会する。

小百合にとって、今の仕事をしていて一番良かったと思えるのがこの瞬間だ。これから新たな関係を築く二人の門出を見送る喜びは、何ものにも代えがたい。大野にはなかなか苦労させられた分、喜びも一入《ひとしお》だった。

「お世話になりました。結婚相談所に登録したのは初めてでしたが、マリエ・リリーズにして本当に良かった」

おかげで彼女に出会えたのですから、と木崎は微笑む。隣の大野を見る彼の視線はとても優しくて、こちらまで嬉しくなるほどだった。一方の大野も照れながら木崎を見つめ返した。何度も強気な大野を見てきた小百合にとって、そんな彼女の姿はとても新鮮で――素直に可愛らしいな、と思った。

その後、小百合は退会手続きを終えた二人をオフィスの外まで見送った。

「宮里さん」

去り際、大野は木崎に何かを言うと、小百合のもとに一人駆け寄ってくる。

「大野様、どうかされましたか？」

「――ごめんなさい」

突然の謝罪に驚いていると、大野は気まずそうな表情をしながらも続けた。

「私、今まであなたに酷いことをたくさん言ったわ。『恋人のいない独身女性に私の気持ちなんて分かるわけない』って」

「そんな……お気になさらないでください」

「ううん。あんなことを言って本当にごめんなさい」

大野はこっそりと内緒話をするように、小声で言う。

「今だから言えるけれど……私、前の彼氏に浮気をされて振られているの。それが悔しくて悲しくて……だから次は、もっとずっと条件の良い人と付き合って、私を振った元彼を見返してやろうと思って。それで、マリエ・リリーズに入会したの。そんな意地もあって色々無理を言っちゃって、ごめんなさい。でも今は、木崎さんと知り合えて良かったって心から思ってる。だから……あなたには感謝しています。本当に、ありがとう」

そう言った大野は幸せに満ち溢れていて、小百合はもう一度心を込めて言った。

「大野様。――どうぞ、お幸せに」

◇—＊◆＊—◇

藤堂との別れから一ヵ月半。小百合がまずしたことは、実家の両親への報告だった。婚約破棄を伝えた時の両親の落胆ぶりと言ったらなかった。特に、藤堂を気に入っていた美冬の凹《へこ》みようは顕著《けんちょ》で、倒れてしまうのでは、と思ったほどだ。そんな中、父の正史だけは「分かった」と頷いただけで、それ以上深く追及してくることはなかった。

——もしかしたら、何も言えなかったというのが正直なところかもしれない。

落胆する母に比べて、父はむしろ小百合の心配をしているようにさえ見えたのだ。その姿に小百合は、藤堂に婚約話を持ち掛けた時のことを思い出した。

小百合は両親から仕事人間だと思われている。そんな自分が婚約者を連れてきたら、きっと本気で相手を好きなのだと思うだろう。だからこそ、破局したと知ったら、傷ついた娘にしばらくは何も言ってこないはずだ、と。

実際にその通りになったというわけだ。

一方の美冬は、その後も何度も電話をかけてきては考え直すように説得してきたけれど、小百合は頑として受け入れなかった。そんな娘にとうとう根負けしたのか、毎日のようにかかってきた電話は今ではすっかり鳴りを潜《ひそ》めている。それからの小百合は、今まで以上に仕事に打ち込んだ。

同じ轍《てつ》は踏むまいと体調管理だけは徹底しながらも、働いて、働いて、働いて。

帰宅してからは泥のように眠り、また働き詰めの一日が始まる。そんな毎日は、小百合にプライベートの時間の過ごし方をすっかり忘れさせた。

——それで、良かったのだ。

少しでも一人の時間があると、頭には藤堂の姿が浮かんでしまうから。

彼と過ごした日々や、声、笑った顔、そして最後に抱き合って眠った夜のこと……そのどれもが走馬燈のように頭を駆け巡って、途端に立っていられないような感覚に襲われる。そして左手薬指に何もないことに絶望するのだ。

全ては自分が選んだことなのに。藤堂を思い出す度に、自分の未練がましい弱さが嫌になった。そんな日々の中で唯一、時間を忘れさせてくれるのが仕事だったのだ。

あの日以来、藤堂からは何度も電話があった。しかし小百合が出ることは一度もなく、彼からの着信も三月を最後にピタリと止んだ。四月から転職すると言っていたから、新しい仕事が忙しいのだろう。今頃、一方的に別れを告げた身勝手な婚約者のことなんて忘れて、新たな環境で頑張っているはず。

藤堂のことだ。きっと、すぐに職場にも慣れるだろう。それに、小百合のように自分勝手な人間ではない、彼に相応《ふさわ》しい女性との出会いもあるかもしれない。

（っ……！）

藤堂の隣に見知らぬ女性がいる。自分以外の存在に微笑み、優しく触れる……それを想像した瞬間、心臓を突き刺されたような痛みに襲われる。でもこれは、覚悟していた痛みでもあった。

藤堂は、たくさんのものを与えてくれた。誰かを好きになる喜びも痛みも触れ合う幸せも、全ては彼が教えてくれたことだ。だからこそ小百合は、自分のことなんて忘れて彼には幸せになってほしい。

——どうか今頃、瑞樹さんが笑顔でいますように。

そう願いながら、小百合は今日もまた仕事に向かうのだった。

◇—*◆*—◇

『小百合に話がある。すまないが今日の仕事が終わり次第、私の会社に来てくれないか』

そう、父の宮里正史から連絡があったのは、四月中旬のことだった。

普段、母の美冬と連絡をすることはあっても、父から直接電話が来ることなど滅多にない。その上、場所は実家ではなく父が社長を務める会社。

父は、宮里グループと距離を取る小百合の立場を尊重してくれている。そんな父が会社に呼び出すなんて只事《ただごと》ではないと、小百合はすぐに承諾した。

仕事を終えた足で父の会社へと向かい受付を済ませる。その後すぐに、父専属の社長秘書が迎えにやってくる。小百合は、彼女に連れられて社長室直通のエレベーターに乗り込んだ。

「失礼いたします。社長、お嬢様をお連れいたしました」

「ああ、ありがとう」

社長室へと入室する。デスク作業をしていた正史は書類から顔を上げると、秘書に指示を出す。

「君、すまないが車を一台用意しておいてほしい。それから、私が呼ぶまで誰も入れないように」

「承知いたしました」

秘書は綺麗に一礼をすると退席する。正史は小百合を応接ソファに座るように促《うなが》した。

「急に呼び出してすまないね」

「それは構わないけど……会社に呼ぶなんて、何かあったの？」

車を用意させたところを見るに、この後も予定が詰まっているのだろう。そんな合間を縫ってわざわざ呼び出すなんて、一体何事だろうか。自然と緊張した表情になった小百合に、正史は苦笑する。

「何、たまには娘と親子水入らずで話したいと思ってね。何しろうちの次女は、ワーカホリックでなかなか実家に寄りつかないときた。家には母さんがいる。ゆっくり話そうと思ったら会社に呼ぶのが一番だと思ったんだよ」

父の言葉はまさにその通りで、ぐうの音も出ない。ワーカホリック気味なのも実家を避けているのも、十分過ぎるほど自覚があったからだ。心配していた分、特に何事も問題はないという答えに一応はほっとする。しかしやはり、違和感は拭《ぬぐ》えなかった。こんな風に父があえて二人きりのシチュエーションを作るのなんて、大学進学と就職の話をした時くらいだ。

「小百合。君は、毎日ちゃんと鏡を見ているかい？」

「もちろん見ているけど、どうして？」

質問の意図が分からず困惑する娘に、正史はため息をつく。

「なるほど。無自覚、というわけか」

「……父さん、何が言いたいの？」

「自分では気づいていないのかもしれないけれど……藤堂さんと別れてからの君は、正直、親として見ていられない。彼と別れたと報告に来た時も、この部屋に入ってきた時も……まるで表情が死んでいる。表面上は笑顔を作っていても、分かるよ」

「……気のせいよ。会社の子にも会員の方にも、そんなこと言われたことはないわ」

「他の人はごまかせても、私には分かる。親だからね。だからこそ、これ以上そんな娘を放ってはおけないんだ」

「心配させてごめんなさい。でも、私は大丈夫だから」

「今の君の『大丈夫』ほど、信用できない言葉はないな」

実際に強がっている自覚のある小百合は、何も言い返すことができない。そんな娘に父は苦笑する。

「これだけ言っても認めないいか。まったく、うちの娘たちは揃って頑固で困る」

「頑固って、私はともかく姉さんは違うでしょう？　父さんたちと喧嘩《けんか》しているところなんて、ほとんど見たことないもの」

「恵介君のことを除いては、ね。彼との結婚に関してだけは、美貴子は絶対に譲らなかった。でも、今幸せそうなあの子を見ていると、それで良かったんだと心から思う。娘の笑顔は、親にとって何よりも嬉しいものだからね。だから私は、小百合にも笑顔でいてほしい。君がそんな風に暗い顔をしているのは、私も見ていて辛い。そこで一つ提案があるんだ」

「……提案？」

「もう一度だけ、逢坂さんに会ってみないか？」

一瞬、聞き間違いかと思った。まさかこのタイミングで、その名前を耳にするとは思わなかったのだ。唖然とする小百合に正史は話し始めた。

なんでも、四月に入ってすぐ、逢坂氏から再び小百合とのお見合いの打診があった。奇《く》しくもそれは、小百合が婚約破棄をした後の話で……驚くべきことに、正史はその申し出を受け入れてしまったという。しかも、先方とはこの後、逢坂ホテルで会う約束をしているらしい。

「受け入れたって、どうして私に相談もなしに！　しかも、今日ですって……？」

車を用意したと言っていたのは、自分ではなく小百合を乗せるためだったということだ。

「聞いたら断っただろう？」

「当たり前じゃない！　だって、私はまだっ……」

瑞樹さんを忘れることなんてできていないのに。言いかけた言葉をぐっと呑み込む。

動揺する娘とは対照的に、正史はあくまで平静だった。

「以前も言ったが、逢坂さんは本当に素敵な青年だよ」

「父さんが逢坂さんを評価しているのは分かりました。でも、私がどう思うかは別の話だわ」

「確かにそうだ。でも私の中で確信があってね。会えばきっと小百合も気に入るはずだ」

何かがおかしい。父がこんな風に強引な手段を取るなんて、らしくないと思ったのだ。

心配してくれたのは本当だろう。でも会社への突然の呼び出しといい、強引な見合い話といい、裏があるのかもと勘ぐってしまう。

「……何を考えているの？」

「もちろん、君の幸せを」

喰えない顔で正史は笑う。

——そうだ。

今まで気にしたこともなかったけれど、この人は小百合の父であると同時に、巨大な宮里グループのトップに立つ存在。そんな人物の腹の中を探るのは、小百合のような小娘には荷が重過ぎた。

それでも未だ藤堂への想いを捨てきれない中、素直に「はい」と言うことはできなくて。

きゅっと口を引き結ぶ小百合に苦笑しながら、正史は続けた。

「私が小百合にお見合いを勧めるのは、これが最後だ。もちろん母さんにもそれは強く言っておく。逢坂さんと会ってどうしても『違う』ようなら、その場ではっきりと断ってくれて構わない。その後独身を貫《つらぬ》くも、新しい相手を探すも君の自由。私たちは二度と口を出さないと約束するよ」

「……そうまでして、逢坂さんに会ってほしいの？」

「それが、君のためになると信じているからね」

小百合には、両親に嘘をついた負い目がある。そしてこれを最後に、お見合い話は二度としないと言った父の言葉。何よりも、お見合いを断るために下手な小細工をしてはいけないのだと、藤堂との付き合いで痛感した。ならば今度こそ会って、自分の口からはっきりと断ろう。

「……分かりました、お会いします」

でも、と小百合は念を押す。

「本当に、これが最後よ。それでいいんでしょう?」

もちろん、と正史は笑った。

逢坂ホテルに着いた小百合は、運転手に礼を告げるとエントランスへと向かう。

顔合わせ場所は、最初のお見合い場所として指定された料亭。あの時、小百合は化粧直しをする暇もなく店へと急いだ。結局遅刻してしまったけれど、その原因こそが藤堂だったのだ。

(タクシーに横入りされた時は、本当に腹が立ったっけ)

その相手がまさか、結婚式の夜に会った「失礼男」だとは思わず、その場で固まってしまったのを今でも覚えている。最初に会った時も割り込みをされた時も、印象は最悪だった。でも結局はその人を好きになって、振り回して、そして別れを告げた。

初めて会ったのも、初めて肌と肌を触れ合わせたのも、このホテルだった。

これから会うのは藤堂以外の人なのに。どこを見ても頭に浮かぶのは彼のことだけだ。

懐かしさと、自分が手放した存在の大きさを改めて実感する。

涙腺が緩《ゆる》みそうになるのをぐっと堪《こら》える。たとえ断ることを決めているとはいえ、小百合を結婚相手にと望んでいる逢坂にこんな状態で会うのは失礼だ。互いのためにも、挨拶《あいさつ》を済ませたら早々にお断りしよう……そう思いながら、料亭に向かおうとエレベーターホールに向かった時だった。

小百合の足がピタリと止まる。エレベーターの前に、一人の男性が立っている。初めは彼のことを考え過ぎて幻を見ているのかと思った。でも、そうではない。

「瑞樹さん……？」

あの後ろ姿を見紛《みまが》うはずがなかった。小百合は咄嗟《とっさ》に柱の陰へと隠れる。そのまま息を潜《ひそ》めていると、藤堂はエレベーターに乗り込んだ。彼を乗せたエレベーターは料亭がある会員制のフロアとは違う階で止まる。初めは仕事で訪れているのかと思った。でも藤堂は、四月に転職したはずだ。

（どうして、ここにいるの？）

分からない。ただ、今ここで鉢合わせするわけにはいかないのは間違いなかった。

小百合は自《みずか》らもエレベーターに乗り込み、目的の階へと向かう。幸いにも、エレベーターの中には小百合一人。扉が閉まった瞬間、壁にもたれかかる。

もう会うことはないと思っていた、一方的に切り捨てた人。それなのに後ろ姿を見ただけで、嬉しくて仕方ない自分がいた。逞《たくま》しい背中に抱きつきたいと思ってしまった。気持ちの切り替えがつかない小百合を乗せ、エレベーターは目的のフロアで止まる。そして小百合が降りた、その時。

「っ……！」

「——久しぶりだね、小百合」

扉の前には、藤堂がいた。一瞬で、頭の中が真っ白になる。次の瞬間、小百合が取った行動は、とにかく逃げることだった。踵《きびす》を返そうとするが、その手をたやすく引き留められる。

「きゃっ！」

「逃がさないよ」

藤堂は小百合を自《みずか》らの方へと引き寄せると、エレベーターホールからは死角になる柱の隅へと身を寄せる。

「は、放して！」

「冗談。放したら、君は逃げるだろう？」

必死にもがく小百合を藤堂はきつく抱きしめる。その力強さに、たまらずかっと頬が熱くなった。

「逃げないから……だからお願い」

小百合が抵抗をやめると、ようやく抱擁《ほうよう》が緩《ゆる》んだ。しかし逃げられないようにと、囲い込んだままだ。予期せぬ再会に鼓動がどんどん速くなっていくのが分かる。藤堂の吐息を感じるほどの距離の近さに、顔を上げることができない。俯《うつむ》いたまま、小百合は静かに口を開く。

「……どうして、あなたがここにいるの？」

「お見合いがあってね」

その響きに、ほてっていた体からすっと熱が引いていくのを感じる。

結婚しないために小百合と契約を結んだ彼が、これから女性と会う。小百合に対してと同じように、他の女性に触れる。その光景を想像しただけで、心がどす黒い感情に覆《おお》われた。

自分も彼と同じ立場だということは分かっていても、もやもやが広がるのが止められない。

――それなら、私になんて構わないで行けばいい。

そう、なんでもないフリをして切り返せたら良かった。でもそんなこと、嘘でもできなくて……「行かないで」と、身勝手なことも言えない。

代わりに小百合は、藤堂の上着の裾をきゅっと握った。何も言えないまま小百合は藤堂を見上げる。そんな彼女を藤堂はじっと見下ろして——「ごめん」と不意に呟いた。

「君が逃げようとするからつい。……もうお互い、素直になろう。君が今日ここにいるのも、俺と同じ理由だろう?」

「どうして、それを……」

藤堂は胸元から名刺ケースを取り出すと、一枚小百合へと差し出した。受け取った小百合は、視線を落として息を呑む。

「——俺の見合い相手は君だよ、小百合」

『株式会社逢坂ホテル代表取締役　逢坂瑞樹』

名刺には、そう書かれていたのだ。


「ここなら、誰にも邪魔されずに話をすることができる」

その後、二人はホテルの一室へと場所を移した。小百合が案内されたのは、一目で高級だと分かるスイートルーム。逢坂ホテルの中でも最上ランクだというこの部屋は、一泊数十万は下らない。普段であれば、小百合は大いに楽しめただろう。しかし今は、部屋の壮麗さを楽しむ余裕など微塵《みじん》もなかった。

(この状況は、何)

リビングルームのソファに座った小百合は、頭を抱える。風邪でもないのにこんなにも頭が痛いのは生まれて初めてかもしれないと、本気で思った。

藤堂が、逢坂社長。

わけが分からなかった。

「逢坂スペースソリューションに勤めていると言ったのは、嘘だったの？」

対面に座った藤堂——逢坂瑞樹は、これを否定する。

「本当だよ。三月末まで働いていた。そこではずっと母方の姓である藤堂で通していたし、俺が逢坂の人間であることを知っていたのは、会社でもごく一部の人間だけだった。逢坂ホテルの代表取締役には、この四月に就任したばかりだ」

「……なぜ、あえて藤堂姓を名乗っていたの？」

「創業者一族の色眼鏡で見られたくなかった。いずれトップに立つのが決まっていたとしても、それまでの基盤がなければただの世間知らずのボンボンだ。そんな人間が上に立てば、不幸になるのは部下だからね。それならまずは、自分の力で行けるところまでいこうと思ったんだ」

その気持ちは、小百合にも分かった。自分も同じだったからだ。

なるほど。確かに「転職」であることは間違いないし、嘘はついていない。しかし婚約者になってほしいと持ち掛けた時、小百合は「逢坂瑞樹を知っているか」と聞いたはずだ。それに対して瑞樹はこう答えた。

『うちのグループ企業のトップ、逢坂会長の一人息子だ。それがどうかした？』

と。

「確かに言ったね。でも本人であることを、否定した覚えはないよ」

「それは、そうだけど！　私は言葉遊びをしたいんじゃなくてっ……」

小百合ははっとする。そうだ。彼が「逢坂瑞樹」ならば、小百合には最初に気にしなければならないことがある。そもそも「逢坂瑞樹」とのお見合いを勧めたのは、小百合の両親だ。その事実に、すっと心臓が冷えるような感覚を覚える。

「……このことをうちの両親は知っているの」

「恵介さんに限っては分からない。でも、ご両親やお姉さんは、知っている」

家族は皆、「藤堂瑞樹」が「逢坂瑞樹」であることを知っていた。

（……何、それ）

小百合は無言で立ち上がる。そして扉へ向かおうとするのを、瑞樹は慌てて止めた。

「どこに行くつもりだ」

「両親に直接話を聞くわ」

「小百合、落ち着いて――」

「落ち着けないわ、だってこれじゃあまるで、ピエロじゃない！」

何も知らなかったのは、自分だけ。瑞樹に偽装婚約を持ち掛け、両親に紹介した。しかし両親は、初対面のフリをして小百合と瑞樹を迎えたのだ。そんなことをした理由は分からないが、小百合にだけ隠していた事実は、馬鹿にされたと思っても仕方のない仕打ちだ。

「お願い、放して」

引き留める瑞樹の手を小百合は振り払おうとした。しかし――

「君の家族は何も悪くない！　全部、俺が頼んだことなんだ」

その言葉に、小百合はピタリと抵抗を止める。

「……どういうこと？」

瑞樹は両手を小百合の肩に置く。そしてゆっくりと、真剣な面持ちで話し始めた。

――そもそもは、両家の両親……美冬と美里がきっかけだった。

宮里家と逢坂家は元々仕事上の付き合いがあり、その延長で両家の夫人同士も自然と親しくなった。互いに年頃の男女を子供に持つ身。さらにはそれが独身で、仕事一筋という共通点もあると知った二人の間には、自然とお見合い話が浮上したという。

しかし当の瑞樹はといえばまるで結婚に興味はなかった。それなのに何度もお見合いの話をされ、面倒だとさえ思っていた。だから当然、初めて小百合との見合い話を持ち掛けられた時は、断るつもりでいたという。

「母親ばかりが乗り気で、正直面倒だとさえ思っていた。……多分、小百合も同じだと思うけど」

小百合は頷いた。瑞樹の言う通りだったからだ。

「でも、ある日をきっかけに俺の考えは一気に変わった。どうしてもこの見合い話を成功させたい。――君が欲しいと、強く思った」

思いがけない言葉に、小百合は言葉を失う。

「……一目惚れだった」

瑞樹は微笑む。思わず小百合が見惚れてしまうほど、優しい笑顔だった。

「美貴子さんの結婚式の夜、酔っ払いに啖呵《たんか》を切った君から目を離すことができなかった。綺麗で、強くて……それなのに今にも泣きそうな顔をしている姿に、やられたんだ」

酔っ払いとの会話から、小百合が宮里家の次女であることは、すぐに分かった。

「こんなことを言ったら小百合は笑うかもしれないけど……一目惚れした相手がお見合いの相手だと知った時は、運命だと思ったよ。あの時ばかりは母に感謝したね。このチャンスを逃すわけにはいかない、絶対に君を手に入れてみせると心に決めた」

瑞樹はそれまでの考えを一変させて、小百合との関係を進めるべく積極的に動いた。

しかし、いざ見合い当日の日、どうしても外せない緊急の仕事が入ってしまい、会うことができなかった。せっかく掴みかけたチャンスを逃し凹《へこ》みながらもタクシーを拾おうとした時、小百合と再会した。

「まさかあんなところで会えるとは思わなくて、驚いた。本当はゆっくり話したかったけれど、あの時はとにかく急いでいて……だから、俺がいなくても、君だけはホテルでゆっくり食事をすればいいとも言ったし、お見合いに出られなかった埋め合わせのつもりで名刺を渡したんだ」

これにはさすがに小百合も驚いた。彼がお見合い相手だと知らなかった小百合は、彼の言葉を全く別の意味で——嫌味として受け取っていたからだ。そして誤解したまま、連絡をした。

「小百合から電話をもらって初めて、君が俺を見合い相手だと知らないことに気づいた。……驚いたよ。まさか婚約者になってほしいと思っている相手から、偽装婚約を持ち掛けられるなんてね。しかもその理由が、『逢坂瑞樹と結婚したくないから』だ。その上、俺を選んだ理由は『好きにならないと思ったから』なんて言われて……正直、面白くなかった」

男としてのプライドを刺激された瑞樹は、同時にあることを誓った。

「絶対に俺を好きにさせてみせる、そう決めた」

小百合が「逢坂瑞樹」との婚約を望んでいないことは、よく分かった。もしもあの場で自分が逢坂の人間であることが知られたら、その場で全てが終わってしまう。

「だったら、逢坂や御曹司の肩書なんて関係ない『ただの瑞樹』を知って、好きになってもらおうと思った。ありのままの俺を知った上で、惚れさせてみせると思ったんだ」

そのためにも瑞樹は、小百合の両親には何も知らないフリをしてくれるように頼んだ。

初めは戸惑っていた正史と美冬だが、瑞樹の小百合への真剣な気持ちに、協力してくれたのだという。

――美貴子を、除いては。

「実は昔、美貴子さんの婚約者候補に俺の名前が挙がったことがある。でも、俺は結婚に興味はなかったし、彼女には恵介さんがいた。だからこの話は立ち消えたんだ。とはいえ、俺も彼女も互いの存在くらいは知っていた。だからだろうね。俺が内々に宮里家にお邪魔して君の両親に協力を依頼した時、彼女だけは良い顔をしなかった。俺が、何か別の目的があって小百合に近づいたとでも思ったんだろう。君と婚約してからも一度、このホテルに呼び出されて、言われたよ」

『あなたが本当に小百合ちゃんのことが好きなら、私が言えることは何もありません。でももしも妹を傷つけて、泣かせるようなことがあれば……私はあなたを許さない』

「彼女は、本当に君のことが大切なんだな。でも、俺もそんなことを言われても引けない。だから、誠心誠意自分の気持ちを伝えたつもりだ。最終的には、理解してくれたんだと思う」

「瑞樹さんの気持ち？」

「俺が、どれほど君を想っているかをね」

瑞樹は微笑む。

「本当は、婚約期間の六ヵ月が終わったら全て話すつもりだったんだ。全部を知ってもらった上で、改めてプロポーズしようと思った。もっとも、その前に振られてしまったけどね」

小百合を見つめるその視線は、どこまでも優しく、穏やかだ。

「でもこのまま終わりにするつもりなんて、もちろんなかった。だから今俺は、ここにいる。藤堂瑞樹としてではなく、逢坂瑞樹として。——これが、俺が黙っていた全てだ」

全てを聞き終えてなお、小百合は黙ったままでいた。何も、言えなかったのだ。異性として意識しているのも、好きだと思っているのも、全て自分だけだと思っていた。

でも、違った。

『期間限定とはいえ俺たちは婚約者。君が望んだ通り、これから六ヵ月間、俺は君を本当の婚約者と思って接するからそのつもりでね』

あの時も。

『——他の男のことなんか考える暇がないくらい、俺は君のことを大切にする』

この時も。

瑞樹は、初めて出会った時から小百合だけを見ていた。

家族まで巻き込み、逢坂であることを隠されていたことへの戸惑いや怒りは、少なからず存在する。でもそれらは全て小百合を手に入れるためだった。「逢坂さんと結婚したくない」、そう言ったから……

「……ごめんなさい」

全てを聞き終えた小百合がようやく言えたのは、その一言だけだった。

実家で唯一、美貴子だけが瑞樹に厳しい態度だったのも、二人がホテルで会っていたことも、全ては小百合のためだった。それなのに自分は、瑞樹のことも美貴子のことも信じることができなかった。嫉妬して、怖がって、その理由を聞くこともせずに一方的に避けて……傷つけたのだ。

「本当に、ごめんなさい」

避け続けた理由を吐露《とろ》しながら、小百合は何度も謝る。そんな彼女を瑞樹はそっと抱き寄せた。

「小百合が謝る必要なんて、どこにもない」

「でもっ……！」

耳元に届く声の甘さに、たまらず涙が溢れる。久しぶりの抱擁《ほうよう》は温かくて、優しくて……頬を伝う涙を止めることができなかった。

「泣かないで。好きな人が泣いているのを見るのは、辛い」

「瑞樹さんが、私を好き……？」

「そんなに信じられない？」

小百合は首を横に振る。こんなにもまっすぐ想いを伝えられて、嘘だなんて思わない、でも。

「私の好きな人が瑞樹さんだったらって、言った時……あなたは、とても困った顔をしていたわ」

「ああ、あれは。驚いてどんな反応をすればいいのか分からなかったんだ。それで君を傷つけてしまったなら……本当に、ごめん」

瑞樹は、小百合の目元を優しく親指で拭《ぬぐ》う。

「君の姉さんに『泣かせるな』って言われたのに。結局、泣かせちゃったな」

そして彼は胸元のポケットからあるものを取り出した。

「それ……」

「言っただろう？　『この指輪は預かるだけだ。絶対にもう一度、君に嵌《は》めてみせる』って」

瑞樹はそっと小百合の左手を取る。一度は外したはずの婚約指輪を、再び嵌《は》めるために。

「君が好きだ。俺と、結婚してほしい」

「……私で、いいの？」

こんなにも可愛げがなくて、意地を張ってしまうような自分で。

「小百合がいいんだ」

藤堂は笑う。

「君だけが欲しい。——君以外は、いらない」

そして二人は唇を重ねる。

言葉は、なかった。


小百合を横抱きにした瑞樹は、まっすぐベッドルームへと向かう。

「瑞樹さ……んっ！」

キングサイズのベッドにそっと横たえられた小百合が、名前を呼んだ時だった。柔らかなベッドに背中を預けた瞬間、唇を覆《おお》われた。瑞樹は、両手を小百合の顔の横に突き立てて囲い込む。そのまま覆《おお》いかぶさってきた彼は、舌をぐっと奥へと差し込んだ。

呼吸も声も発することなど許さないとばかりに強引なキス。

——小百合が欲しいと、瑞樹は言った。

それは、小百合も同じ。

だからこそ、心はどうしようもなく喜んでいた。こんなにも瑞樹が自分を求めていることが、嬉しくて……体が疼《うず》いて、仕方ない。

瑞樹は小百合の歯列をなぞり、次いで口内をなぞる。

息つく間もないほどの荒々しい口づけだった。

反射的に小百合が舌を引っ込めようとすると、瑞樹は容赦なくそれを絡め取り、吸いついてくる。

「っは……くるし……！」

呼吸を求めて小百合が唇を開く。瑞樹は、それを煽《あお》るようにくすりと笑った。

「久しぶりだから、呼吸の仕方を忘れた？」

「そんな、こと……」

「――なら、何度でも教えるよ。二度と、俺から離れようなんて思わないように」

瑞樹はペロリ、と舌先で自《みず》らの唇を舐める。

（なんて顔を、するの）

壮絶なまでの色気だった。妖艶《ようえん》な弧を描くその唇に、小百合の喉は思わずごくりと鳴った。

「いいね、その顔」

「え……？」

「俺が欲しくて仕方ないって、顔に書いてある。――欲情している、女性の顔だ」

「そんなことっ……！」

小百合は、図星をさされた羞恥心《しゅうちしん》から咄嗟《とっさ》に顔を背《そむ》けようとする。しかしそれは叶わなかった。

「ダメだよ、小百合」

形の良い長い指先が、小百合の頤《おとがい》に触れた。

「俺から顔を背《そむ》けるなんて許さない」

「瑞樹さん……？」

「今回君に振られたことで、改めて気づいたことがある。俺は、君に関しては独占欲の塊なんだ。君の瞳に映る男は、俺だけでいいと思うくらいにね」

だから、と瑞樹は妖艶《ようえん》に笑む。

「もう二度と、余所見《よそみ》なんてさせない。――君は、俺だけを見ていればいい」

瑞樹は、片手で襟元を緩《ゆる》めてネクタイを引き抜いた。見下ろされた小百合の視界に、瑞樹の露《あら》わになった喉仏が飛び込んでくる。隆起したそこがごくん、と動いた瞬間、雄の気配が充満した。

瑞樹は、スーツの上着もシャツも一気に脱ぎ捨てる。露《あら》わになったのは、彫刻のように均整の取れた体だ。瑞樹の呼吸に合わせて上下する熱い胸板、引き締まった腰に逞《たくま》しい腕。

見るのはこれが初めてではないのに――既に一度抱き合っているのに、小百合は鼓動が速まるのを抑えることができなかった。

——今から、この体に抱かれる。

それを改めて自覚した瞬間、ズクン、と体の芯が疼《うず》いた。

俺以外を見るな、なんて言われるまでもなかった。今この瞬間、小百合が見ているのは瑞樹だけだ。目も、耳も、鼻も。瑞樹の体、唇から伝わる息づかい、微《かす》かな汗を孕《はら》んだ体臭。五感全てで彼を感じている。瑞樹もまた、それを感じ取っていたのだろう。

「良い子だ。——そのまま、目を逸らさないで」

そう言って瑞樹は、手早く小百合のシャツのボタンを外していった。

「待っ……！」

「これ以上待てないよ」

シャツの前を合わせようとするが、そんな間を与えてくれるはずもなく。瑞樹はいともたやすくシャツを脱がせると、次いでブラジャーのホックを外して、ベッドの外へと放り投げた。

途端に露《あら》わになった豊かな双丘を、瑞樹は容赦なく揉みしだいた。

「んっ」

不意打ちの刺激に小百合はたまらず声を上げる。すると瑞樹は、お仕置きするように胸の先端をきゅっと指先で摘まんだ。

「はっ……ぁん」

自分のいやらしい声が響く。ダイレクトな刺激に生理的な涙が目尻に浮かんだ。瑞樹はそれをペロリと舌先で受け止める。その間も、コリコリと先端をいじる手を止めることはない。

「あっ……それ、だめぇ……！」

「エロい声。小百合のそういう声を聞くといじめたくなるから、困る」

「そういうこと、言わないでっ！」

声や吐息だけで背筋が震えそうになっている今、言葉でも攻められたら、もうまともな思考を保てそうになかった。

瑞樹は、小百合を欲しいと言ったのに。

まるで焦《じ》らすような手付きも、言葉も、もどかしくてたまらなかった。

小百合は、快感に耐えながらもなんとか目を開けて、弱々しくも瑞樹に目で抗議する。

だがその視線こそが彼を煽《あお》っているのだと、小百合は気づかない。

「――その顔は、反則」

「顔……？」

「触ってほしくて仕方ないって訴えてる、いやらしい顔だ」

「っ……！」

いやらしい、だなんて。

自覚があるからこそ、恥ずかしくてたまらなかった。

不感症なのでは、と思い悩んでいたのが遠い昔の出来事のようだ。

だって、今の小百合は間違いなく「感じて」いる。弄《もてあそ》ばれた胸だけではなく……もっと違うところが――触れられてもいない、太ももの内側が疼《うず》いて、熱くて仕方ない。

「小百合のここ、ツンと立ってる。ピンク色で、柔らかくて……すごく可愛い」

「あっ、舐めちゃ、ゃっ！」

「どうして？　……こんなに甘いのに」

瑞樹は唇からキスを移しながら、胸への愛撫を止めることはない。

羽根のようにやんわりと優しく触れたかと思えば、不意に先端を摘まみ、荒々しく揉みしだく。緩急《かんきゅう》あるその手付きに、小百合の息はもう絶え絶えだ。

「あんっ……！」

体の中心が疼《うず》いて、無意識に腰が揺れる。そんな姿に、瑞樹は笑みを深めた。

「腰が動いてる」

「っ……！」

瑞樹は小百合のスカートの裾をたくし上げる。一気にストッキングを脱がせると、素肌の太ももに手を伸ばした。そのまま、感触を堪能するように何度もやわやわと揉む。

でも、上に行こうとはしない。

太ももの付け根まではいじるのに、まるで焦《じ》らすように、それ以上先には進もうとしないのだ。

「なんでっ」

「小百合、どうかした？」

試すような口ぶりに小百合は息を乱しながら答える。

「分かってるくせに、聞かないでっ……！」

どうかしたか、だなんて白々しいにもほどがある。

「もう、ゃぁ……」

小百合の中心はもうぐしょぐしょだ。自分で触れなくても、下着が濡れているのが分かる。

キスして、胸をいじられて……その時からもうずっと、疼《うず》いて仕方ないのだ。

瑞樹によってこんなにもいやらしくなってしまった自分の体。それなのに目の前の彼は、まるで快感に耐える小百合の反応を楽しむかのように、際どい部分を攻め続ける。

「小百合、俺を見て」

瑞樹は目を細めて言った。

「――辛いなら、お願いするんだ」

「お願い……？」

「どうしてほしいのか、どこを触ってほしいのか、俺に教えて」

「こういう時だけ、どうしてそんなにSなのっ……！」

「そんなの決まってる。小百合が可愛過ぎるのがいけない」

「趣味が悪いわっ」

「冗談。俺以上に女性の趣味がいい男はいないよ」

　このタイミングでこんな軽口の応酬をするなんて、予想もしなかった。平常時の小百合であれば、もっと言い返していたかもしれない。でも今、これ以上会話を長引かせるのは、無理だった。

「さあ小百合、言ってごらん」

　羞恥心《しゅうちしん》や理性なんて、今はもう知らない。

　これ以上我慢するなんて――もう、できない。

（欲しい）

　瑞樹によって与えられる――彼にしか与えられない、あの感覚が。

「……て……」

「聞こえないよ」

　甘くて意地悪な囁《ささや》きに、小百合は言った。

「お願い、触ってぇ……！」

次の瞬間、スカートごと下着も一気に剥《は》ぎ取られた。瑞樹は、既に十分潤《うるお》っている花弁を親指できゅっと押す。そして蜜壷から溢れる愛液を指に絡めると、一気に二本挿入させた。

「ああっ……！」

「……指が吸いついて離れない」

（そうしたのは、あなたでしょう！）

そんな風に言い返す余裕なんてどこにもなかった。待ち望んでいた感覚に、小百合はただ身を任せる。内壁をこすられる度に甘い痺《しび》れが背筋を駆けのぼって、目の前がちかちかする。

「んんっ」

小刻みに揺れる指の感触に、たまらず声が漏れる。

「可愛い、小百合」

ちゅっと耳を吸われる。

「ひゃっ！」

耳裏に感じた吐息に、ぞくりとした感覚が背筋を走った。同時に、無意識に体の内側に力が入ってしまい、咥《くわ》え込んだ指先を挟んでしまう。

「すごいな……」

「ちがっ、わざとじゃっ……！」

わざとじゃないのに！

そう言いかけた言葉は、キスに奪われてしまった。

くちゅくちゅと耳に届く音がいやらしくて、たまらない。嵐のように激しい口づけも、荒々しい吐息も、自《みずか》らが奏でる粘着質な音も、全てが小百合の耳を刺激して、いっそう内側から熱が溢れ出る。

「――んっ……！」

その時、瑞樹の指がある一点を突く。瞬間、大きく背中を反らせて声を上げる小百合に、瑞樹は意地悪く笑った。

「小百合は、ここが好きだったな」

そう言って瑞樹は、そこを重点的にいじっていく。

長くて形の良い指をギリギリまで引き抜いたかと思えば、一気に差し込んで……その合間も、陰核をこねくり回すのは止めない。

（頭、おかしくなりそうっ……！）

終わることのない愛撫に小百合はもう、首を横に振ることしかできなかった。

唇をきゅっと引き結んでひたすら快感に耐える。しかし瑞樹はそれさえも許さないとばかりに、舌で強引に口をこじ開けた。

「声、我慢しないで。小百合の可愛い声を俺に聞かせて？」

——瑞樹さんは、ずるい。

さっきのように言葉攻めをして懇願《こんがん》させたかと思えば、こんな風に甘く優しく囁《ささや》くなんて。でもそんな意地悪なところも、優しいところも……小百合は、好きでたまらないのだ。

「……き……」

「小百合？」

小百合は両手を瑞樹の首へと伸ばすと、きゅっと抱きつく。

「……好き」

言葉に出せば、思いはいっそう心の内側から溢れ出た。

「瑞樹さんのことが、大好き」

一度は自分から手放した人。一人で勝手に傷ついて、怖がって。離れることが彼のためだと、一番良いのだと本気で思った。でも、今なら自分がどれほど愚かなことをしてしまったのか分かる。

（この人を、誰にも渡したくない）

瑞樹は、自分を独占欲の塊だと言った。でもそれは小百合も同じだ。美貴子が名前を呼んだだけで嫉妬した。今日、彼がお見合いするのだと言った時、心臓が掴まれたような痛みを感じた。

「……もうとっくにあなた以外、目に入らないわ。だって私が感じるのは、あなただけなんだもの」

今の小百合には、この人が、この体が、自分以外の誰か別の人の物になるなんて耐えられない。

「――っ君って人は……！」

小百合の告白に瑞樹は唇をきゅっと噛む。そして彼女の腰を抱き上げると、そのまま体ごと反転させた。

「きゃっ！」

先程まで自分がいた位置に瑞樹がいる。反対に、小百合は彼の体に跨《また》がっていた。

今の小百合は何も身に纏《まと》っていない。一方の瑞樹と言えば、上半身こそ裸だったものの、下半身はスラックスを履いたままだ。そんな状態で跨《また》がった今、小百合の蜜がじんわりと藤堂の服を濡らしていく。その光景にたまらず顔を背《そむ》けようとするけれど、キスで封じられてしまう。

「ふっ……ぁ」

瑞樹は小百合の唇をこじ開けて舌を絡め取る。唇の端を伝った唾液をぺろりと舐めると、いっそう口づけを深めていった。

二人の荒い吐息が、唾液と、熱とともに混じり合う。必死に彼に応えようとする小百合の前で、瑞樹は服を全て脱ぎ捨てた。

「――小百合。俺を受け入れて」

瑞樹は、太く屹立《きつりつ》した己《おのれ》に避妊具を装着すると――一気に、下から貫《つらぬ》いた。

「ああっ……！」

内側に感じる圧迫感に、小百合の背中が大きく反る。

（おっきいっ……！）

一瞬で、目の前がちかちかした。十分に慣らされたそこは、たやすく根元まで咥《くわ》え込む。指とは比べ物にならない質量なのに、溢れる蜜が潤滑油となって引き込んでいく。

「相変わらず、すごいな」

藤堂は息を乱しながら、小百合を見上げる。

「すごいって、何がっ……」

「君の中が気持ち良過ぎるってことだよ」

小百合の腰に両手を添えた瑞樹は、容赦なく腰を押しつけた。呼吸を忘れるほどの激しいピストンに、小百合は彼の首に必死にしがみつく。愛液を纏《まと》ったそれは、いともたやすく小百合の最奥を突いた。

「ああっ」

あまりの快感に無意識に腰を浮かせようとする小百合に、瑞樹は容赦なく腰を打ちつける。

「逃がさないって、言っただろう？」

逃げてなんていないのに！

瑞樹がそう思うのだとしたら、彼のピストンがあまりに激し過ぎて、小百合がついていけてないからだ。緩急《かんきゅう》をつけた下からの挿入に、気づけば小百合は自《みずか》らも腰を揺らしていた。初めはぎこちなかった動きは、すぐに瑞樹の律動に呼応する。打ちつけられる度に、ぐっと奥まで押し込まれて、かと思えば引き抜かれて――その度に、膣は収縮して、瑞樹を絡め取って、放さない。

（もう、だめっ……）

辛い。苦しい。逃げたい。

それと同じくらい、別の感情が体の内側で沸き上がる。

――気持ち良い。

もっと、もっと、彼が欲しい。

瑞樹を感じたい。

「変になっちゃうっ……」

「なればいい。煽《あお》ったのは、君だ」

煽《あお》ってなんかない、なんて言い返す余裕はなかった。

ダイレクトな刺激に子宮が疼《うず》く。体全体がこの感覚を、熱を求めている。小百合は、さらに腰を揺らす。激しく打ちつける瑞樹の動きに合わせるように自《みずか》らも腰を上下して、もっと、もっと……と求め続ける。圧倒的な質量は苦しいのに、同時に気持ち良くてたまらない。

瑞樹は、小百合の両脚に手をかけると、大きく広げさせた。

「待っ、それだめっ……深くなっちゃう！」

そのまま瑞樹が覆《おお》いかぶさり、正常位になると、いっそう深く抽挿する。

ズンと奥まで腰を進めて、一気に引き抜いて——

「ああっ！」

「っ……！」

悲鳴にも似た声を上げた小百合と同時に、膣の中で避妊具越しに熱が弾《はじ》けたのを感じた。

ピクン、ピクンと脚が小刻みに震える。瑞樹を咥《くわ》え込んだままの内側から、とろりと愛液が零《こぼ》れて、シーツをじんわりと濡らしていく。

——イってしまった……

あまりの気持ち良さに、思考がぼんやりしている。一方で小百合の体は、快感の余韻に浸《ひた》るように小刻みに震えていた。そしてそれは、瑞樹も同じだった。はあはあと息を乱した彼の上半身から力が抜ける。瑞樹は脱力して、小百合へともたれかかった。

「気持ち良過ぎて、やばい」

瑞樹の顔が、小百合の豊かな双丘の間にすっぽりと収まる。溢れんばかりの雄の香りを漂《ただよ》わせながらも、甘えるようなその仕草に母性本能をくすぐられたのか、小百合の頬は自然と緩《ゆる》む。

「……瑞樹さん、可愛い」

イった直後ということもあって気が緩《ゆる》んでいたのかもしれない。ポロリと零《こぼ》れた小百合の本音に、瑞樹は胸から顔を上げる。彼は驚いたように小百合を見つめた後、ふっと唇の端を上げて——両手で小百合の足首を掴むと、大きく横に広げた。

「やっ……」

「『可愛い』なんて、随分と余裕だね、小百合」

「そんなことなっ……って、瑞樹さん？」

小百合は、目の前の光景が信じられなくて目を丸くする。瑞樹は、小百合に突き刺さったままだったそれを一気に引き抜き、避妊具を手早く取り外すと——また新たに装着したのだ。

「ど、どうしてっ」

なんで、またそんなに大きくなっているの！　声には出さない小百合の問いに答えるように、瑞樹は艶《つや》っぽく笑む。

「誰が、これで終わりだって言った？」

「ちょっと待っ……ああんっ！」

最後まで言わせてもらうことも、できなかった。小百合の両足首を掴んだ瑞樹は、それを大きく広げたまま――一気に己《おのれ》の腰を打ちつけたのだ。

足首を掴まれているから、小百合の腰も自然と天井を向いてしまう。照明の灯りの下、濡れそぼった小百合の秘部は瑞樹の眼前に晒《さら》されていた。ほとんど直角に腰を浮かせた体勢に、小百合は羞恥心《しゅうちしん》からいやいやと首を振る。

「気持ちいい？」

「この体勢、やだぁ……」

「答えるんだ、小百合」

言いながら、瑞樹は激しく突き立てる。騎乗位から正常位、そして今度は真上からの挿入に、小百合の意識は今にも飛びそうだった。一度達したそこは、今まで以上にたやすく瑞樹を咥《くわ》え込む。

蜜が滴《したた》り落ちる瞬間も、隆起したそれを深々と咥《くわ》え込むところも。全てを晒《さら》してしまった。

「いっ……！」

微《かす》かに残っていた羞恥心《しゅうちしん》に勝ったのは、瑞樹を求める本能だった。

瑞樹が教えてくれた。頭がどうにかなってしまいそうなほどの、圧倒的な快楽。

「気持ち、いいっ！」

もう、理性なんてどこにもなかった。

「あっ……んっ……！」

自《みずか》らの本能に身を任せて、小百合は瑞樹の律動に合わせ、自分からも腰を打ちつける。

その度に体の芯を貫《つらぬ》かれるような熱さに襲われた。頭の奥がちりちりと焼けつきそうに熱い。膣が瑞樹を捕らえて放さないのが、自分でも分かった。

「瑞樹さんっ……！」

小百合は、瑞樹へと手を伸ばす。

――もっと。もっと、深く、あなたを感じたい。

彼はその手をぎゅっと包み込むと、顔を小百合の耳元に寄せて、囁《ささや》いた。

「俺も、最高に気持ちいい。――小百合。俺を、受け止めて」

そう言って瑞樹は一気に引き抜いて、突き刺した。

自分の形を刻み込むように、何度も、何度も。

「もうっ、だめっ……イっちゃう……！」

既に限界は近かった。息もできないほどの快楽に、何度も意識が飛びそうになる。目の前がちかちかして、気持ち良さから背中を何かが駆け抜ける。体を貫《つらぬ》くこの熱が、肌に触れるぬくもりが、彼から伝わる全てが嬉しかった。こんなにも激しく自《みずか》らを求めてくれる瑞樹が、愛おしくてたまらない。

「好きだ」

瑞樹は言った。

「誰にも、渡さない……俺の、俺だけのっ……」

「あっ……瑞樹、さっ……！」

小百合は必死にしがみつく。その瞬間、何かが目の前で弾《はじ》けた。

「――愛している」

そんな声が、聞こえた気がした。

◇―＊◆＊―◇

自分を抱きしめるぬくもりが気持ち良い。何度も髪を撫でられて、耳に触れられる。額《ひたい》にキスが下りてきたと思えば、首筋を軽く吸われる。ちくん、と感じた甘い痛みに、心地よい微睡《まどろみ》に浸《ひた》っていた小百合はゆっくりと瞼《まぶた》を開ける。

「……くすぐったいわ」

わざと怒ったような声を出すと、瑞樹はくすりと笑う。

「起こしちゃった？」

「こんなに触られたらね」

そんな彼に小百合もまた微笑み、そっと彼の体に身を寄せた。以前、瑞樹と肌を重ねたことはあった。しかし互いに心を通わせてからのセックスは初めてで……こんなにも幸せな気持ちになれるなんて、知らなかった。

愛おしい相手がこうして隣にいる。手を伸ばせばすぐに触れられる場所にいて、自分に向けて微笑んでくれる。それも全ては瑞樹が自分を見つけてくれたからだ。それ以外にも両親や姉、恵介。色んな人と関わり、迷惑をかけて、今がある。

その幸せと奇跡を噛みしめながら、小百合は今一度ぎゅっと瑞樹に体を寄せた。

「何を考えてる？」

「色んな人に迷惑をかけてしまったな、って。姉さんにも、謝らないと」

「あの人ならきっと許してくれるよ。……でも、困ったな」

瑞樹もまた、そんな小百合を強く抱きしめる。

「小百合とこうしていられるなんて、幸せ過ぎて夢みたいだ」

「大袈裟ね？」

「大袈裟なもんか。今の状態を昔の俺に伝えたら、きっと泣いて喜ぶよ。『あなたなら、好きにならない』って言われた時は、正直かなり焦っていたからね」

だからこそやる気に火がついたけど、と瑞樹は悪戯《いたずら》っぽく笑った。

出会った時から今まで、小百合の目に瑞樹はいつも余裕たっぷりに映っていた。そんな彼に初めのうちは「舐められてはいけない」と意地を張って、男性経験がないことを隠して。でも結局は、トラウマも何もかも、全てひっくるめて包み込んでくれた。

小百合にとっての瑞樹はずっと、常に自分の一歩も二歩も先を歩いている大人の男だったのだ。

だからこそ「焦った」という瑞樹の告白は、とても意外で。彼が見せた素の表情に、小百合は自然と笑みを零《こぼ》す。

「……小百合？」

そんな小百合に、瑞樹は不思議そうに目を瞬《また》かせる。そんな仕草さえも今は少しだけあどけなく見えて、小百合は「ごめんなさい」とくすりと笑った。

「いつだってあなたは強気で、自信家に見えたから……まさかそんなことを言うなんて思わなくて」

「ああ、そういうことか」

瑞樹は大袈裟に肩をすくめる。

「それくらいじゃないと、意地っ張りな誰かさんを落とすことはできないと思ったからな」

「……それって、私のこと？」

「違うとでも？」

意地っ張り。その言葉に、小百合は「違わないわね」と苦笑した。

「瑞樹さん」

「ん？」

本当に、自分でも面倒くさい女だと思う。でも瑞樹はそんな自分を必要としてくれた。

小百合しかいらないのだと、抱きしめてくれた。

「……ありがとう」

こんな自分を好きだと言ってくれて。諦めずに、手を伸ばしてくれて。

「愛しているわ」

――これからそう遠くない日、この婚約指輪は結婚指輪に変わるだろう。

XII

六月初旬。梅雨《つゆ》晴れの今日、小百合と瑞樹は結婚式を挙げる。

場所は、逢坂ホテル。二人が出会った始まりの場所だ。

（……まだ、夢を見ているみたい）

新婦の控室で一人、小百合は、鏡の中に映る自分をどこか夢見心地で眺める。

緩《ゆる》く編み込んだ髪にそっと載せられたティアラ。綺麗に化粧を施《ほどこ》された顔に、耳元で軽やかに揺れるイヤリング。ざっくりと開いたデコルテを彩《いろど》るネックレス。そして身に纏《まと》うのは、純白のウェディングドレスだ。

――純白。

それは、自分には一生縁がないと思っていた色。でも本当は、ずっと憧れていた色でもある。

婚活コンサルタントの小百合は、カップリングが成立した女性たちがその色を身に纏《まと》うのを、数えきれないほど見てきた。

汚れのない真っ白なウェディングドレスを着た彼女たちは、皆輝いて綺麗だった。その色をまさか自分が着る日が来るなんて、一年前は、想像もしていなかった。

瑞樹と知り合って約一年。そして恋人になってからの今日までは、慌ただしく過ぎた。

何せこのわずかな期間で両家の顔合わせ、結納、式場の予約に新婚旅行の手配まで、一気に済ませたのだ。それはもう目の回るような忙しさだった。

晴れて瑞樹にプロポーズされた小百合だが、当初はこんなに早く結婚式を執り行《おこな》うとは思っていなかった。こうなった大きな理由は、瑞樹の意向だ。

『よし、こうなったらすぐに式場を押さえよう。立場上、結婚式は逢坂ホテルで挙げさせてもらうことになるけど、その分プランの希望があれば何でも言ってほしい。新居はとりあえず俺のところに引っ越してもらうとして……あとは新婚旅行も手配しないといけないね。ああ、その前に両家の顔合わせをして、結納か。これから忙しくなるな』

晴れて真の婚約者となった瑞樹は、すれ違っていた時間を取り戻すように精力的に動いた。

おかげで婚約話はトントン拍子に進んだ。二人の両親はといえば、元々子供たちが結婚することを望んでいたこともあり、この婚約を心から歓迎した。

瑞樹と恋人同士になった当初、小百合は、瑞樹の正体を知りながら黙っていた両親と姉との接し方に少しだけ悩んだ。でも考えてみれば、もしも初めからお見合い相手が『ホテルで出会った失礼男』だと知っていたら、小百合が瑞樹を好きになることも、そもそも偽装婚約を持ち掛けることもなかっただろう。

それを考えると、結果オーライな気がしてしまったのだ。

そしてあっという間に時は過ぎ、今日この日を迎えた。

「小百合、準備はできた？」

扉が開き、入ってきた瑞樹と鏡越しに目が合う。黒のタキシードを着た瑞樹は息を呑むほど格好良い。一方の瑞樹も、鏡の中の小百合を見つめたまま、固まったように動かない。

「瑞樹さん？」

小百合は不思議に思って振り返る。すると彼ははっとしたように目を瞬《またた》かせると、

「……綺麗過ぎて、見惚れてた」

と、とろけるように微笑んだ。

「な、何言ってるの……試着の時も見たでしょう？」

不意打ちの賛辞に頬が熱くなる。照れ隠しに視線を逸らそうとすると、目の前に立った瑞樹はそっと小百合の頤《おとがい》に触れた。

「見る度に綺麗だと思うんだから仕方ない。それに今日は、挙式本番だ。……君との結婚式だなんて、正直まだ夢を見ているみたいだ」

全く同じことを考えていた小百合は、照れながらもくすりと笑う。

「……私も、同じことを考えていたわ」

「同じこと？」

「今日が結婚式だなんて夢みたいだって。あとは……瑞樹さんがあまりにも素敵で、見惚れちゃった」

素直に伝えると、瑞樹は目を丸くした後、「ありがとう」と微笑んだ。

偽装婚約をしていた時は、こんな風に面と向かって気持ちを伝えることはできなかった。しかし彼とすれ違う中で、素直になることの大切さを知った。だから小百合は、なるべく自分の気持ちを伝えるようにしている。もっとも、恥ずかしさは残っているし、未だ慣れない部分もあるのだけれど。

「――さて、と。そろそろ時間だね」

新郎である瑞樹は先に会場に入り、祭壇の前で新婦を待つ。そして小百合は父の正史に導《みちび》かれ、バージンロードを歩くのだ。

「小百合」

瑞樹は小百合の耳元に顔を寄せて、言った。

「覚悟して。俺はもう君を逃がさないよ」

色気に満ちた掠《かす》れた言葉に、かあっと頬が熱くなる。瑞樹はそんな彼女の反応に満足そうな笑みを浮かべると、耳元にちゅっと音だけのキスを残して出ていったのだった。

残された小百合は、手で耳を押さえて椅子に座り込む。鏡に映る自分は、耳まで真っ赤だ。もうすぐ係の人が呼びに来るのに、これでは不思議に思われてしまう。

(……瑞樹さんの、馬鹿)

恥ずかしい。でも、そんな剥《む》き出しの執着心を「嬉しい」と思ってしまうほど、既に小百合は身も心も瑞樹に捕らわれていた。

父に寄り添いバージンロードを歩く小百合は、自分を待つ瑞樹を見つめる。一歩、一歩ゆっくりと進みながら、頭の中では彼と出会ってから今日までのことが思い起こされていた。

——出会いは、最悪だった。

第一印象は、見た目だけは一級品の嫌味な男。整った顔立ち、色気のある低く掠《かす》れた声、長くて形の良い指先。瑞樹という人は、どこを切り取っても極上の男だった。

そんな相手に偽装婚約を持ち掛けたのは、「この人なら好きにならない」という確信があったから。

もしも彼が本当に見た目だけの男性であれば、小百合は今、ここにいない。

しかし瑞樹の最大の魅力は、見た目ではなかった。

彼は、優しくて、強くて、自信に満ちていて……そして、「小百合」という女性を強く求めてくれた。必要としてくれたのだ。

そんな彼に、小百合は転がり落ちるように惹かれていった。

偽りから始まった関係。だからこそ彼への気持ちを自覚した時、戸惑って、悩んで……

そして、逃げてしまった。

でも瑞樹は、そんな小百合を諦めないでくれた。

愛している、と。

もう逃がさないと、甘い束縛の言葉を囁《ささや》いてくれた。約束の証を左手の薬指にくれたのだ。

（今度は、私が伝える番）

小百合の腕が父から離れ、瑞樹へと渡される。太く逞《たくま》しい腕に手を絡めて、二人はゆっくりと祭壇へと歩き始めた。列席者に見守られる中、二人は誓いの言葉を交わす。

そして小百合の左手の薬指に結婚指輪が嵌《は》められた。次は、小百合が瑞樹に嵌《は》める番。

「瑞樹さん」

その時、小百合は彼にだけ聞こえる声で名前を呼んだ。

（あなたは、私を逃がさないと言った）

それなら自分もまた、伝えよう。

「覚悟してね。私も、あなたのことを放さないわ」

瑞樹は、驚いたように息を呑み、それから小さく笑った。

「望むところだ」

――そして指輪は、嵌《は》められた。

書き下ろし番外編

甘やかな朝

どこか心地よい疲労感を感じながら、瑞樹は重たい瞼《まぶた》を開ける。

自宅の寝室ではない天井に一瞬、目を瞬《また》かせる。しかし、傍に感じる柔らかな感触と温かなぬくもりに、すぐにここが逢坂ホテルのスイートルームであることを思い出す。

子猫のように瑞樹に擦り寄って眠るのは、もちろん小百合。

瑞樹が誰よりも愛してやまない最愛の妻だ。

(よく寝てる)

ベッドサイドの時計にチラリと目を向けると、現在午前十一時。

朝もとうに過ぎ、まもなく昼に差し掛かる時間だ。

それからしばらく寝顔を眺めていても、小百合が目覚める気配はまるでない。すうすうと静かな寝息を立てる姿からは、彼女が深い眠りの中にいるのがよくわかる。

——昨夜は随分と無理をさせてしまった。

しっとりと吸い付くような白く滑《なめ》らかな素肌には今、いくつもの痣《あざ》が散っている。

首筋や胸元、お腹や太ももの内側……数え切れないほどのそれは、昨夜の情事の激しさの表れだ。

昨夜、結婚式を終えた二人はそのまま逢坂ホテルに宿泊した。

全てを終えて部屋に戻った時、小百合は明らかに疲労困憊《こんぱい》の様子だった。

遅めの夕食を取っている時はもちろん、一緒にお風呂に入っている時もうとうとしていて、瑞樹が話しかけなければきっと、すぐにでも夢の世界に誘われていただろう。

小百合のことを思うならそのまま眠らせてあげるべきだった。

(でも、無理だった)

結婚式での小百合が、あまりに綺麗だったから。

衣装合わせの段階から立ち合っていたから、どんなドレスを着るのかは分かっていた。

しかし結い上げた髪にティアラを載せ、メイクを施《ほどこ》し、純白のウェディングドレスを纏《まと》った小百合は、直視するのが躊躇《ためら》われるくらいに美しかった。

こんなにも美しく可愛い人と、これから永遠の愛を誓う。自分の妻になる。

そのことに形容しがたいほどの喜びが改めて込み上げた。感激したと言ってもいい。

そして、指輪を交換した時。

『覚悟してね。私も、あなたのことを放さないわ』

あの瞬間、「生涯をかけて彼女を幸せにしよう」と改めて誓った。

惚れ直したのだ。

同時に小百合の夫となれることに心から感謝した。

そんな最愛の妻と迎える、結婚式後の夜。

……何もせずにいられるはずがなかった。

小百合と体を重ねる心地良さを、多幸感を知っているからこそ、一つになりたかったのだ。とはいえ、小百合が少しでも躊躇《ためら》う様子を見せれば我慢するつもりでいた。

しかし彼女は躊躇《ためら》うどころか「私も瑞樹さんが欲しい」と恥じらいながらも言ったのだ。眠たそうにとろんとした瞳で見つめられ、頬をうっすらと染めて求められてはもう、止められるはずがない。

小百合が欲しい。

自分だけのものにしたい。

愛している。

心の底から湧き上がる感情を余すことなく言葉で、体で伝えた。刻み込んだ。

小百合も同じように思ってくれていたのかもしれない。彼女は瑞樹が激しく求めれば求めるほどいい声で啼《な》いた。もっと、もっと、と求めてくれた。

快楽に喘《あえ》ぐ姿はとても艶《なま》めかしくて、可愛くて、愛らしくて。

小百合が意識を飛ばしても止めてはやれず、瑞樹は明け方まで妻を求め続けた。

昨夜の瑞樹はさながら獣のようだったろう。

（こんなの、自分じゃないみたいだ）

これほどまでに一人の女性を求め、愛したのは初めてだった。

小百合を想う気持ちは、出会った日から今日まで、薄れるどころか日ごとに増していった。それは結婚して名実ともに家族になった今もそう。きっとこの先何年経っても薄れることはないと確信できる。

自分はそれほどまでに彼女に焦《こ》がれているのだから。

（可愛い寝顔だな）

瑞樹は妻の素肌にシーツをかけて、艶《つや》やかな茶色の髪をそっと撫でる。

小百合はむにゃむにゃと言葉にならない寝言を口にすると、にこりと笑う。

赤ん坊のように無邪気で幸せそうな寝顔はとても可愛らしい。

こんなにも無邪気な素顔を知っているのは自分だけだ、という優越感に浸る。

第一印象は、「強くて格好良い女性」だった。

美貴子と恵介の結婚式があったあの夜。

小百合は、悪酔いをして趣味の悪い軽口を叩く二人組を笑顔一つで黙らせた。

凛《りん》と背筋を伸ばす姿は女性ながらに格好良くて、一目で心を動かされた。

外見は、はっきりとした顔立ちの美人。

毅然《きぜん》とした強気な態度からは、きつい性格をしているのだろうと容易に想像できた。

(でも、違った)

二人組が気まずそうにその場を去ると、小百合は再び一人で酒を飲み始めた。

その時の彼女はとても寂しげな顔をしていて……まるで失恋でもしたような憂《うれ》いた横顔に、泣きそうな表情に一瞬で心を持っていかれた。

庇護《ひご》欲《よく》をそそられ、彼女のことをもっと知りたいと強く思ったのだ。

その後、紆余曲折《うよきょくせつ》を経て期間限定の婚約者となった小百合は、確かに「強い女性」だった。二十八歳の若さで女社長を務めているだけあって、普段の小百合はバリバリのキャリアウーマンだ。はっきりとした顔立ちの美人ということもあり、外見だけを見れば肉食系女子に見えなくもない。

けれど一人の女性としての小百合は、肉食系どころかほとんど恋愛経験がなかった。

瑞樹と知り合う以前には何人かと交際したことはあったらしいが、一人を除いて深い関係になる前に別れている。その一人も、とても恋人とは言えないような最低な男だった。

男は小百合に簡単には癒《い》えないトラウマを植えつけたのだ。

そのせいで、出会った頃の小百合は女性としての自信を失い、恋することに臆病になっていた。しかし、そんな彼女は今、瑞樹の隣で安心したように眠っている。

「……幸せだな」

そのあどけない寝顔に自然と心の声が漏れた。

愛する人がこうして隣にいる。今日だけではない。この先ずっとそばにいるのだ。

その幸せを噛み締めながら、瑞樹は小百合を起こさないようそっとベッドを出る。そしてブランチ用にルームサービスを頼むと、バスルームへ向かう。

熱いくらいのシャワーを浴びると、思考も体も大分さっぱりした。

それでもやはり自然と頭に浮かぶのは、小百合のこと。

ほんの十分ほどしか離れていないのに、もう小百合の眠るベッドに戻りたくてたまらない。傍に小百合のぬくもりがないことに違和感すら覚える自分がいるのだから驚きだ。

小百合と出会うまでは、女性に夢中になることなどありえなかった。しかし今はもう彼女のいない日々なんて想像もできない。それくらい小百合に魅せられている。

その後、バスローブ姿でベッドルームに戻ると、瑞樹の気配を感じたのか小百合が身じろぎをする。

「ん……」

眠たそうに目をこすりながら目覚めた愛する妻は、ゆっくりとした動作で起き上がる。

その拍子に素肌に纏《まと》ったシーツがはらりと落ちて、豊かな双丘が露《あら》わになる。

ツンと上を向く桃色の突起といい、柔らかそうな膨らみといい、明るい室内で見る彼女の裸体はあまりに艶《なま》めかしく、目の毒だ。しかし当の本人はまだ夢現《ゆめうつつ》なのか、それに気づいた様子もなくふにゃりと笑う。

「……おはよう、瑞樹さん」

小百合は夫と目が合うなり頬を緩める。普段はあまり見せない幼げな表情は最高に可愛くて、瑞樹は「おはよう、小百合」ととろけるような微笑みを返した。

「起こしちゃったかな」

「ううん、大丈夫。すごくよく眠れたから……今、何時？」

「午前十一時すぎ。ブランチにしようと思って、ルームサービスを頼んでおいた。それより、体はどうだ？」

「体？　――あっ！」

自分の体を見下ろした小百合は、眠気が吹き飛んだようにはっと目を見開く。そして慌てたようにシーツを体に巻きつけると、うっすらと頬を初めておずおずと瑞樹を見つめ返す。その様子につい、笑みが漏れた。

もう何度も体を重ねているのに、いまだに恥じらう様子も愛おしくてたまらない。

「……瑞樹さん、痕《あと》、つけすぎ」

「昨日、『もっとつけて』って可愛くねだったのは誰だったかな？」

「私だけどっ！」

首まですっぽりシーツを巻きつける妻はさながら蓑虫《みのむし》状態だ。

これ以上からかって、顔まで隠されては困る。

瑞樹はベッドサイドに腰掛けて「ごめん」と妻の髪をそっと撫でた。

「それで、体は大丈夫？　痛いところはないか」

「えっと……うん。大丈夫、だけど大丈夫じゃない、かも」

「何それ、どっちだよ」

思わず噴き出すと、蓑虫《みのむし》状態の小百合は恥ずかしそうにぽつりと囁《ささや》く。

「痛いところはないけど……体に力が入らないの」

照れたような物言いさえ甘く聞こえるのは気のせいだろうか。すっかり妻に夢中な自身を自覚しつつ、瑞樹は「分かった」とシーツごと小百合を抱き上げる。

「きゃっ⁉」

「いいから、動かないで。ちなみにお腹は空いてる？」

「え？　……ええ」

「ならよかった。間もなくルームサービスも来るだろうから、ダイニングルームに行こう。大丈夫。昨日無理させたかわりに、今日一日俺が君の世話をする」

「世話って……？」

「食事を食べさせたり、風呂に入れたり」

君は何もしないでいいよ、と笑顔で伝えると、小百合は「自分でできます！」と腕の中でばたばたと身を捩《よじ》る。しかしそんな抵抗などは可愛いものだ。

実際、疲れ切ってあまり体が動かないのは本当だったのだろう。

小百合は恥ずかしそうにしつつも、瑞樹に甲斐甲斐《かいがい》しく世話を焼かれた。

小さくちぎったパンを食べさせたり、スープを飲ませたり……気分はさながら雛鳥《ひなどり》に餌《えさ》を与える親鳥だ。小百合もかなりお腹が空いていたのか、少し多めに頼んだルームサービスは全て綺麗にたいらげた。

「美味《おい》しかった……」

リビングルームのソファに深く腰をかけた小百合は、満足そうに呟く。

もちろん彼女をダイニングルームからここまで運んだのは瑞樹だ。

「昨日は慌ただしくてゆっくり食事も取れなかったからね。夕食の時も疲れて食欲がなかったみたいだし」

「そうなの。緊張していたのと、終わった安心感がすごくて食欲が湧かなかったから。だから今、すごい満足感」

「ならよかった」

瑞樹は、機嫌良さそうに微笑む妻の隣にそっと腰を下ろす。

そして自分の太ももをぽんぽん、と叩くと、小百合は照れながらもそこに頭を乗せた。

膝枕にするには瑞樹の脚は硬すぎるだろうが、小百合は気にするそぶりもなく仰向けになる。そうしていると、気難しい猫がようやく懐いてくれたかのようだ。

　ふと、出会ったばかりの頃を思い出す。

『あなた、失礼過ぎるのよ。……最低ね』

『……あなたなら、好きにならないと思ったからです』

　ツンツンしていた当時のことを思うと、あながち猫というのも遠からずかもしれない。

そんな彼女が今はこうして素直に甘えている。それがこんなにも喜ばしい。

「瑞樹さん、嬉しそう」

「え？」

「にこにこしてるから」

　指摘されて初めて自分が笑っていたことに気づく。

「何を考えていたの？」

「小百合のこと」

「……私？」

　目を瞬《またた》かせる妻の額《ひたい》、そして髪を撫でながら「出会った時のことを思い出していた」と伝える。

「俺は初めて会った時から小百合に惹かれていたけど、君は違うだろう？　小百合にとって俺は『最低な男』だった。それが今はこうして結婚して一緒にいる。それがすごく嬉しくて……幸せだなって」

心に思ったことを素直に伝えると、小百合は驚いたように目を見開く。

「……私も」

次いで小百合は瑞樹の頬にゆっくりと手を伸ばす。

彼女はまるで宝物に触れるように優しく撫でて、笑った。

花が綻《ほころ》ぶような笑顔に息を呑む瑞樹に、小百合は告げる。

「私も幸せよ」

瑞樹さん、と。

小百合は砂糖菓子のように甘く優しい声音で夫を呼んだ。

「大好き」

ああ、もう。

(……敵わないな)

瑞樹の些細《ささい》な言葉に照れたかと思えば、こうしてストレートに愛の言葉を口にする。

可愛くて、格好良い。

そんな妻に、瑞樹はとうの昔から骨抜きなのだ。

「小百合」

額に触れるだけのキスを落とすと、小百合はくすぐったそうに微笑む。瑞樹はそんな愛妻の体をそっと横抱きにして自《みずか》らの太ももの上に座らせ、背後から抱きしめた。

するとくすぐったかったのか、体がびくっと震える。

その反応を心の中で楽しみながら、耳元に唇を寄せて、囁《ささや》いた。

「……俺も、愛してる」

心の底から、誰よりも。

父親の経営する会社が倒産し、極貧となった元お嬢様の凛《りん》は、苦労の末、大企業の秘書課へ就職する。ところがそこの新社長は、なんと、かつての使用人で初恋相手でもある葉月《はづき》だった！
複雑な気持ちのまま、彼の傍で働くことになった凛。その上、ひょんなことから彼専属の使用人として同居することに！　昔の立場が逆転…のはずが、彼の態度はまるで、恋人に向けるような甘いもので……!?

B6判　定価：704円（10%税込）　ISBN 978-4-434-25352-2

エタニティ文庫

就職先は、美形社長の愛の檻《おり》!?

初恋♥ビフォーアフター

結祈《ゆうき》みのり　　装丁イラスト／黒田うらら

エタニティ文庫・赤

文庫本／定価：704円（10% 税込）

実家の会社が倒産し、極貧生活を送る凛《りん》。地道な就職活動の成果が実り、大企業の正社員として採用される。ところがそこの新社長は、なんとかつての使用人で、凛にとって忘れられない初恋の人だった。再会した彼は彼女を自分専属の使用人として同居させると言い出して……!?

※エタニティブックスは大人の女性のための恋愛小説レーベルです。ロゴマークの色で性描写の有無を判断することができます（赤・一定以上の性描写あり、ロゼ・性描写あり、白・性描写なし）。

詳しくは公式サイトにてご確認ください。
https://eternity.alphapolis.co.jp

携帯サイトはこちらから！

本書は、2019年7月当社より単行本として刊行されたものに、書き下ろしを加えて文庫化したものです。


この作品に対する皆様のご意見・ご感想をお待ちしております。

おハガキ・お手紙は以下の宛先にお送りください。

【宛先】

〒150-6008 東京都渋谷区恵比寿4-20-3 恵比寿ｶﾞｰﾃﾞﾝﾌﾟﾚｲｽﾀﾜｰ 8F
(株) アルファポリス　書籍感想係

メールフォームでのご意見・ご感想は右のＱＲコードから、
あるいは以下のワードで検索をかけてください。

アルファポリス　書籍の感想　検索

ご感想はこちらから

エタニティ文庫

偽《いつわ》りのフィアンセは獲物《えもの》を逃《のが》さない

結祈《ゆうき》みのり

2022年11月15日初版発行

文庫編集－熊澤菜々子
編集長－倉持真理
発行者－梶本雄介
発行所－株式会社アルファポリス
〒150-6008 東京都渋谷区恵比寿4-20-3 恵比寿ｶﾞｰﾃﾞﾝﾌﾟﾚｲｽﾀﾜｰ8F
TEL 03-6277-1601（営業） 03-6277-1602（編集）
URL https://www.alphapolis.co.jp/
発売元－株式会社星雲社（共同出版社・流通責任出版社）
〒112-0005 東京都文京区水道1-3-30
TEL 03-3868-3275
装丁イラスト－芦原モカ
装丁デザイン－ansyyqdesign
印刷－中央精版印刷株式会社

価格はカバーに表示されてあります。

落丁乱丁の場合はアルファポリスまでご連絡ください。

送料は小社負担でお取り替えします。


ISBN978-4-434-31137-6 C0193